SYBILLE SCHNEHAGE /Kunduztochter

AF190184

Zum Buch

Die Autorin Sybille Schnehage bereist seit 25 Jahren regelmäßig Afghanistan und leitet eine Hilfsorganisation in Kunduz im Norden des Landes.

Alle Erlebnisse, die in dem Buch geschildert sind, spiegeln die Kultur des Landes wider, welches von jahrhundertealten Traditionen geprägt ist.

Die Protagonistin des Romans ist eine fiktive Figur, Ähnlichkeiten mit lebenden Personen sind rein zufällig.

SYBILLE SCHNEHAGE

Kunduztochter

Roman
Die Geschichte eines Waisenmädchens aus dem Stamm der
Pashtunen im Zwiespalt der Kulturen

Vorbemerkung

Dieses Buch erhebt keinen Anspruch auf getreue Wiedergabe von Fakten. Es schildert vielmehr Begebenheiten, die verschiedene Personen im Land am Hindukush so oder ähnlich erlebt haben könnten. Diese Geschehnisse und die darin vorkommenden fiktiven Personen wurden künstlerisch verändert, die Protagonisten und Texte den reellen Vorlagen gegenüber frei gestaltet.
Ähnlichkeiten sind rein zufällig.

Bibliografische Information der Deutschen Nationalbibliothek: Die Deutsche Nationalbibliothek verzeichnet diese Publikation in der Deutschen Nationalbibliografie; detaillierte bibliografische Daten sind im Internet über http://dnb.dnb.de abrufbar.

© 2017 Sybille Schnehage

Herstellung und Verlag:
BoD – Books on Demand, Norderstedt

ISBN: 978-3-7448-3450-6

Erster Teil

Kunduzschicksal

1995

Rahima ist eine junge Frau aus dem kleinen Dorf Ludin in der afghanischen Provinz Kunduz. Mit ihren 17 Jahren ist sie ein hübsches aufgewecktes Mädchen, genau im heiratsfähigen Alter, so dass ihre Mutter schon ab und zu Gespräche mit anderen Frauen führt, Müttern von jungen Männern, die eventuell als Ehemann für Rahima in Frage kämen.

Es ist ein Geschäft, sogar ein gutes, wenn man das Glück hat, solch eine gut aussehende Tochter zu haben, denn das blendende Aussehen erhöht den Brautpreis und damit deutlich das Einkommen der Familie: Mit 5000 Dollar, da könnten Aziza und ihr Mann sich schon eine besondere Anschaffung leisten. Mutter Aziza hat auch schon seit Rahimas frühester Kindheit einen Jungen namens Barialai ins Auge gefasst und mit dessen Mutter immer wieder getuschelt. Schließlich sind Rahimas Mutter und Barialais Mutter Schwestern, und es ist gang und gäbe, Cousin und Cousine miteinander zu verheiraten. Wichtig ist dabei aber in erster Linie der Brautpreis. Stimmt die Dollarsumme, dann stimmt auch der Bräutigam, egal wie er aussieht und was er kann.

Doch Rahima denkt nicht daran, sich an irgendeinen Verwandten im Dorf verheiraten zu lassen, schon gar nicht an den vorlauten Barialai. Ihre Augen blitzen jedes Mal, wenn sie den Stallknecht sieht, der als Arbeiter ihrem Vater zur Hand geht. Joma Khan ist zwar arm und aus einfachen Verhältnissen, doch sein Lachen und sein kräftiger, von der Arbeit durchtrainierter Körper hat vom ersten Tag an ihre Blicke auf sich gezogen.

Natürlich kann er sich den Brautpreis für Rahima nicht leisten, denn er hat noch fünf Brüder, für deren Verheiratung seine Familie erst einmal sparen muss. Joma Khan ist erst dran, wenn seine älteren Brüder eine Frau genommen haben. Das hindert ihn nicht daran, immer wieder einen Blick auf die hübsche Rahima zu werfen. Ihm ist die Schönheit dieser Blume unter den Mädchen nicht entgangen.

Da Rahima immer streng von Oma und Mutter sowie ihren drei Brüdern bewacht wird, gibt es keinerlei Chance, sich mit Joma Khan zu unterhalten, bis eines Tages der Zufall den beiden zur Hilfe kommt.

Joma Khan muss die Streu für die Kuh in den kleinen Abstellraum auf dem Hof bringen und müht sich mit den großen unhandlichen Säcken ab, als Rahima über den Hof geht, um am Brunnen einen Eimer mit Wasser zu holen.

Er sieht, wie sie sich müht, den vollen Eimer aus dem Ringbrunnen zu heben, lässt den Sack zu Boden fallen und eilt Rahima zu Hilfe, um den schweren Eimer aus dem

Brunnen zu hieven. Dabei treffen sich die Blicke der beiden und beide wissen: Das ist der Partner meines Lebens. Sie wechseln scheu ein paar Worte, die ausreichen, sich für die frühen Morgenstunden zu verabreden, dann, wenn Vater und Brüder in der Moschee zum Beten sind und die Mutter mit den kleinen Schwestern das Fladenbrot bäckt.

Von nun an finden sie immer wieder eine Gelegenheit, sich allein zu treffen, und nach einigen Wochen sind beide fest davon überzeugt, füreinander mehr zu empfinden, als sie es sich jemals erträumt haben. Das bestärkt sie im Vorhaben, ihr Leben gemeinsam zu verbringen. Joma Khan verspricht Rahima, den Brautpreis für sie aufzubringen.

Doch die Zeit drängt. Rahimas Mutter hat den inzwischen wohlhabenden Cousin Barialai fest im Visier, der bereit ist, sogar 6000 Dollar für die kleine dunkeläugige Schönheit zu bieten, so dass der Tag der Verlobung schon festgelegt ist.

Joma Khan ist verzweifelt. Seine Mutter hat das Geld der Familie für einen großen Bruder gespart, so dass er keine Chance hat, seine geliebte Rahima zu erwerben. Auch Rahima ist verzweifelt, nie und nimmer will sie ihren arroganten Cousin heiraten, und so versprechen sich die beiden Liebenden, gemeinsam eine Lösung zu finden.

Joma Khan hat einen Onkel vier Dörfer weiter. Er ist ein lieber älterer armer Mann, der keinen Sohn hat und daher froh wäre, einen so fleißigen Jungen wie Joma Khan in seinem Haus aufnehmen zu können. Und so wächst bei Joma Khan der Gedanke, mit Rahima zu fliehen und beim Onkel Unterschlupf zu finden.

Eines Morgens, als wieder Vater und Brüder das Haus verlassen haben, packt Rahima ihr Bündel mit den persönlichsten Sachen, schiebt das Paket unter ihr Kleid und huscht unbemerkt aus dem Hoftor, wo Joma Khan schon wartet und mit ihr an den Nachbarhöfen vorbeirennt, dorthin, wo schon zwei Motorräder mit seinem Freund warten. Schnell schwingt er sich auf ein Motorrad, Rahima fasst die Burka zusammen, und beide Motorräder brausen davon. Rahima und Joma Khan wissen, wie gefährlich ihr Handeln ist, aber für beide zählen nur die gemeinsamen Stunden.

Sie kommen in das Haus des Onkels, er nimmt die beiden auf, und Rahima und Joma Khan erhalten einen eigenen Raum zum Leben und gründen eine Familie.

2005

Zehn Jahre später ist die Zeit der Rache für den Cousin Barialai gekommen, der es nicht hinnimmt, dass das junge Mädchen damals seine Werbung und die Absprache mit seiner Mutter nicht angenommen hat und seither in wilder Ehe lebt und mit Joma Khan fünf Kinder gezeugt hat. Die Pashtuwali, das Gesetz der Pashtunen, erlaubt es nicht, auf diese Weise die Gesetze für Eheschließungen und damit die Zahlung des Brautpreises zu umgehen. Rache der Pashtunen muss sein, und sei es nach Jahren. Der Spruch der Pashtunen ist: „Wenn eine Familie die Blutrache nach 100 Jahren verübt, so war es eine schnelle Rache." Das besagt nichts anderes, als dass eine Tat nie vergessen wird - es ist nur eine Frage der Zeit, wann die Strafe das junge Paar ereilen wird.

Cousin Barialai sitzt zusammen mit einigen jungen Männern aus dem Dorf, darunter auch die groß gewordenen Brüder Rahimas, alle bewaffnet mit Kalaschnikows und im Kampf der Mujaheddin erprobt. Gemeinsam bespricht man, wie man nun endlich die Schande durch eine Bluttat bereinigen kann. Bei ihnen sitzt auch ein anderer Mann, den alle ehrfurchtsvoll „Kommandante" nennen. Sein Blick ist tückisch, und immer wieder hebt er die Hand, um sich die schniefende Nase zu wischen. Seine Hand hat eine kleine Tätowierung, fünf kleine blaue Punkte, angeordnet wie eine kleine Raute mit Mittelpunkt. Anscheinend eine Amateurarbeit, denn die Raute ist ein bisschen schief geraten, der Mittelpunkt ist aus der Mitte verrückt.

Seine Hand legt er immer wieder neben sich auf einer schweren Kalaschnikow ab, deren Schulterstück abgesägt wurde und mit dickem Klebeband gepolstert ist. Damit ist die Waffe erheblich leichter zu handhaben als bei den andern Kämpfern.

Er, der Kommandante, hat das Wort. Er bestimmt, was geschehen soll.

Kosheraltan liegt im ersten Sonnenlicht. Die flache Ebene von Kunduz wird vom Dunst der Feuchtigkeit wie von einer leichten Wolldecke überzogen. Die Reisfelder stehen unter Wasser, der Frühnebel steigt aus ihnen auf.

Im Hintergrund, weit im Norden, kann man die Kante der Hochebene sehen, dort, wo der Lalam beginnt, die Hochebene, die nur vom Regen bewässert werden kann und die im Sommer das Grün verliert und nur noch eine lehmfarbene Wüstenfläche ist. Dort, wo es über nicht endende Hügel nach Dashti Archi geht, der Ebene, die fest in Talibanhand liegt, und gleich dahinter kommt dann der mächtige Amur Daria, von wo man schon die kleinen weißen Häuser Tadjikistans sehen kann.

Die milde Wärme der Nacht weicht der noch intensiveren Tageshitze. Der Mond verblasst im aufgehenden Morgen und die ersten Vögel, blaue und hellgrüne Bienenfresser, fliegen über die Felder. In den Nachbarhöfen hört man die Hunde bellen, so viele Stimmen, als wäre es das internationale Hundetelefon.

Der Hofhahn kräht und weckt die gackernden Hennen, als Rahima an ihren Küchenplatz geht, um zusammen mit ihrer neunjährigen Tochter den Teig für das morgendliche Fladenbrot zu kneten. Das Feuer in dem Lehmbackofen, der im Boden eingelassen ist, brennt hell, und sie berührt vorsichtig den Rand, um zu fühlen, ob der Ton schon die richtige Temperatur angenommen hat. Sie legt sich den dicken gepolsterten Handschuh neben den Ofen, um damit dann die großen weichen Fladen ins Innere gegen die Wand zu drücken, damit sie dort durchgebacken werden.

„Sargola, tez, schnell," mahnt sie ihre älteste Tochter, „Papa will bestimmt gleich essen, und wenn du trödelst, dann wird er mit uns beiden schimpfen."

Sie nimmt ein Stück Teig und wirft es in die Luft, um ihm die Kreisform zu geben, die in der Region die breitflächigen Fladen haben. Geschickt dreht sie ihr Handgelenk, wie ein italienischer Pizzabäcker. Sie wirft sich den Fladen über den Handschuh über ihrer rechten Hand, beugt sich zum Ofenloch im

Boden hinunter und klatscht mit Schwung das erste Brot gegen die heiße Lehmwand. Heiße Luft steigt auf, sie dreht zum Schutz ihr Gesicht zur Seite.

Auf dem Hof spielen zwei große achtjährige Zwillingsjungen mit einem kleinen dreijährigen Steppke. An der Seite sitzt ein kleines sechsjähriges Mädchen und wirft mit Steinen. Das Mädchen hat ein verkrüppeltes Bein, das sie vor sich ausstreckt. Es lässt sich nicht einknicken. Der rechte Fuß ist verdreht, wie es bei Klumpfüßen üblich ist. Ihr rotes Kleid aus Kunstseide ist sauber, aber überall sieht man Verschleißerscheinungen, die zeigen, dass es von der großen Schwester auch schon getragen wurde. Um den Kopf trägt sie ein dünnes rot-grün gestreiftes Tuch, das die dicken schwarzen verfilzten Haare verdeckt. Sie blickt hinüber zu Rahima und zieht den Duft des frischen Brotes in ihre Nase. Hmm, wie liebt sie diesen Duft vom frischen Brot, das natürlich keine Frau so gut backen kann wie Rahima, ihre Mutter.

Plötzlich klopft jemand laut an die Hoftür.

Joma Khan kommt aus dem Stall, wo er die Kuh gefüttert hat, wischt seine Hände an dem Kamizhemd ab und geht an die Tür, schiebt den Riegel auf, die Tür wird aufgestoßen und fünf vermummte Männer stürmen in den Hof. Alle tragen Lungis, die ortsüblichen Turbane. Die herunterhängenden Tuchstreifen haben sie vor ihre Gesichter ge-

zogen. Joma Khan wird auf den Boden geworfen und kann sich vor Entsetzen nicht
wehren. Einer der Männer setzt seinen Fuß
auf Joma Khan und bedroht ihn mit seinem
Gewehr. Der Vermummte schreit laut auf
Joma Khan ein, welch eine Schande er über
die Familie gebracht habe, und Rahima rennt
in Vorahnung dessen, was jetzt kommen
wird, in Panik ins Lehmhaus, ihre große
Tochter mit sich ziehend.

Der Anführer packt die beiden Kleinsten,
den kleinen Jungen Said grob auf seinen Arm
und das behinderte Mädchen Masumah an
der Hand und schiebt die beiden durch das
verbeulte Blechtor auf die Schotterstraße.

Masumah hat Angst, Angst vor diesen
vermummten Männer, besonders aber vor
dem Anführer, dessen feste Hand sie bestimmt nach draußen schiebt und dessen leise krächzenden Worte sie Schlimmes erah-
nen lassen. Dabei fällt ihr auf, dass der Mann
fünf Kohlepunkte in Form einer Raute als Tätowierung an seiner rechten Hand zwischen
Daumen und Zeigefinger hat, der mittlere
Punkt ist verrutscht nach rechts, so dass die
Raute leicht verzogen aussieht. Diese Hand
brennt sich in ihrer Angst in ihr Gedächtnis
ein, eine Figur, die sie ihr Leben lang nicht
wieder vergessen wird. Die schwere Tür fällt
mit einem dumpfen Knall hinter den beiden
Kleinen zu.

Angstvoll zieht Masumah ihr Kopftuch
enger um ihren Kopf, klammert ihren Bru-

der Said an sich, humpelt an der langen Lehmmauer entlang und kauert sich dann eng an Said geschmiegt in den Graben, der parallel zur hinteren hohen lehmigen Mauer verläuft. Schüsse fallen, Salven aus Kalaschnikows, Schreie, Masumah hört ihre Mutter schreien, ihre beiden großen Brüder rufen verzweifelt, doch weitere Schüsse bringen die Stimmen zum Schweigen. Masumahs Herz schlägt bis zum Hals, sie will aus Panik schreien, atmet tief ein, um sich zu beruhigen. Alles wird totenstill, die große Metalltür klappt auf, und sie hört, wie die Männer fortrennen.

Nach ein paar Minuten hört Masumah, wie die Nachbarn angelaufen kommen und den Hof betreten. Klagerufe ertönen, angstvoll packt sie den kleinen Said und zerrt ihn mit sich. Said reißt sich an einem Dornenast am Mauerrand am linken Fuß oberhalb des kleinen Zeh eine Wunde. Er blutet, aber egal. Sie zieht ihn weiter und flieht mit ihm humpelnd in Richtung Hauptstraße, denn sie weiß, was passiert ist. Alle im Hof sind tot, Opfer der Blutrache der Familie. Masumah laufen die Tränen die Wangen herab, Said jammert, dass sein Fuß weh tut, aber Masumah denkt nur an eines: Weg, weg von hier, denn sie will leben, Said und sie sollen leben.

Keiner beachtet die beiden Kinder, als sie die Straße erreicht haben. Dort kommen gerade zahlreiche Schafe vorbei, die eine Gruppe von Jogi, der herumziehenden Bettler, vor sich hertreibt.

Masumah fleht einen der Männer an: „Nehmt mich mit, helft uns, unsere Eltern sind tot, und wir werden auch getötet, denn es geht um Blutrache."

Der verlumpte bärtige Mann blickt sich um, nimmt dann den kleinen Said und Masumah, setzt beide auf einen der nebenlaufenden Esel, beruhigt mit seiner großen schorfigen Hand den weinenden Said.

„Halt dich gut fest, fall mir nicht runter" - er legt seine Decke, die er als Mantel um sich geschlungen hatte, um die beiden Kinder, so dass Masumahs rote Kleidung nicht zu erkennen ist, und treibt die Tiere weiter. Said und Masumah habe eine neue Gemeinschaft gefunden.

„Sumi, ich bin müde, will zu Mama", nölt Said.

„Pscht, sei leise, Azizi man, mein Liebling." Masumah streichelt den Bruder tröstend und flüstert ihm ins Ohr.

Auf dem Hof der Jogis in der Stadt angekommen, hebt der Mann die beiden Kinder vom Esel und übergibt die Kleinen seiner Frau. „Hier, wir haben ein paar neue Kinder, der Junge ist gesund und kann mit arbeiten, das Mädchen können wir gut zum Betteln brauchen, denn die Leute haben ein weiches Herz und geben mehr, wenn jemand behindert ist."

„Ihr habt doch sicherlich Hunger, Kinder?", fragt die faltige Frau, die sicherlich noch jung an Jahren ist, deren Haut aber von Sonne und Wind wie gegerbt erscheint. Sie hat ein großes Wolltuch auf dem Kopf, unter dem zwei dünne grau-rote Zöpfe hervorschauen. Ihr Leib ist aufgeschwollen, als wäre sie hochschwanger, aber ihre Zeit zu gebären scheint vorbei. Vielen Kindern hat sie bereits das Leben geschenkt.

Der heiße Tee und das frische warme Brot schmecken den verängstigten Kindern. Masumah nimmt Said fest in den Arm und lässt den Jungen immer wieder an ihrem Fladenbrot abbeißen und aus ihrer abgeschnittenen Cola-Dose vom warmen Tee probieren.

Die Behausung der Jogis ist ein einfacher Hof, in dem provisorische Zelte aus Decken und Plastikbahnen aufgebaut sind. Den lehmigen Hofboden bedecken Plastikplanen, Decken und alte zerrissene Teppiche. Unter den Zeltplanen liegen dicke Kissen.

Die faltige Frau deutet auf eines der Kissen: „Hier könnt ihr euch hinlegen."

Masumah nimmt Said liebevoll in den Arm und drückt den ängstlichen Knaben eng an ihren Körper. „Keine Angst, Said", flüstert sie in sein Ohr, „ich pass auf dich auf." Erschöpft fallen die beiden Kinder in einen leichten Schlaf.

Drei Jahre später

Masumah packt sich ein bisschen Brot ein, legt sich ein Tuch über den Kopf und nimmt die Hand ihrer Ziehmutter. Beide gehen los in die Stadt Kunduz, um durch Betteln das Einkommen der Familie zu sichern. Der Klumpfuß ist geschwollen, das Laufen fällt Masumah immer schwerer. Dicke Schwielen haben sich an dem Fuß gebildet, so dass jeder Schritt mit Schmerzen verbunden ist.

Said ist inzwischen ein echter Jogi geworden. Fleißig packt er mit seinem Ziehvater die Taschen des Esels mit kleinen Hunden voll, es sind vier kleine Welpen, die sich nur zappelnd in die Satteltaschen stecken lassen, die beiden wollen heute gemeinsam die Hunde zum Kauf anbieten.

Masumahs neue Mutter zieht die kleine Tochter die Straße entlang und spricht alle Passanten um eine kleine Spende an.

„Paysa, paysa, dokhtari man mariz ast." (Geld, Geld, meine Tochter hier ist krank) - sie wird nicht müde, auf die vorbeigehenden Männer und Frauen einzureden.

Beide tragen verschmutzte Kleidung, die filzigen Haare zotteln unter dem Kopftuch hervor. Das Hosenbein Masumahs ist hochgekrempelt, damit jeder die Behinderung des Kindes auf den ersten Blick erkennen kann. Es ist ein Geschäft, die Bettelei mit einem kranken Kind.

Masumahs Nase läuft, sie leckt mit ihrer Zunge den dreckigen Schleim von ihrer Oberlippe und streicht dann mit dem Hemdsärmel der freien Hand den Rest in den Stoff. Masumah ist verschüchtert, was soll sie machen? Es wird von ihr erwartet, einen Beitrag zum Einkommen des Clans zu leisten.

Die Jogi-Frau ist müde geworden. Sie setzt sich an den Straßenrand und hält ihre Hand auf, damit die Passanten großzügig Münzen hineinwerfen. Masumah weint, sie ist ebenfalls hundemüde, und ihr Fuß tut weh.

„Madar, man khele manda astom, Mama, ich bin sehr müde." Masumah will nicht mehr, denn es ist heiß, sie hat Hunger und Durst.

„Sei ruhig, wir haben noch nicht genug beisammen", wischt Jogi-Mama ihre Worte beiseite und streicht ihr noch etwas Dreck ins Gesicht. „So ist es besser, so siehst du noch Mitleid erregender aus." Damit dreht sie sich von ihr weg.

Die Straße ist voller Lehmstaub, denn es gab am Vormittag einen „badi chak", einen Lehmsturm. Der feine Lehm legt sich auf Straße, Autos, Kleidung und Haut, Masumahs Oberlippe ist verklebt von Nasenrotz, Lehm und Schweiß. Sie leckt, es ist salzig, der Staub knirscht sandig zwischen ihren Zähnen, aber sie fühlt immer noch den klebrigen Dreck unter der Nase. Sie riecht nichts, alles ist wie unter einer dämmenden Kruste.

Plötzlich sieht sie eine Gruppe Leute die Straße entlang kommen. Mitten in der Gruppe der Männer, davon einige bewaffnet, sieht sie eine Frau, die nur einen dünnen weißen Schal über ihr hellblondes Haar gelegt hat. Masumah staunt, nie vorher hat sie solche Haare gesehen, sie sind nicht weiß, wie von der alten Oma der Jogis, nicht rot oder schwarz, wie alle Frauen und Männer hier sie haben, nein, das Haar ist hellgelb und leuchtet in der Sonne.

Das Gesicht der Frau ist braun gebrannt, sie hat keine Angst vor der Sonne, und jeder, auch jeder Mann kann ihr Gesicht sehen. Masumah fragt sich, ob diese Frau keine Scham hat oder wieso kein Mensch die Frau auffordert, anständig zu sein und ihr Gesicht und das Haar zu bedecken. Aber keiner sagt was, alle Männer gehen zusammen mit dieser Frau und behandeln sie, als wäre sie ganz wichtig, vielleicht wie jemand von der Regierung.

Masumahs Mund steht vor Staunen offen. Ihre großen schwarzen Augen sind auf die Frau gerichtet, ihr verfilztes Haar hängt Masumah ins Gesicht.

„Los, halte deine Hand hin und frage nach Geld!", fordert ihre Ziehmutter sie auf.

Wie automatisch streckt Masumah ihre kleine schmutzige Hand nach vorn, vor lauter Staunen kann sie ihren Blick nicht von dem blonden Wesen lassen.

„Lotfan, paysa", bettelt sie die Fremde an, automatisch, fast wie eine Maschine, denn ihr Blick kann sich nicht von der Kharigi, der Ausländerin, lösen.

„Vielleicht ist es gar keine Frau, sondern ein komischer Mann", so fragt sie sich, denn Frauen gehen nicht so frei auf der Straße.

Nun ist die Frau dicht vor ihr und blickt auf Masumah hinunter. Ihr Blick bleibt an Masumahs Bein hängen. Plötzlich stoppt sie, kniet sich nieder und berührt Masumahs Bein.

„Nein, fass mich nicht an!" Unwillkürlich zuckt Masumahs Bein zurück.

Irgendetwas sagt die Frau zu ihren Begleitern, die dann ihre Ziehmutter ansprechen und nach Masumah fragen.

Masumah hat Angst, große Angst. Was macht diese Unbekannte? Doch die Blonde lächelt sie an und streichelt ganz zärtlich Masumahs krankes Bein. Ohne Scheu hebt die Frau ihr Bein an und versucht, ihren kranken, verdrehten Fuß zu bewegen. Die Frau fragt ihre Ziehmutter etwas, redet mit ihren Begleitern, fragt einen der Männer Dinge, die Masumah nicht versteht, doch das Gesicht der Frau ist frei, das Lächeln warm, Masumahs Angst verfliegt, sie hat Vertrauen zu dieser Fremden.

Die Erwachsenen wechseln Worte, Masumah versteht nur „heute Nachmittag im Büro". Sie weiß zwar nicht, was Büro heißt, aber Ziehmama nickt und sichert den Leuten etwas zu.

„Khoda hafez, auf Wiedersehen." Lächelnd verabschieden sich die fremde Frau und ihre Begleiter und gehen weiter in Richtung Ghazi Khan Schule.

„Wieso sitze ich hier und bettle mit Jogi-Mama, und andere Mädchen und Jungen gehen dort in die große Maktab-Schule?", fragt sich Masumah.

Immer wieder kann sie das Lachen der Kinder hören. Was die Kinder dort wohl hinter den Mauern machen? Die Mädchen mit ihren schwarzen sauberen Kleidern und den weißen Kopftüchern, die Jungen mit den blauen Schulhemden.

„Was ist Schule, und warum kann ich da nicht auch hin?", hatte sie Jogi- Mama gefragt.

„Gott will nicht, dass Jogi-Kinder lernen, das ist Sünde", hatte die Jogi- Frau erwidert, „und du hast eh keine Zeit, wir müssen betteln."

Damit war das Thema erledigt. Trotzdem dachte Masumah immer wieder darüber nach, was die Kinder dort hinter der Dewal-Mauer wohl so erleben durften.

„Haben die keine Angst vor Gott, wenn das doch Sünde ist?", fragte sie sich insgeheim, aber Jogi-Mama zu fragen, davor hatte sie noch mehr Angst.

Weit ist es nicht vom Hof der Jogis, das Büro, nur vier Höfe weiter steht das große weiße Haus, das die Männer „daftar" nennen.

Und viele Frauen und Kinder sind dort, auch viele Mädchen in ihrem Alter, aber kein Kind ist so gehbehindert wie sie selbst. Wieder hat Masumah Angst, aber auch Scham, denn die anderen starren sie mitleidig an. Ja, die anderen gehen auch teilweise zur Schule, dort drüben in die Ghazi Khan Schule, wohin jeden Morgen ganze Scharen von Mädchen in schwarzen Kleidern und schönen weißen Kopftüchern und bunten Taschen voller Bücher hingehen, um zu lernen. Masumah würde auch gern mitgehen, aber sie darf nicht. Jogi-Kinder dürfen nicht zur Schule, die sollen betteln gehen, denn jeder muss sein Essen verdienen, auch wenn es nur trockenes Brot und ab und zu Reis ist.

Der Chef der Jogis, der große Gholam, ist auch mitgekommen und passt auf sie beide auf. Er diskutiert mit lauter Stimme mit einem der uniformierten Männer auf der Straße.

Ziehmutter setzt sich vor den Büro-Hof, zerrt Masumah auch auf den Boden, Masumah streckt das kranke Bein nach vorn und versucht, es mit einem Tuch zu verstecken. Jetzt heißt es Warten.

Einer der Männer, die das Haus bewachen, ein Askar mit Waffe kommt auf die Ziehmutter zu und fragt sie etwas.

„Wieso bist du hier?", herrscht der Askar Jogi-Mama an.

„Die Frau hat gesagt, ich soll mit Masumah hierher kommen, du kannst fragen, ich lüge nicht!", gibt Jogi-Frau zurück.

Masumah hat Angst, sie denkt an andere Männer, die einst mit Kalaschnikows kamen, sie denkt an Rahima, die liebevolle Rahima, die ihr immer eine kleine Leckerei zugesteckt hatte, Rahima, die jetzt nach Aussage ihrer Jogi-Familie nicht mehr am Leben ist. Und Papa, den großen Papa mit den starken Armen, der immer wieder seine Kleine hochgeworfen hatte und mit ihr „Engel flieg" gespielt hatte, bis sie ihren kranken Fuß vergessen und vor lauter Lebensfreude gequiekt hatte. Papa, warum bist du nicht bei mir?

„Kommt rein, los ihr beiden, die Frau mit dem Krüppel!", ruft einer der Männer, und mühsam erheben sich die beiden Jogis.

Ihre neue Mutter packt ihre Hand, Masumah stolpert hinter ihr in den Hof. Alles hier ist sauber, alles ist Stein, kein Dreck und Lehm wie bei den Jogis. Und kein Zelt ist hier zu sehen, nur ein richtiges Haus, weiß gestrichen und sauber. Masumah staunt und blickt hoch zu den vielen Fenstern, in denen sich das Sonnenlicht spiegelt. Sie kneift die Augen zusammen, es blendet so sehr. Da steht ein blauer Plastikstuhl. Ziehmutter setzt sie auf den Stuhl, hockt sich daneben, beide warten wieder. Wir haben ja Zeit, wir haben heute schon gebettelt, jetzt haben wir Feierabend.

Schritte sind zu hören, Schritte von Plastikschlappen, den Shaplis. Die blonde Frau kommt um die Ecke. Jetzt hat sie noch schrecklichere Kleidung an, eine Hose so kurz, dass man sogar die Knöchel sehen kann, obwohl doch ihr Bein nicht kaputt ist. Ihre Arme sind nur halb bedeckt, und nun hat sie keinen Schal auf dem Haar. „Ist sie schamlos oder doch ein Mann?", schießt es Masumah durch den Kopf. „Was machen wir hier, wieso ist Mutter mit mir hier?", fragt sie sich.

Die Frau kommt näher und bleibt erneut vor ihr stehen. Bei ihr sind ein paar Männer, mit denen sie spricht und dabei immer wieder auf Masumahs Fuß zeigt. Masumah fühlt sich beobachtet, oder eher wie ein Schaf, das die Leute ansahen und begrabschten, wenn sie es zum Schlachten kaufen wollten. Wieder kommt Angst in Masumah auf. „Was macht die Person, was will die?"

Die Frau, die Männer und ihre Ziehmutter besprechen etwas. Es geht um Masumah, das versteht sie, aber auch nicht mehr. Einer der Männer geht aus dem Hof, nach einigen Minuten kommt ihr Ziehvater durch die große Metalltür des Hofes. Nun wird mit ihm gesprochen, und immer wieder sehen die Frau und die Männer auf Masumahs Bein.

„Das arme Kind, das kann so nicht richtig gehen und daher niemals ein normales Leben führen", sagt die Blonde zu den Mitarbeitern der Hilfsorganisation, „ich denke, dies wäre wirklich ein Fall von Verunstaltung, den man in Deutschland mit einigen Operationen beheben könnte. Dann wäre dieses Mädchen wieder gesund und könnte ein normales Leben führen."

„Was meint ihr, ich könnte das Kind von einem deutschen Arzt untersuchen lassen, ein Gutachten erstellen lassen, ein Krankenhaus in Deutschland suchen und dem Kind die Operationen in meiner Heimat ermöglichen, was meint ihr?"

Eli Arnold blickt sich fragend um und bekommt von den Mitarbeitern ihrer Organisation nur zustimmendes Kopfnicken. Ja, das wäre eine wirkliche Hilfe, wenn es möglich wäre, das Bein des Mädchens zu richten und auch den Fuß in eine gerade Stellung zu drehen. Die Unterstützung aller Mitarbeiter ist ihr sicher.

„Also: Pack mer's an", murmelt sie vor sich hin.

Nun beginnt eine Prozedur, die das kleine Mädchen in ein Wirrwarr aus Gefühlen stürzt. Die fremde Frau nimmt Masumah an die Hand, steigt mit ihr in ein Auto, ja, ein richtiges Auto, wie sie auch im Bazar immer hupend an Masumah vorbeigefahren waren, und sie fahren ganz sachte, nicht so wie im Eselskarren, und ganz leise los.

„Alles gut, meine Kleine." Die Hand der fremden Frau, alle sprechen sie mit dem Dari-Wort „Ade", ehrwürdige Oma, an, ist tröstend um Masumah gelegt, immer wieder beruhigt ihre warme leise Stimme das kleine verschüchterte Mädchen.

Gefühlt sind drei Stunden vergangen, tatsächlich gerade mal zehn Minuten, als das Auto vor dem Kunduz PRT, einer großen Militärfestung der deutschen Soldaten, hält. Überall gucken Soldaten mit Waffen neugierig auf das kleine Mädchen hinab, das hinter der Frau herhinkt.

„Hab kein Angst, Tars na dari", versteht Masumah, als beide durch den langen Gang zwischen hohen Steinwänden aus Kies in Drahtgeflecht gehen. Masumahs Bein schmerzt, sie beginnt zu jammern. Da nimmt Ade Masumah auf den Arm, drückt sie ganz fest an sich, so wie dies früher Rahima getan hatte, streichelt zärtlich die filzigen Haare und trägt sie bis zu einem Kontrollhaus, wo fünf Soldaten mit Ade ein Gespräch beginnen. Ade setzt Masumah auf eine kleine Bank und beide warten, bis ein Soldat mit lustiger warmer Stimme sie abholt.

Starke Arme hat er, der große Mann ohne Haare auf dem Kopf, der nun Masumah wie eine kleine Feder trägt, wie Papa damals. „Ich bin seine kleine Prinzessin, oder Papas kleiner Vogel." Vorbei an staubigen Containern und gelb gestrichenen Häusern geht der große blasse Mann mit Ade, und Ade streichelt immer wieder Masumahs Bein und spricht beruhigende liebevolle Worte. Masumah staunt nur noch, die Angst ist verflogen. Das ist wie einst bei Mama Rahima zusammen mit Papa, aber Papas Namen, den hat sie schon lange vergessen.

Gemeinsam betreten die Drei ein flaches Gebäude mit Blechdach. Davor liegen überall große Pakete mit Steinen als Schutz vor Raketen oder anderen Geschossen. Der große blasse Mann setzt Masumah auf einen langen, schmalen Tisch, auf dem ein weißes Tuch liegt. Eine Frau mit weißem Kittel beugt sich in dem supersauberen Zimmer auf sie herab, helle Lampen überall, nirgendwo auch nur ein Staubkörnchen, dafür ein Geruch nach Sauberkeit und Desinfektionsmitteln.

„Na, dann wollen wir dich erst mal genau untersuchen", versteht Masumah zwar vom Ton her, aber der Sinn der Worte erschließt sich ihr nicht. Ade und Masumah werden in einen anderen Raum gebracht, wo eine riesige Maschine drohend über einem Bett hängt.

Sanft setzt der Soldat Masumah auf das Bett, Ade nimmt ihre kleine Hand, streichelt sie wieder und flüstert mit sanfter Stimme. Ein Mann kommt in den Raum und gibt Ade eine große graue steife Schürze in die Hand.

„Ziehen Sie die über, besser ist besser, wenn Sie dabei bleiben müssen." Und er hilft ihr, das schwere graue Teil überzuziehen.

Die anderen verlassen den Raum, nur Ade bleibt bei ihr. Masumah ist es unheimlich zumute, ganz unheimlich, was sollte nun passieren? Dann brummt die Maschine kurz laut, und schon geht die Tür wieder auf, der

Mann mit Kittel lacht: „Fertig, kleines Fräulein!"

Was soll das heißen? Aber es muss was Gutes sein, denn er hat so supertolle weiche Bonbons bei sich und drückt sie Masumah in den kleinen Mund. „Gummibärchen", er sieht sie fragend an und zieht dabei seine Augenbraue hoch. „Magst du Gummibärchen?"

Masumah versteht kein Wort, aber die Stimme klingt sanft, freundlich - und was am besten ist: Diese „Gummibärchen" oder wie sie heißen, die sind so lecker süß, wie sie noch nie in ihrem Leben etwas auf der Zunge gespürt hatte.

„Ja, Frau Arnold, diesem Kind könnte man in Deutschland sicher helfen. Ich würde dies auch befürworten, damit sie zügig ein Einreisevisum bekommt. Das sollte schon möglich sein, dass wir diesem kleinen Mädchen helfen. Ich bin Arzt, es ist meine Lebensaufgabe, Menschen zu helfen." Das ist der Auftakt zu einer langwierigen Prozedur, um Masumah die Behandlung in Deutschland zu ermöglichen. „Aber bitte warten Sie draußen, ich muss den Bericht erst schreiben und dann beim Auswärtigen Amt hier um Mithilfe bitten", schickt der Arzt die beiden nach draußen. Geduldig wartend, sitzt Masumah neben Ade, das Köpfchen angelehnt an die unbekannte und doch vertraute Person, die ab nun ihr Leben bestimmen sollte.

Ade reicht ihr eine Plastikflasche mit Wasser. „Trink was, das tut dir jetzt gut."

Masumah dreht die Flasche auf und setzt sie an ihren kleinen Mund. Das Wasser fließt auf ihre Zunge.

„Pscht!" Erschreckt setzt sie die Flasche ab, es prickelt alles in ihrem Mund. Sie verzieht das Gesicht und blickt fragend auf Eli.

Eli lacht sie an. „Alles okay, kannst du ruhig trinken, das ist Wasser mit Gas, Blubberwasser, schmeckt gut", ermuntert sie Masumah zum Weitertrinken.

Vorsichtig versucht es Masumah nochmal. Jetzt ist es besser, die Gasperlen kitzeln an ihrem Gaumen. „Lecker!"

Nachdem beide jeweils die halbe Flasche geleert haben, zieht Eli ein Portmonee aus der Hose und holt ein paar Fotos heraus, die sie Masumah zeigt. Fotos von fremden Menschen, alle in ganz anderer Kleidung, ohne Schal und fast immer mit Lachen im Gesicht.

„Sieh mal, das sind meine Kinder", erklärt Eli dem staunenden Mädchen, das natürlich nicht wirklich versteht.

Ein Foto beeindruckt Masumah mehr, viel mehr als die anderen Bilder. Das ist das Foto eines Jungen, vielleicht drei oder vier Jahre älter als sie selbst, ein großer schlanker Junge mit strohblondem Haar, so wie Ade, und ganz blauen Augen, komisch blaue Augen, und wie der Junge Masumah ansieht! So wunderschön ist er. Fest nimmt sie sich vor, diesen jungen Mann zu heiraten, wenn sie groß ist. Oder einen, der genau so aussieht, wie ein kleiner Gabrielengel.

Gabriel ist nämlich der Engel im Paradies, der neben Gott sitzt und auf Khoda aufpasst. Dort, wo es wunderschön ist und alle Menschen glücklich sind.

Masumah hat keine Angst mehr. Von diesem Moment an ist es nur noch eine freudige Erwartung: Was wird die Zukunft bringen, welches Leben wartet auf mich? Sie denkt an Springen, Laufen, Ballspielen mit gesunden Beinen und Füßen, mit Lachen, hellem Lachen und Kindern mit gelben Haaren und dem freudigen Lachen von einem hübschen dunkelhaarigen Mädchen, das alle anderen Masumih rufen. Und diese Masumih hätte dann einen Schulranzen und würde lachen mit den anderen, so wie die Schülerinnen der Ghazi Khan Schule.

Masumah wird ihrer Jogi-Mutter am Abend viel zu erzählen haben, denn die deutsche Ade hatte mit ihr an diesem Nachmittag einiges zu erledigen gehabt. Der nette Arzt hat ihr erst mal einen dicken Packen Papier in die Hand gedrückt, und danach hat Tom, der starke Papa-Soldat, sie hinüber durch das ganze Camp zu einem Büro getragen, das Ade immer AA nannte: Es war das Auswärtige Amt im PRT, Provincial Rekonstruktion Team, Kunduz. Dort hat Ade alle Unterlagen vorgelegt und geredet und geredet.

Es hat gefühlt einhundert Stunden gedauert, aber für Masumah war es diesmal kein Problem zu warten, denn sie hatte ja den starken Soldaten, den die Frau Tom nannte, also Tom-Papa, der die Tüte Gummibärchen dabei hat und mit seinem süßen Paradies immer wieder Masumahs Mund vollstopft.

Auf die Frage, ob es nicht schon genug an Süßigkeiten wäre, kann Masumah nicht antworten. Erstens weil sie nichts versteht, zweitens weil sie immer wieder ihren leeren Mund zeigt, um zu signalisieren, dass Platz für Nachschub war. Paradies - so empfindet Masumah - ist eine liebevolle Ade, ein starker Soldatpapa und diese wundervollen süßen Weichteile.

„Ist sie nicht ein bildhübsches liebes Mädchen, Tom?" Die blonde Frau blickt zu den beiden. Und lächelnd zu Masumah gewandt: „Dein Bein kriegen wir schon wieder hin."

Ade macht sich eine lange Liste, denn irgendwie ist das Paket vom Arzt wohl noch nicht genug gewesen. Also meint der Mann vom AA, dass sie jetzt diese Formulare alle noch bringen müsste, ja, und telefoniert hat der blauhemdige Mann vom AA auch immer wieder und nach sowas wie Pass, Elterngenehmigung, Einreisegenehmigung gefragt. Und immer wieder gefragt, welches Krankenhaus denn das Kind gratis behandeln würde.

Ade telefoniert auch ein paar Mal. „Klara, kannst du da mal anrufen, frag Dr. Hartmann, ob er diese OP machen wird, die Unterlagen maile ich ihm heute Abend noch zu, ja, es wird nicht so spät, wegen der Zeitverschiebung zwischen Afghanistan und Deutschland von zweieinhalb Stunden kommt jede Mail noch rechtzeitig an."

„Komm mein Schatz, jetzt fahren wir wieder in die Stadt", sagt Ade. Masumah versteht gar nichts, aber Soldaten-Papa Tom trägt sie auf seinen starken Armen zum PRT-Ausgang, wo eine freundliche Soldatin Masumah noch einen Kuschelbär mit nur einem Auge in die Hand drückt.

„Er soll dir Glück bringen, Kleine." Masumah lächelt – das kommt trotz Nichtverstehen immer gut an.

Schade, im Auto gibt es dann keine Gummitierchen mehr.

Ades Auto hält vor dem Hof der Jogis. Ein Mitarbeiter und Ade haben sich lange was zu erzählen. Masumah hatte sich unter die Zeltplane verzogen. Mit einem Auge konzentriert sie sich auf ihre Jogi-Schwester, um zu erzählen, was sie erlebt hat, mit dem anderen Auge beobachtet sie Ade und Jogi-Eltern, wie sie mit Papieren in der Hand eifrig verhandeln.

Neugierig ist Masumah schon, aber das hilft nichts, wenn man kein Wort versteht. „Jedenfalls, wenn Said kommt, dann kann ich ihm von meinem Ausflug und der großen

Doktormaschine erzählen, und vielleicht werde ich eines Tages gesund werden", glimmt ein Funke Hoffnung in Masumahs Herzen. Einaugebär von der Soldatin hält sie fest an sich gedrückt.

„Dich lass ich nicht mehr los, mit dir werde ich jetzt wohl Abenteuer erleben", flüstert sie ihm unhörbar zu.

Schon früh am Morgen wäscht Jogi-Mutter Masumah und zieht ihr saubere Kleidung an. Heute wird mal die Haarbürste benutzt, aber das Ergebnis ist ein anderes als das gewünschte: Es ziept ganz furchtbar, Masumah fängt an zu heulen.

„Au, ich will das nicht, lass das", wehrt sie sich gegen die ungewohnte Behandlung. Sonst lief sie immer ungekämmt umher, daher sind ihre Haare europäischen Teuerhaarfrisuren ähnlich, den Rastazöpfen, nur halt viel, viel billiger. Auch Jogi-Eltern ziehen sich ordentlich an, als wäre Ramadanfest oder Nowroz, Neujahr.

Irgendwann kommt das Adeauto mit der blonden Frau, diesmal trägt sie eine lange Hose und ein Hemd mit langen Ärmeln. Auch einen Schal hat sie um die hellen Haare gebunden, so dass sie richtig afghanordentlich aussieht. Irgendwas Wichtiges muss heute wohl passieren.

„Salam habibi, hallo Liebling", begrüßt Ade Masumah. „Maleikum", wispert die Kleine zurück.

Das Auto fährt über die holprige Straße zur Teerstraße und hinein in die Stadt. Zuerst hält das Auto an einem bunten Geschäft, wo man auch diese wunderschönen Hefte für die Schule kaufen kann. Ademitarbeiter hebt Masumah aus dem Auto und trägt sie in den Laden, wo er sie mit Schwung auf den harten Drehstuhl setzt, so dass Masumahs Kopf dröhnt.

Aber das „Autsch" verkneift sie sich vor lauter Schüchternheit. Der Ladenbesitzer oder sein Mitarbeiter, das kann man nicht genau erkennen, macht mit einer großen Kamera ein Foto und zieht ein dickes Blatt aus dem Apparat. Er wartet eine Weile und teilt dann das Pappblatt. Masumah staunt nicht wenig, denn da war es, das erste Passfoto von Masumah, Tochter der Rahima und des Joma Khan, eine Tochter der Liebe, wenn auch eine Tochter, die es nie hätte geben dürfen. Masumah ist stolz. Sie weiß, sie ist jetzt wichtig, besonders für Ade.

Vom Bazar fährt das Auto weiter, dahin, wo der große Wali, der Gouverneur, seinen gesicherten Sitz hat, und gemeinsam - Ade, ihr Chefmitarbeiter, Jogi-Mutter, Jogi-Vater und Masumah-Prinzessin - marschieren die Fünf in das neu errichtete Gebäude im Kiefernhain.

Jogi-Vater nimmt Masumah nicht auf den Arm, und so humpelt sie die Marmorebene vor dem Gebäude entlang.

Drinnen angekommen, muss erst jeder durch eine Sicherheitsschleuse, nur Ade nicht, irgendwie ist sie wichtig. Dann müssen alle eine breite Treppe nach oben.

Ade wendet sich an ihren Chefmitarbeiter: „Kannst du bitte Masumah auf den Arm nehmen und hochtragen?"

„Danke, taschakor."

Das ist auch ganz okay, aber Soldatpapa Tom war da viel besser und kuscheliger.

Oben angekommen, geht es in ein großes Büro mit roten Teppichen und großen Sesseln, so weich und riesig, wie Masumah sie noch niemals gesehen hat, fast wie in einem Schloss in ihrer Fantasie. Sie sitzt auf dem Sessel neben Ade, die kurzen Beine ragen vorne über die Sesselkante, viel zu kurz zum Abknicken. Der Klumpfuß steht schief nach innen gerichtet. Masumah will den Fuß unter ihrem Tuch verstecken, aber Ade lässt das nicht zu. Beruhigend legt sie ihre Hand auf Masumah Arm und redet mit freundlicher Stimme auf sie ein.

„Es wird alles gut werden, meine Kleine."

Ein wichtig aussehender Mann mit Bart kommt in den Raum, gibt jedem die Hand, nur Jogi-Mutter nicht, ihr gegenüber fasst er sich nur ehrfürchtig höflich an seine Jacke, und danach setzt er sich auf einen großen schwarzen Sessel hinter einem überdimensionalen, mit Schnitzereien verzierten Schreibtisch. „Chi ast, was ist?", fragt er Ade-Chefmitarbeiter nach einer ausführlichen

Begrüßung und hört mit dem Gesichtsausdruck dessen zu, der sich seiner Bedeutung bewusst ist, als Chefmitarbeiter erklärt, dass alle Anwesenden in Masumahs Interesse hier seien.

Ade wolle Masumah helfen und sie mit nach Deutschland nehmen, doch Masumah brauche einen Pass und dazu die Einwilligung der Eltern, nach Deutschland fahren zu dürfen. Das Problem sei aber erst einmal, dass Masumah Vollwaise ist, denn Rahima und Joma Khan seien nicht mehr am Leben und der Rest der leiblichen Verwandtschaft wolle von diesen beiden Bastarden Masumah und Said sowieso nichts mehr wissen. Allein Jogi-Eltern hätten die Kinder aus Barmherzigkeit bei sich aufgenommen.

Was sollte nun geschehen? Kann der Gouverneur bescheinigen, dass das Kind als Vollwaise mit nach Deutschland fahren kann? Kann er dem Kind einen Pass ausstellen, so dass seine Identität klar wäre? Was käme dann nach einer Behandlung, müsste Masumah zurück nach Kunduz oder könnte Ade für sie neue deutsche Eltern suchen, die Masumah eventuell adoptieren würden? Es wird geredet und geredet, der wichtige Mann verlässt den Raum, kommt wieder rein, gefolgt von anderen Männern mit wichtig aussehenden Papieren. Masumah wird müde, lehnt ihren Kopf an Ade und gähnt. Ihre Nase juckt, sie bohrt im rechten Nasenloch weniger des Kratzens wegen als aus Verlegenheit.

Der wichtige Mann verlangt Geld für die Bearbeitung der Angelegenheit, und Ade legt ein paar Scheine zusammen mit Masumahs Passfoto auf den Superschreibtisch. Die Männer stecken die Köpfe zusammen und diskutieren mit gewichtigen Mienen. Schade, dass es hier keine Gummibärchen gibt...

Nach langem Reden und wichtigen Blicken betritt ein Mann den Raum. Der Mann ist neu in der Runde und hat ein blaues kleines Buch in der Hand. Er schreitet zum Schreibtisch, nimmt ein kleines buntes Kästchen dort weg und öffnet es. Darin liegt ein blaues Stoffkissen. Damit kommt er zu Masumah und reicht Ade das Kästchen. Ade nimmt Masumahs Hand, drückt deren Daumen auf das Kissen und danach den Daumen auf das kleine blaue Buch, in dem Masumah ihr Passfoto entdeckt hat. Danach pustet der Mann über den Daumenabdruck, wobei ein paar Spritzer Speichel auch auf dem Pass landen. Nach seinem Dafürhalten ist der Fingerabdruck trocken, so dass er die Klebefolie, die am Passrand hängt, über das Foto und den Shast, wie der Mann zum Fingerabdruck sagt, kleben kann.

„Hier", übergibt er Ade das kleine blaue Heft, „das ist der Pass für das Mädchen, viel Glück!"

Ade scheint erleichtert zu sein und strahlt über das ganze Gesicht.

„Taschakor, khele khub, danke, sehr gut."

„Ade, das gehört sich nicht, eine Frau darf nicht so strahlend lachen, wenn Männer dabei sind", denkt Masumah, aber irgendwie versteht diese blonde Frau davon nichts, vielleicht ist sie halt doch ein Mann oder zumindest ein Halbmann.

„Said, ich habe dir so vieles zu erzählen, du bist von meinem Blut, du bist mein einziges Familienmitglied, was mir geblieben ist. Nur du und ich, wir gehören zusammen." Masumah liegt angekuschelt an den kleinen Bruder, Einaugebär im anderen Arm, und blickt in den dunklen sternenklaren Himmel über Kunduz.

Jogis haben keine Häuser, nur provisorische Zelte aus Decken, und wenn die Ehepartner allein sein wollen, dann hängen sie die Planen zu und die Kinder schlafen draußen unter dem freien Himmel. „Sieh mal, Said, da oben, da wo die vielen kleinen hellen Punkte sind, in diesem Band von Sternen, da sind bestimmt Mama und Papa und passen auf, dass uns nichts passiert, und natürlich unsere beiden Brüder und Sargola, unsere große Schwester. Vielleicht werde ich auch gesund, dann können wir uns gemeinsam ein schönes Leben aufbauen", drückt sich Masumah eng an den Kleinen, träumt von dem großen weichen Sessel beim Wali und von den süßen Gummibärchen von Soldatpapa Tom.

Am nächsten Tag ist von Ade nichts zu hören und zu sehen, am übernächsten Tag auch nicht. War etwas geschehen, sollte ihr Fuß nicht behandelt werden? Masumah bekommt Zweifel.

Erst gegen Abend des zweiten Tages kommt Ade zu Fuß rüber in den Jogi-Hof, über das ganze Gesicht strahlend.

„Ich hab's geschafft, mein Kleine, ich hab's geschafft", lacht sie Masumah an. Die versteht nur, dass irgendetwas sehr Tolles passiert sein muss, so glücklich sieht die gelbhaarige Fremde aus. Es fehlen anscheinend zum perfekten Glück nur noch die Gummibärchen.

Und was war passiert? Die Chefin der Hilfsorganisation, Ade, hatte ein Krankenhaus in Deutschland gefunden, welches Masumah gratis operieren würde. Der blauhemdige Mann im AA-Büro hatte eine Ausnahme erreicht, dass Masumah sofort mit nach Deutschland einreisen dürfe, und die Bundeswehr hatte den Mitflug für das kleine Mädchen genehmigt.

An gerade mal zwei Tagen waren alle Schranken der Bürokratie gefallen, alles für ein kleines behindertes Mädchen, für Masumah, Tochter von Rahima und Joma Khan.

Langsam und deutlich erklärt der Chefmitarbeiter der Hilfsorganisation Klein-Masumah auf Pashtu, was nun passieren würde. Er erzählt von der langen Reise hoch in der Luft, von den sauberen Krankenhäusern in Europa, von lieben helfenden Menschen und von einem Arzt, der Masumahs Bein ganz prima reparieren würde. Masumah Herz pocht, vor Aufregung und ängstlicher Erwartung.

Was wird dort sein? Sie denkt an eine Reise bestimmt weiter als nach Chardarrah, oder vielleicht sogar bis hinter Mazar-i-Sharif, wovon die wichtigen Männer oft erzählten. Und die großen Flugzeuge der Soldaten, die brummen immer so laut, wenn sie in Kunduz landen, besonders, wenn sie dann anhalten wollen.

Masumah bekommt die ganze Nacht kein Auge zu. „Said, sei unbesorgt, ich fliege dahin, werde schnell gesund, und komme dann wieder zu dir, versprochen."

Die folgenden Tage verändern Masumahs Tagesrhythmus gravierend. Ade kommt mit neuen Kleidern, besorgt neue Schlappen, gibt Jogi-Mutter Shampoo, um die Haare zu waschen, und bringt eine kleine Tasche, in die alles Wichtige für die Reise eingepackt werden sollte, Einaugebär inklusive.

Masumahs Reisefieber steigt. Herzklopfen bis hoch zum Hals. Das große Abenteuer kann beginnen.

Am Abreisetag kommt Ade früh am Morgen zum Jogi-Hof und bringt mehrere Säcke mit Reis und einige Kanister mit Speiseöl für die Großfamilie im Hof, denn die 40 Familienmitglieder sollen wissen, dass Ade auch ihnen helfen möchte.

Jogi-Chef Gholam strahlt über beide Ohren, holt seine Flüstertüte aus dem Zelt und beginnt, Ruhmesgedichte für Ade herauszuposaunen. Ade verdreht die Augen, lächelt dann aber gezwungen aus lauter Höflichkeit. Sie versteht schon, dass Gholam noch mehr Reis haben möchte.

Dann drückt Masumah alle Hofbewohner, auch ihren kleinen Said, gibt Jogi-Mutter die Hand und folgt Jogi-Papa, der heute auch im Ade-Auto mit sitzen darf.

Die Fahrt führt hoch zum Maidan Hawa, dem Flughafen, wo viele schwerbewaffnete Soldaten Wache stehen und die Ankommenden erst einmal zur Kontrolle führen. Ade und Masumah werden von zwei Frauen untersucht, ob nicht irgendeine Bombe den Flug gefährden würde. Dass beide gar nicht die afghanische Airline nutzen wollen, sondern das deutsche Flugzeug, das ignorieren die Frauen mit dem Argument „Vorschrift", aber anscheinend sind sie einfach nur froh, etwas zu tun zu haben, denn außer Masumah und Ade ist keine Frau weit und breit zu sehen.

Alles ist okay, die beiden Passagiere dürfen passieren.

Heiß wird es, denn nun heißt es warten, bis die Transallmaschine aus Mazar-i-Sharif landet. Ankunftszeit in einer Stunde. Ade-

Chefmitarbeiter, Polizeimitarbeiter, Jogi-Vater und zwei andere Männer von der Hilfsorganisation sind dabei, anscheinend besprechen sie noch wichtige Dinge mit Ade.

Ade trägt heute ganz komische Kleidung, lange Hosen mit Taschen, ein Hemd wie ein Mann, eine Weste mit vielen Taschen und dazu, oh wie schrecklich, trägt sie einen Rucksack, und zwar sogar noch selber. Wie kann ein Chef, und das scheint sie ja zu sein, den Rucksack selbst tragen, wo doch genug Leute da sind, um ihr behilflich zu sein? Masumah wundert sich über alles, was jetzt auf sie zukommt.

„Hallo Masumih, wie geht's, meine Kleine?" Soldatpapa Tom kommt auch noch dazu und zeigt, dass er natürlich helfen will, wenn Masumah in die Maschine steigt. Und dann kommt sie endlich, die riesige Transall, besonders riesig für ein kleines Mädchen aus Kosheraltan in Kunduz, das nie in der Schule war und dessen Mama und Papa immer nur von oben auf sie und ihren kleinen Bruder aufpassen.

Jogi Vater sagt: „Khoda Hafez - Gott sei bei dir."

Ade und Masumah müssen sich jede eine schwere Schutzweste anziehen, so schwer, dass Masumah ausatmen muss. Sie bekommt Angst, doch anscheinend muss das so sein, denn jeder trägt solch eine schwere Jacke.

Tom nimmt Masumah auf den Arm, Ade hängt sich den Rucksack um, und gemeinsam schreiten sie über das Rollfeld hin zum aufgeklappten Heck der Maschine. Tom-Starkpapa klettert kraftvoll die Rampe hoch, Masumah auf seinen muskulösen Armen, und bringt sie zu einem Sitz, einem Metallgestänge mit Zeltplane überzogen, drückt Masumah herzlich und steckt ihr dabei noch eine Tüte Gummibärchen als Seelennahrung in die Hand, drückt Ade noch mal freundschaftlich und sagt:

„Macht's gut, alles Gute, wir sehen uns dann in Deutschland!" Dann schiebt er noch ein: „Ach, ruf an, wenn ihr angekommen seid!" hinterher und verlässt das Flugzeug.

Nach und nach steigen weitere Personen zu, fast alles Männer in Soldatenuniformen, Amerikaner mit großen Gewehren, Deutsche und Belgier. Einige Frauen sind auch dabei, aber keine hat die Energie, sich um Masumah und Ade zu kümmern, denn die Splitterschutzweste ist so schwer, da hat man keine Lust, noch miteinander zu reden.

Langsam schließt sich die große Ladeklappe der Transall, die Motoren beginnen zu laufen. Der Lademeister kontrolliert, ob alle Passagiere angeschnallt sind, verteilt Ohrstöpsel an alle, auch an Masumah, lächelt das verängstigte Mädchen an und weist Ade auf die kleinen viereckigen Tüten hin, die an der Mittelwand stecken.

„Na, wenn's der Kleinen vielleicht übel wird, Sie wissen ja, wo Sie die Tüten finden."

Die Maschinen werden lauter, und plötzlich beginnt die Maschine, sich behäbig zu drehen.

„Wir fahren, jetzt fliegen wir in Richtung Deutschland", redet Ade auf Masumah ein, doch Ohrstöpsel und Motorenlärm machen jede Verständigung unmöglich, von den Sprachbarrieren ganz zu schweigen.

Wieder dreht sich die Maschine. Masumah versucht, durch die Fenster etwas zu erkennen, aber die kleinen runden Bullaugen des Fliegers liegen so weit oben, dass nur der strahlend blaue Kunduzhimmel zu sehen ist. Kein Winken, kein Blick mehr auf die Heimat. Ihre kleinen Hände krampfen sich vor Anspannung zusammen, kleine Fäuste, die jetzt kämpfen wollen, für ihre Gesundheit, für ein gerades Bein.

Wieder macht die Maschine eine Wendung, die Motoren werden noch lauter, die Beschleunigung drückt alle Passagiere in Richtung der großen Ladeklappe. Ade hält sich selbst am Stahlgestell der Sitze fest, mit der anderen Hand drückt sie Masumah an sich. „Keine Angst, das ist ganz normal", beruhigt sie das zitternde Mädchen.

Ein Ruckeln der Maschine, ein leichtes Holpern - und plötzlich merkt Masumah, dass irgendetwas anders ist. Sie fliegt zum ersten Mal in ihrem Leben, ein merkwürdiges Gefühl. Zu sehen ist nur noch der blaue Fleck im Bullauge.

Masumah wird müde und sieht, dass auch alle anderen Fluggäste ihre Augen schließen. Manche haben keine gelben Stöpsel in den Ohren sondern kleine Kopfhörer, aus denen anscheinend Musik ertönt, denn hier und da wippen die Soldaten mit den Knien. Auch die Frau mit dem Strohhaar hat die Augen zu und scheint zu schlafen. Die Wasserflasche, die sie in der Hand hat, ist halb voll. Nein, sie schläft doch nicht, denn ab und zu hebt sie die Flasche und trinkt einen Schluck. Masumah schließt auch die Augen und denkt an Said, ihren kleinen Bruder, den sie leider nicht mitnehmen konnte. Er hätte ihr ein Gefühl von Sicherheit, von Heimat gegeben. Fest nimmt sie sich vor, bald zu Said zurück zu kommen. Sie kuschelt sich an Einaugebär.

Die Maschine brummt, wackelt, manchmal sackt der Flieger ab, so dass der Magen richtig nach oben hüpft. Masumah blinzelt durch ihre von kleinen Tränen verklebten Wimpern und sieht, dass Ades Wasserflasche jetzt ganz dünn geworden ist, als hätte die Frau sie zusammengedrückt. Ade nimmt die Flasche wieder hoch, öffnet den Verschluss, trinkt, die Flasche nimmt wieder Normalform an. Masumah wundert sich, aber sie versteht ja auch nichts von Physik und Luftdruck.

Nach 50 Minuten werden die Motoren leiser, das Flugzeug scheint zu gleiten. Masumah zuckt zusammen, ein Rumpeln erschüttert die Maschine, alle Passagiere werden in Flugrichtung gekippt, Ade hält sie wieder fest. Noch mehr Rumpeln, die Motoren jaulen ein letztes Mal auf. Sie hat wieder festen Boden unter den Rädern, die Maschine ist gelandet. Masumah fragt sich, wie jetzt wohl dieses Deutschland, dieses gelobte Land aussehen wird, in dem sie doch wohl eben angekommen ist.

Die Maschine dreht sich noch ein paar Mal, dann öffnet sich die große Heckklappe - zu sehen ist eine weite Ebene mit trockenen Gräsern, und heiß ist es, genauso wie in Kunduz.

„Wir sind in Termez Usbekistan, komm, steh auf, wir müssen jetzt aussteigen", fordert Ade das Mädchen auf und zieht sie am Arm hoch, denn es ist so schwierig hochzukommen mit dieser großen schweren Weste.

Ein Soldat kommt Masumah entgegen, nimmt sie an die Hand und hilft ihr, die Rampe herunterzusteigen. Ade hat so viel Gepäck und selber Schwierigkeiten, die Rampe herunter zu kommen. Ein anderer Soldat nimmt Ade die beiden Pässe ab mit der Begründung, die Usbeken müssten deren Richtigkeit kontrollieren.

Vor der Maschine wartet ein Kleinbus, sie steigen ein und werden zu einem Platz mit Wohncontainern und Zelten gefahren. Hier hilft der Soldat - er hat rote Haare, so wie früher die mit Henna gefärbten Haare des alten Nachbarn -, und endlich steht Masumah wieder auf festem Boden.

„Ade, shah shah, ich muss mal!" Masumah tritt schon auf der Stelle, denn seit Kunduz Jogi-Hof hatte es keine Toilette mehr gegeben.

Nach einigem Hin und Her versteht Ade endlich, was Masumah will, nimmt sie beim Arm, und beide steuern auf einen Block von Containern zu. Eine Blechstufe hinauf, Tür auf, und rechts weiter fünf Blechstufen zu einer Containertür, die mit einer Mädchensilhouette gekennzeichnet ist, erkennbar in allen Sprachen. Die Deutsche öffnet die Tür und zieht Masumah hinter sich her. Dann drückt sie die Toilettentür auf.

„Hier, Masumih, hier kannst du dich setzen."

Masumah bleibt das Herz stehen. Was ist das denn? Bisher kannte sie nur die Variante Lehmboden, großes Loch in der Mitte, Lehmbälle, um sich durch Verkrümeln der Lehmkugel abzuputzen. „Was ist das?" Groß sehen zwei dunkle Augen die Helferin an.

„Keine Angst, zieh die Hose runter, setz dich darauf, und hier ist dann Papier zum Abputzen."

Dann schiebt Ade die Tür zu und lässt Masumah allein.

Voller Scheu, etwas falsch oder vielleicht auch schmutzig zu machen, benutzt das verängstigte Mädchen die Toilette. Sehr angenehm ist es, das steife Bein nicht von sich strecken und sich gleichzeitig mit den Händen vom Boden hochdrücken zu müssen. Ja, eigentlich prima, denkt Masumah und streichelt das weiche Papier, mit dem sie sich abwischen soll. Es ist so weich und zart, gar nicht wie zum After abwischen. Schnell wickelt sie eine ganze Handvoll Papier ab und steckt es sich in die Tasche. Vielleicht braucht sie ja noch irgendwann Tücher, dann wäre das Toilettenpapier wunderbar zu nutzen. „Aber wie bekomme ich das weg, was da im Becken liegt?" Masumah sieht sich suchend um. Dann öffnet sie doch lieber die Kabinentür und sieht Ade fragend an. Ade lächelt, kommt und zeigt ihr den Spülmechanismus.

„Oh wie wunderbar", denkt Masumah, „das ist ja ideal, da kann ich mir ja gleich die Hände waschen."

Aber Ade zieht sie weiter zum Waschbecken, wo flüssige Seife, herrlich warmes Wasser und Handtücher aus Papier zur Verfügung stehen.

„Es ist hier wie im Paradies", denkt Masumah. „Was wird wohl als nächstes passieren? Sicher kommt bald ein Auto und bringt uns nach Deutschland und dann werde ich operiert."

Aber das war wohl nichts mit dem schnell mal nach Deutschland kommen, denn nach dem Toilettengang heißt es wieder warten. Ade schiebt Masumah zu einer Bank und bedeutet ihr, sich zu setzen.

„Schade", denkt Masumah, „andere sitzen da oben auf dem schaukelnden Sofa und ich darf da nicht rauf." Mitten auf dem Platz steht eine übergroße Hollywoodschaukel mit zwei gepolsterten Sofas und danebenliegenden Liegen, auf denen Soldatinnen und Soldaten sich ausruhen. Manche sonnen sich, andere lesen in Büchern, manche hören Musik oder es wird geklönt. Richtiges Idyll, mitten in einem Einsatz, der weltweit umstritten ist und dessen Risiken eigentlich von keinem Menschen richtig einzuschätzen sind.

„Ade, wie lange noch, wann fahren wir weiter", fragt Masumah die blonde Helferin. Nach und nach beginnen die beiden, sich besser zu verstehen, denn Ade spricht Dari, allerdings nicht so gut, und Dari kann die kleine Pashtunin Masumah auch nicht besonders gut, aber es wird immer besser.

„Wir fahren nicht, wir fliegen noch einmal mit einem Flugzeug, ganz, ganz weit, bis es dunkel ist, du musst noch geduldig sein", erklärt Ade.

„Aber jetzt ist gleich Mittag, wir müssen rüber in die Kantine und was essen, denn gerade du brauchst was Vernünftiges, du Knochengerassel", lacht Ade und fordert Masumah auf, sie nicht länger Ade, sondern mit ihrem richtigen Namen Eli zu nennen, Eli Arnold.

Langsam gehen beide hinüber zum Essensbereich, Schritt für Schritt die geteerte Straße entlang bis zu einem flachen Gebäude, zu dem auch viele Soldaten streben, aber viele auch schon wieder zurückkommen. Es muss da schon was Wichtiges sein, denkt Masumah und greift Elis Arm fester.

„Hier, du musst deine Hände waschen und desinfizieren." Eli reicht Masumah einige blaue Spritzer Flüssigkeit, Masumah wäscht wieder ihre Hände, und beide gehen durch eine Glastür in einen großen Raum, in dem viele Soldaten, aber auch einige Blauhemden sitzen und essen.

„Such dir aus, was du magst."

Masumah sieht mit großen Augen auf das Angebot von Speisen, die sie nie vorher gesehen hat. Sie kann sich nicht wirklich entscheiden, deutet dann auf Brot, auf einen Apfel und eine Banane, und zu trinken wollte sie Wasser, aber Eli reicht ihr ein Glas Saft. Sie nippt daran. Oh, ist der köstlich, fast so toll wie Gummibärchen. Es kann alles nur noch schöner werden, wenn das Bein dann erst gesund ist.

Eli hält das Tablett und geht voran zu einem großen Tisch, wo eine Soldatin mit lockigen dunkelblonden Haaren und freundlichem Gesicht sitzt. „Hallo", begrüßen sie sich, Masumah setzt sich und beginnt, zaghaft an dem Apfel zu knabbern.

„Woher kommen Sie denn, und was ist mit dem Mädchen?" So viele Fragen werden gestellt, und Eli antwortet und erklärt, streichelt ab und zu Masumahs Rücken und lacht mit der Soldatin.

„Schade, ich war nur einen Monat in Kunduz"", erzählt die Soldatin. „Dann merkte ich, dass ich schwanger bin, also muss ich wieder zurück zu meinem Mann. Aber eigentlich freue ich mich auch, wieder nach Hause zu kommen", sagt die lustige Soldatin und strahlt übers ganze Gesicht.

Masumah hat inzwischen ihren Apfel aufgegessen und spürt plötzlich richtigen Hunger auf was Deftiges. Sie stupst Eli an und zeigt hinüber zur Essenstheke.

„Na Kleine, du willst wohl nochmal was holen. Ist auch richtig so, du brauchst das." Eli erhebt sich vom Stuhl, schiebt ihn zurück und greift vorsichtig Masumahs Arm.

Das Mädchen stützt sich auf den Tisch und lässt sich weiter von Eli aufhelfen. Von ihr gestützt, humpelt Masumah hinüber zum Buffettisch, wo sie sich zögerlich ein Brötchen nimmt.

„Nur Mut, du kannst ruhig auch noch Aufschnitt und Butter nehmen, du kannst das ja nun wirklich vertragen." Eli lächelt sie aufmunternd an.

Masumah zögert. Da ergreift Eli die Initiative, nimmt einen Teller, packt zwei Scheiben Käse darauf und ein Kleinstück Butter sowie eine der kleinen Plastikschälchen mit Frischkäse.

Gemeinsam kehren beide zum Tisch zurück, Eli voller Tatendrang, Masumah ängstlich und skeptisch.

„Nun hab keine Angst, probier einfach, und wenn es nicht schmeckt, dann lass es liegen."

Vorsichtig nimmt Masumah die Käsescheibe und hebt sie an ihre Nase. Na, schlecht riecht diese fremde gelbe Platte ja nicht. Mit langen Zähnen berührt Masumah die Scheibe und beißt ein kleines Stückchen heraus. Das Käsehäppchen löst sich auf ihrer Zunge langsam auf, ein wunderbarer Geschmack breitet sich in ihrem Munde aus. „Wie paradiesisch gut", denkt das Mädchen, „wieso habe ich dies nicht früher schon mal schmecken können?"

Voller Genuss und Hunger schiebt Masumah die ganze Scheibe in den Mund und genießt die Geschmacksexplosion in vollen Zügen. Eli sieht ihr dabei zu und lacht. „Nur zu, wunderbar, dass es dir zu schmecken scheint."

Auch die blonde Soldatin blickt erfreut auf das essende Kind. „Ich geh gleich nochmal rüber und hole noch mehr, Sie können ruhig bei Ihrem Schützling sitzen bleiben", bietet sie an.

Zügig setzt die werdende Mutter ihren Vorschlag in die Tat um und kommt mit einem großzügig gefüllten Teller zurück - Käse, Wurst, Bananen, alles was das Herz begehrt.

„Taschakor, danke", strahlt Masumah die Schwangere an, greift fleißig zu und verputzt alle Köstlichkeiten auf dem Teller, bis sie das Gefühl hat, gleich zu platzen. Masumah deutet Eli auf ihren prallen Bauch hin. Beide fangen laut an zu lachen, und auch die nette Soldatin stimmt mit ein.

Nach dem Festbankett gehen die Drei gemeinsam zum Abflugbereich. Eli nimmt Masumahs kleine Tasche und ihren eigenen Rucksack, und Arm in Arm, die Soldatin an ihrer Seite, gehen sie zur Personenkontrolle, bei der eifrige Feldjäger darauf hinweisen, alle detektierbaren Gegenstände in gelbe Boxen zu legen.

„Auch deinen kleinen Beutel, leg ihn hier rein", deutet Eli Masumah an und hilft dem kleinen Mädchen die Stufen zum Detektor hinauf. Einzeln durchschreiten sie das Kontrolltor, kein Signal, alles paletti, Tasche wieder in die Hand, und weiter geht es zu den Biertischbänken, auf denen schon zahlreiche Wartende, meist Soldaten, Platz genommen haben.

Die Mittagssonne bringt alle zum Schwitzen, auch Masumah hat Schweißperlen auf der Stirn. Über den Platz ist ein großes Tarnnetz gespannt, doch der löcherige Schatten bringt kaum Abkühlung.

Masumah wird müde, alles ist so anstrengend, alles so neu, und so viele Männer überall, für ihr afghanisches Gefühl eine Bedrohung. Dennoch, irgendwie fühlt sie sich doch geborgen. Vorsichtig legt sie ihren Kopf an den Arm von Eli – Eli, ihr Schutzengel.

„Wo bleibt denn nun das Auto?", fragt sie sich, aber nichts passiert.

Da plötzlich ruft ein Soldat Wörter, verschiedene Leute antworten mit „Ja" oder „Hier". Auch die Namen von Eli und Masumah fallen, und auch Eli ruft: „Hier!" Dann packt sie Masumahs Arm und zieht sie hin zur kleinen Zufahrtsstraße, wo ein Kleinbus die Soldaten nach und nach verschluckt. Die Soldatin ist noch nicht gerufen worden, daher verlieren sie die nette Blonde aus den Augen. Ein braungebrannter Soldat packt Masumah von hinten um die Taille und hebt sie sanft in den Bus, wo ihr ein Sitzender schnell seinen Platz anbietet.

Der Kleinbus, voll mit zusammengedrängten Soldaten, setzt sich in Bewegung und fährt in einer großen Linkskurve auf ein großes Flugzeug vor dem Terminal mit der Aufschrift „Termez" zu. Die Düsen wirken bedrohlich auf Masumah, wie beobachtende Augen. „Das ist der Airbus", erklärt Eli.

„Was soll das sein?", fragt sich Masumah im Stillen, „wie soll ich all das verstehen, was du sagst?"

Ein Soldat, so stark wie Soldatpapa Tom, spricht kurz mit Eli, packt Masumah mit seinen kräftigen Armen und trägt sie die hohe Treppe hinauf, die zur hinteren Einstiegstür führt. Geschafft, nun steht sie in diesem mächtigen Flugzeug, einem großen Bus mit vielen Sitzen rechts, links und sogar in der Mitte, ein ganz großer Bus mit Flügeln.

Weit vorne, da wo die Sitze etwas breiter sind, weist ihnen die Flugbegleiterin eine

Bank zu, und erleichtert sinkt Masumah in den weichen Sitz. Eli schließt ihren Sicherheitsgurt, legt ihr eine weiche Decke über und macht es sich auf dem Nebensitz bequem.

„Keine Sorge, in sieben Stunden sind wir in Deutschland", redet sie beruhigend auf Masumah ein, doch was sind sieben Stunden, wenn man die Uhr gar nicht kennt? Aber irgendwie wird es schon alles richtig sein, denn „schlechter als bisher kann es für mich nicht kommen", denkt die Kleine.

Dann geht alles ganz schnell. „Boarding completed" schallt es aus dem Lautsprecher, die Triebwerke beginnen zu dröhnen, die Maschine bewegt sich rückwärts, Treibstoffabgase provozieren die Nase, der fliegende Bus dreht und rollt an.

Irgendwann stoppt er, die Triebwerke beginnen zu jaulen, die Maschine beschleunigt, mehr und mehr, und dann drückt etwas Masumah in die Rückwand des Sitzes, der Airbus hebt ab und gewinnt schnell an Höhe. „Wir sind unterwegs ins verheißene Land Almania."

Nach einem Essen an Bord, nach Schlaf im Sitzen vor Erschöpfung und mehreren Säften und sieben Stunden 15 Minuten geht es wieder hinunter. Die Ohren knacken. Eli zeigt ihr, wie man den Nasendruck ausgleicht, die Landung erfolgt sanft wie auf einem Daumenkissen, nun sind die beiden in Köln in Deutschland gelandet.

„Abenteuer warten auf mich, mich, die Tochter Rahimas, aber Mama Rahima, du bist so unendlich weit weg. Aber ich fühle dich in meinem Herzen. Und Said, geht es dir gut, denkst du an mich? Du bist der einzige, den ich in meinem Leben noch habe, oder?" - sie blickt zu Eli – „vielleicht habe ich hier doch auch eine neue Familie gefunden."

Fremdes Land

Es regnet, als die beiden das Flugzeug verlassen und an der Treppe stehen. Richtig deutsches Nieselwetter. Das Mädchen fröstelt. Es blickt über ein großes geteertes Feld, an dessen Ende ein Gebäude mit viel Glas, das militärische Empfangsgebäude, auf die Reisenden wartet. Alles ist so fremd, und Masumahs Magen zieht sich vor Angst vor der neuen Welt zusammen. Eine Hand tätschelt ihren Rücken. Es ist die blonde Soldatenmutti, die ihr aufmunternd zulächelt. „Mach's gut, Kleine, alles Gute für dich."

Von weit hinten, hinter dem Glasgebäude, kommt ein Krankenwagen mit Blaulicht angefahren.

„Tatü, tata", hört man, und Eli lacht Masumah an. „Siehst du, die wissen, dass du schlecht zu Fuß bist, und holen dich ab."

Der Krankenwagen stoppt am Fuße der Treppe und ein mit roter Weste gekleideter Mann steigt aus. „Wollen die mich holen?", denkt Masumah mit einem leichten Anflug von Panik.

Aber nein, der Mann fragt nach einer Soldatin, die geholt werden soll, und ruft den Namen hoch zur Treppe, wo schon einige Passagiere mit dem Abstieg beginnen, auch die blonde Soldatin ist dabei.

„Ja, das bin ich!", ruft die Soldatin dem Sanitäter zu, erstaunt, dass ihr der Krankenwageneinsatz gilt. „Aber ich bin nicht krank, ich bin nur schwanger", lacht sie lauthals. Es gibt kein Pardon, sie muss einsteigen, der Krankenwagen verschwindet mit ihr wieder hinter dem Empfangsgebäude.

Eli staunt und packt Masumahs Arm. „Siehst du, wir müssen allein sehen, wie wir hinunter kommen, das war kein Einsatz für dich, aber egal, wir beide schaffen das schon."

Langsam, Stufe für Stufe klettern beide hinab, dann wieder hinauf in den abholenden Kleinbus. Masumah friert und schwitzt zugleich vor Aufregung und Anstrengung. Ihre kleine Hand liegt heiß in Elis kräftiger Hand, die ihr signalisiert: Du musst diese neue, fremde Welt nicht alleine kennen lernen.

Im Ankunftsgebäude müssen sie erst einmal auf Elis Tasche warten, die ihnen dann auf einem Band entgegen kommt. Viele Taschen, große gefleckte Säcke sind dabei, alle sehen gleich aus, aber die kräftigen Soldatenmänner erkennen immer sofort ihr Gepäck. Elis sieht ganz anders aus, ist leichter, aber für Eli ist diese Tasche ganz wichtig.

„Hier ist mein Büro drin", erklärt sie Masumah lachend, obwohl das Wort Masumah natürlich nichts sagt. Vielleicht sind es nur Worte, um die Verlegenheit zu verbergen, oder sie sollen trösten.

Hinter der Glasfront am Ende der Gepäckhalle stehen viele Leute und winken den Reisenden zu. Eli beginnt auch zu winken und wirft jemandem eine Kusshand zu. Sie nimmt ihre rollende Gepäcktasche, hievt ihren Rucksack auf den Rücken, drückt Masumahs Hand, und beide gehen auf die wartenden winkenden Leute zu. Einer der Männer löst sich aus der Gruppe und eilt schnellen Schrittes auf Eli zu. Er breitet seine Arme aus und umfängt die strahlende Eli.

„Was ist das?", fragt sich Masumah, „das macht man nicht, zu Hause in Afghanistan umarmt kein Mann eine Frau, auch nicht, wenn es seine Ehefrau ist, schon gar nicht in der Öffentlichkeit, wenn alle das sehen. Das macht man nur zu Hause im Zimmer allein."

Der Mann ist groß und kräftig und trägt einen kurzen Bart. Die Haare haben graue Strähnen und sein Gesicht strahlt vor Glück. Nun gibt er seiner Frau auch noch einen Kuss - Masumah bekommt ein knallrotes Gesicht vor Scham, das gehört sich einfach nicht, was sie da sieht. Aber auch andere begrüßen sich auf diese Weise, viele der Soldaten werden von jungen Frauen begrüßt, Frauen ohne Kopftuch, mit roten Lippen, die ihre Männer anlachen, küssen und umarmen, ohne Scham, gesehen zu werden. Welch eine fremde Welt. Masumah kommt aus dem Staunen nicht mehr heraus.

„Hier, das ist Masumah", stellt Eli ihre Mitreisende vor, die verschämt der ausgestreckten Hand des Eli-Ehemannes ihre kleinen Finger entgegenstreckt. „Asalamaleikum, Masumah", begrüßt der den kleinen Neuankömmling.

„Maleikum salam", haucht Masumah zurück

Gepäck, Kind und Ehefrau werden in den braunmetallic-farbenen Touran verstaut, Eli-Mann setzt sich ans Steuer, und los geht die lange Fahrt. Es dämmert schon, die Sonne verschwindet gerade hinter dem Horizont, und Masumah hat den Eindruck, dass das Auto wie eine Rakete davon rast. Tempo 120 ist für das kleine Landkind aus Kunduz, das bisher nur Ritte auf dem Esel kennen gelernt hatte, eine neue Geschwindigkeitsdimension. Im Flugzeug ist ihr das Tempo nicht so bewusst geworden wie hier auf der Straße, auf der Bäume, Büsche und Häuser an ihr vorüber fliegen.

„Said, warum bist du nicht bei mir, mein kleiner Bruder, wärest du nur schon groß und könntest mich beschützen." Ihre Gedanken drehen sich um Said, um die Liebe ihrer Mutter Rahima, um Starkarm-Papa und sogar ein bisschen um die neue Jogi-Mama.

Vor Erschöpfung gleitet sie hinüber in einen traumvollen Schlaf, den Kopf an Eli gelehnt, bei der sie sich geborgen fühlt. Ganz weit in der Ferne hört sie Eli und Eli-Mann erzählen, aber es klingt weit weg, ganz fremd, immer weiter weg.

Stundenlang sind sie gefahren, die Erschöpfung hat sie lange schlafen lassen, als der Wagen stoppt, in eine Hofeinfahrt abbiegt, ein bellender Hund ans Auto kommt und die Ankommenden schwanzwedelnd begrüßt. Wieder bekommt die verschlafene Masumah einen Schreck, denn Hunde sind unrein, also müssen sie entweder das Haus bewachen und sind hoffentlich bissig, oder es sind Jogi-Hunde, mit denen man im Zelt zwar kuscheln kann, die aber nie in ein Zimmer kommen dürfen. Hier ist die Welt total durcheinander, der Hund wird gestreichelt, läuft ins Haus, rennt in die Küche, ins Wohnzimmer, er gehört zur Familie. Was ist das nur?

Die Familie ist anscheinend nicht zuhause. Es ist zwar dunkel, aber dennoch, nirgends ist - außer Eli und Max, wie Eli den bärtigen Ehemann nennt, und dem Hund - jemand zu sehen. Masumah wird in die Küche gebracht, ein Glas Orangensaft vor sie gestellt und das Gepäck ins Haus verfrachtet. Es ist wirklich niemand zu sehen. Sie merkt, dass das Haus viele Zimmer hat, und da in jedem Zimmer mindestens fünf Menschen leben, müssen die anderen alle ausgegangen sein, vielleicht ist irgendwo eine Hochzeit oder ein Kind ist geboren. Die Müdigkeit gibt keinen Spielraum mehr für andere Gedanken.

„Eli, man manda astom, Eli, ich bin müde." Mit verschlafenen Augen sieht sie Eli an.

Max hebt Masumah wieder hoch, zeigt ihr das Badezimmer, lässt sie dort einen Moment allein, damit sie erst einmal nach der langen Reise die Toilette benutzen und sich nach Elis Anweisung ein bisschen waschen und die Zähne putzen kann. Als sie fertig sind, kommt er wieder rein und geht mit ihr auf dem Arm in ein anderes Zimmer, ein riesiger Raum für Masumahs Empfinden, mit einem großen Bett mit weißen Decken, auf denen kleine Blümchen als Muster zu sehen sind. Eli kommt nach, und Max geht wieder hinaus in den Flur, oder in das ganz große Zimmer, das weiß sie nicht genau.

„Hier, nun zieh dich aus, zieh den Schlafanzug an und ruh dich erst einmal richtig aus", spricht Eli leise auf Masumah ein, hilft ihr beim Umkleiden, legt sie in das flauschige Bett, streichelt ihr über das Haar und löscht das Deckenlicht.

„Schlaf gut. Khub Khau dari, Shab bahair."

Es wird dunkel, das neue Leben hat begonnen.

In Kunduz steht man mit den Hühnern auf. Sobald die ersten Sonnenstrahlen am Himmel erscheinen, wacht die Welt auf. Also ist auch Masumah schon um 5 Uhr wach, aber im ganzen Haus ist noch kein Ton zu hören. Masumah lauscht. Wo sind die anderen, wieso hört sie nichts? Langsam setzt sie sich auf und blickt um sich. Am Abend waren ihr nicht alle Details aufgefallen. Das Zimmer hat helle zartgelb gestrichene Rauhfaserwände, ein gelbbunt gemustertes Sofa, rote Vorhänge, und das weiche Kuschelbett hat eine weißgeblümte Bettdecke plus passendes Kopfkissen. Es erscheint ihr wie ein schöner Garten, ein Bargh ziba, das Paradies. Sie staunt und spitzt dann wieder die Ohren. Nichts.

Leise erhebt sie sich und humpelt an die Tür, um erst einmal das Bad aufzusuchen. Der weiße Hund hat sie bemerkt und kommt angewedelt. Masumah ist wackelig auf den Beinen, daher muss sie aufpassen, nicht vom Hund umgeworfen zu werden, hält sich an der Wand fest und hangelt sich ins Bad. Geschafft.

Masumah fängt an, die stille Wohnung zu erkunden. Niemand rührt sich. Eine Zimmertür ist geschlossen, da schläft wohl Eli mit ihrem Mann, aber alle anderen Türen stehen offen. In der Küche ist niemand, alles wirkt ganz fremd auf das Mädchen. Da steht ein Tisch mit einer Bank und Stühlen, überall rings herum sind Schränke, es gibt eine dunkle Glasplatte. Aber wo macht Eli denn das Feuer, wie soll man hier denn kochen?

Wieder humpelnd zurück in den Flur und dann in einen weiten Raum, der nur eine offene Glastür hat. Große Figuren stehen in der Ecke, Vasen und Gläser finden Platz in einem Regal, und ein großes Sofa lädt zum Sitzen ein.

„Vielleicht ist das die Moschee der Familie", wundert sie sich, „aber bestimmt!" Einen Raum mit so viel Platz hat sie noch nie gesehen und mit so vielen schönen Dingen. Aber es liegt kein Teppich da, der Fußboden besteht aus weißen Fliesen. Sie ist verwirrt.

Im nächsten Zimmer, es ist etwas kleiner, steht ein Tisch, der ist ganz schmal, und darauf steht ein Bügeleisen. Oh wie wunderbar, ein Bügeleisen mit einer Leitung dran, das muss Strom sein, oh wie wundervoll. Jogi-Mama und auch Rahima hatten nur Bügeleisen, die mit Kohle erhitzt werden mussten. Masumah staunt und fragt sich, wann die anderen Bewohner wohl zurückkommen werden.

Sie erkundet weiter die Räume und geht im Wohnzimmer an eine große Glastür, die nach außen führt. Da ist noch ein Zimmer ganz aus Glas, als wäre man draußen. Ein Wintergarten, aber wieso braucht man das, es ist doch immer warm und schönes Wetter, und im Winter ist man gern drin, weil es so kalt ist, da sitzt man eng beieinander, um sich zu wärmen.

Die Antwort kommt von allein, denn es klopfen wie kleine Finger Regentropfen auf das Glasdach. Sie erkennt: Hier ist keine Sonne, der Himmel ist bewölkt, es regnet. Sie ist eben auf der anderen Seite der Erde.

Sie setzt sich auf das Sofa im Wintergarten und wartet ganz still, was als nächstes passieren wird, und beobachtet die Vögel, die draußen auf dem Rasen nach kleinen Würmern und Insekten suchen. Masumahs Bein schmerzt, sie denkt an Mama, an Said und an die heiße Sonne in Kunduz.

Die große Standuhr im Wohnzimmer schlägt acht Mal, und sie hört die Tür hinten im Flur klappen. Die Badtür ist auch zu hören, und danach rauscht das Wasser der Toilettenspülung. Angespannt horcht sie, wer da wohl kommt und was nun passiert.

Nach einiger Zeit taucht Eli verschlafen im Wintergarten auf.

„Na, guten Morgen, meine Kleine, Sob baheir", begrüßt sie Masumah und wischt ihr liebevoll über die Wange. „Dann wollen wir mal Frühstück machen. Max ist schon aufgestanden und fährt gleich zum Brötchen holen."

„Setz dich hier auf die Bank, die anderen kommen gleich", schiebt Eli Masumah auf den hinteren Eckplatz der Sitzbank, legt fünf Bretter auf den Tisch und stellt verschiedene Gläser mit Inhalt auf den Tisch.

In der Ecke steht eine blubbernde Maschine mit Wasser, welches sich nach und nach dunkel einfärbt. Es duftet nach Tee und nach unbekannten Süßigkeiten.

Es dauert eine Weile, da sieht sie Max mit dem Auto auf den Hof kommen. Die Haustür klappt, der Hund rast zur Tür, Max tritt in die Küche, küsst Eli auf die Wange, in seiner Hand eine große volle Papiertüte.

Es beginnt, herrlich nach frischem Brot zu duften.

„Hey, Mädchen, na wie geht es dir? Gut geschlafen?", fragt er gut gelaunt, doch die nicht verstehende Masumah lächelt ihn nur verlegen an.

Lächeln wird schon richtig sein, da kann man nichts falsch machen.

Die verschiedenen Brötchen legt er in einen Korb und stellt den mitten auf den Tisch, es duftet wunderbar, Masumah zieht den Duft durch die Nase, die Nasenflügel ziehen sich zusammen, allein schon dies ist wunderbar.

Max geht in den Gang, öffnet eine Tür und ruft lauthals: „Frühstück!", und kommt zurück. Gleich darauf hört man Füße eine Treppe herunter tappen.

Um die Küchentürecke lugt ein schwarzes Büschel langer Haare, und ein verschlafenes kleines dunkelhaariges Mädchen in Masumahs Alter murmelt: „Morgen."

Kurz danach nochmal Schritte im Treppenhaus, diesmal kräftiger und bestimmt. Schwungvoll nähern sie sich, und ein großer blonder Junge mit klaren blauen Augen lacht in die Küche.

„Guten Morgen, na, gut geschlafen?", tönt er gut gelaunt und steuert zielgerichtet auf einen der Küchenstühle zu. Packt schnell ein Brötchen und legt es auf sein Brett.

„Mann, hab ich einen Hunger", strahlt er. „Hey, wer bist du denn, hat dich Mama als Souvenir mitgebracht?" Seine blauen Augen blitzen Masumah an.

Masumah ist hin und weg, schlägt aber schnell die Augen nieder, denn es ist wirklich der Junge vom Foto, der hier ihr gegenüber froh gelaunt am Frühstückstisch sitzt. Solche Augen hat sie in ihrem ganzen Leben noch nicht gesehen, solch ein Blau, solch ein Strahlen, und hellblonde Haare schlafwirr um die Stirn geworfen. Es ist der schönste Mann, den sie jemals gesehen hat, fast wie der Engel Gibriel, der, der an der Seite Allahs sitzt, jedenfalls hat sie sich ihn immer genau so vorgestellt.

Es ist wie ein Pfeil, der ihr Herz getroffen hat. Ihr junges Herz hat sich auf den ersten Blick in diesen großen Blonden, Simon, wie schon beim Blick auf das Foto, verliebt. Ein Moment, der ihr ganzes Leben erneut durcheinanderbringt, Masumahs Leben, das nun gerade erst neun Jahre dauert.

Das schwarzhaarige Mädchen Ariadne hat sich inzwischen neben sie gesetzt, auch Max ist an ihrer Seite, und Eli gießt den dampfenden grünen Tee in die Gläser.

„Nimm dir ein Brötchen", Ariadne hält ihr den Korb vor das Brett, und sie nimmt zögerlich ein dunkles Mohnbrötchen heraus.

Masumah zittert ein wenig vor Aufregung, denn Simon hat sie verunsichert und niemand soll das bemerken. Unbeholfen bricht sie ihr Brötchen auf und sieht den anderen zu, wie sie mit dem Messer die Brötchen aufschneiden. Es ist alles so fremdartig, denn in Kunduz gab es immer nur trockenes

Fladenbrot mit Tee, solche runden Brotklopse hat sie zuvor noch nie gesehen, geschweige denn gegessen.

Sie hebt die eine Brötchenhälfte an den Mund und beißt ein kleines Stückchen ab und lässt es an der Zunge ruhen. Lecker, nicht schlecht, aber was machen die anderen? Max schmiert was Gelbes, genannt Margarine, auf das Brötchen und legt den leckeren Käse wie in Termez darauf. Eli hat über das Gelbe rote Creme, zu der sie Erdbeermarmelade sagt, gestrichen, Ariadne hat sich für eine schwarze Creme entschieden und Simon mampft schon mit rotem trockenen Fleisch auf der Schrippe.

„Hier, ist echt lecker", hält Ariadne ihr die schwarze Creme hin, und als Masumah zögert, packt das Mädchen ihr Messer und schmiert einfach ein bisschen auf Masumahs Brötchenecke.

„Ist Nutella, das essen wir alle, schmeckt super", preist sie den Aufstrich an und blickt erwartungsvoll ins Gesicht des neuen Gastes. Masumah nimmt das Brötchen, beißt hinein, bewegt den Mund und spuckt voller Entsetzen den Happen auf das Frühstücksbrett. Angeekelt verzieht sie das Gesicht.

Scham lässt sie erröten, gerade auch noch vor Simon, wie schrecklich.

„Ups, das habe ich ganz vergessen zu sagen, Kinder, afghanische Kinder mögen keine Schokolade, davor ekeln sie sich", entschuldigt sich Eli.

„Versteh ich nicht." Ariadne ist erstaunt. Wie kann einem Nutella nicht schmecken, „das ist doch das allerbeste und die mag das nicht? Egal, komm, keine Angst, dann nimm was du magst." Verständnisvoll versucht Ariadne zu helfen und Simon lacht nur, denn er kann's verstehen: „Wat der Bur nich kennt, dat fritt er nicht, ge' Mädchen?", signalisiert er ihr sein Verständnis.

Danke, Simon. Sie errötet erneut.

„Heute Abend rufe ich Anneliese an. Ich denke, sie wird sich freuen, dieses nette Mädchen bei sich aufzunehmen", bespricht Eli nebenbei mit Max.

„Am liebsten würde ich das Mädchen selbst hier pflegen und aufziehen, mir ist sie schon richtig ans Herz gewachsen." Eli blickt Max fragend an.

„Wenn du das machst, dann kannst du deinen Verein schließen, denn dann hast du für die wichtige Organisationsarbeit überhaupt keine Zeit mehr. Vergiss es." Realist Max kennt seine Frau und weiß, was sie sich zumuten kann.

„Mama, wir sind auch noch da, wir brauchen dich auch, ich muss immer zum Sport, und mit Simon musst du lernen, denn er will demnächst für ein Jahr in die USA", belehrt Ariadne ihre Mutter.

„Ist ja klar, ich habe es von Anfang an ja so geplant, Anneliese möchte uns helfen und freut sich darauf, Masumah aufzunehmen.

Ich muss mich aber um alles andere kümmern, morgen ruf ich gleich Dr. Bergmann an, damit er sich das Bein ansieht, denn um eine große OP kommt die Kleine nicht herum."

So diskutiert die Familie über ihren neuen Gast. Masumah versteht nur Bahnhof, na eigentlich sarak, Straße, denn Bahnhöfe gibt es nicht in Afghanistan. Sie ahnt allerdings, dass es irgendwie um sie geht.

„Ich finde es gut, dass Anne das Mädchen aufnehmen will, schließlich ist sie zuhause, hat die beiden Töchter etwa im gleichen Alter, sie liebt Kinder über alles und hat genug Zeit, das ist sicherlich optimal", kommentiert Max die Situation, „und du musst dich um alles Wichtige rund um die Organisation kümmern, damit bist du vollauf beschäftigt."

„Ariadne, du kannst dich nachher um Masumah kümmern, und ich organisiere den Rest, ist das okay für dich, mein Schätzchen?" Eli plant bereits den gesamten Tagesablauf – Eli, das Managementtalent.

Irgendwann am Vormittag steht Eli am Herd, rührt in einem Topf, der auf der Glasplatte steht, und telefoniert. Masumah wundert sich, dass es solch eine Feuerstelle gibt. Ariadne versucht, mit Händen und Füßen dem Gast den Haushalt zu erklären. Masumah hört nur mit einem Ohr zu, und auch mit den Augen ist sie nur halb dabei, denn immer wieder fällt ihr Blick auf Simon, der im Wintergarten mit dem Hund spielt.

„Ja, wenn du willst, dann könnt ihr heute noch vorbei kommen und Masumah holen. Eigentlich hätte ich sie noch gerne hier gehabt, aber Max hat Recht, ich muss noch verdammt viel für die Hilfsorganisation erledigen." Eli ist voll in ihrem Organisationselement.

Ariadne nimmt ihre Aufgabe ernst und beschäftigt sich mit Masumah. „Komm, wir wollen dich chic machen, dusch hier, und wir waschen deine wunderschönen Haare, damit du eine richtige Augenweide bist, wenn Anneliese kommt." Energisch zieht die Kleine ihre neugewonnene Freundin ins Badezimmer, zeigt ihr die Dusche und deutet ihr an, sich auszuziehen.

Masumah ist voller Scham, nicht nur weil sie ja nicht gewohnt ist, sich vor anderen zu entkleiden, auch aus Bedenken, dass jemand ihr verkrüppeltes Bein sehen könnte.

„Hab keine Angst, Masumah." Eli ist ins Bad gekommen und hält frische Kleidungsstücke aus Ariadnes Kleiderschrank in der Hand.

„Ich dachte, diese Sachen kannst du entbehren, oder?", blickt sie fragend auf ihre Tochter.

„Kein Problem, Mama, das geht klar, ich helfe gern, ge´, Masumih?" Ariadne strahlt ihre Mutter an und hilft Masumah dabei, ihre

Pluderhose vom verkrüppelten Bein abzustreifen.

Eli reicht dem Kind die Hand und hilft ihm in die Dusche. Lauwarmes Wasser beginnt zu laufen, und die zitternde Masumah wundert sich, wie angenehm diese Tropfen von oben doch sind. Nur das Stehen fällt ihr schwer. Also wird ein Hocker geholt, damit die kleine Lockenprinzessin aus dem Morgenland im Sitzen duschen könne.

„Mama, gib mir bitte das Shampoo", bittet Ariadne ihre Mutter und beginnt dann ganz liebevoll, ihren Pflegefall mit Shampoo zu beträufeln. Vorsichtig verteilt sie das Shampoo auf dem langen dichten Lockenhaar. Leichte Seifenblasen bilden sich auf den tiefschwarzen Strähnen.

„Mama, was ist denn das hier?" Ariadne sieht fragend zu Eli. „Guck mal, das ist komisch, das bewegt sich, nein, das krabbelt ja, Mamaaaaa."

„Lass mal sehen, geh mal zur Seite, Süße." Eli kommt mit Brille bewaffnet auf die beiden Kleinen in der Dusche zu.

„Oh je, auch das noch, ich glaube, da hat Masumah blinde Passagiere mitgebracht, Läuse."

Schnell wendet sie sich ab, geht an den Apothekerschrank und kommt mit einer Packung, weiß mit lila Beschriftung, zurück.

„Wie gut, dass ich für alle Gelegenheiten gerüstet bin. Hier, jetzt nimmst du dieses Shampoo, dann nimmt der Spuk schnell ein

Ende. Wenn ein Rest bleibt, dann kann Anne den ja mitnehmen."

„Igitt, Mama, ich will das nicht machen, sonst krieg ich die auch noch."

„Sei jetzt nicht zickig, wer A sagt, muss auch rsch sagen, wie du weißt, also mach schon."

Klein Masumah hat nun also den vollen Duschgenuss, denn mit der Shampoopackung muss sie erst einmal eine halbe Stunde ausharren, damit das Zeug richtig einwirkt.

Eli nutzt die Zeit und säubert Masumahs Haarbürste und steckt diese vorbeugend in kochendes Wasser. Danach ist zwar der tolle froschgrüne Lack ab, aber hoffentlich auch der Läusenachwuchs.

Nach einer Stunde ist alles geschafft. Masumah steht mit gewaschenem, geföhntem Lockenhaar und modischen Ariadnejeans vor dem großen Spiegel und bewundert ihr neues pinkfarbenes T-Shirt. Pink, ein Traum von einer Farbe, jedenfalls empfindet Masumah dies.

Und dann ist es so weit, ein alter VW-Bus fährt auf den Hof, aus dem eine komplette Familie herauspurzelt. Anne, blonde lange Haare, Manfred, schwarzgelockt mit dunklem Vollbart, und zwei lustige blonde Mädchen - Susi, acht Jahre, und Frauke, fünf Jahre, in Leggins und Schlabberhemden.

„Wo ist sie?", rufen die beiden wie aus einem Munde. Glucke Anne blickt neugierig zur Haustür, um nach Masumah Ausschau zu halten.

Masumahs Augen werden immer größer, als sie die bunte Familie sieht, und im ersten Schreck fasst sie nach Elis Hand. „Schon wieder jemand anderes, wieso, warum werde ich schon wieder herumgereicht?" Masumah klammert sich an Einaugebär, sehnt sich nach Rahima, den warmen Schoß der Mama, und Said, ihren geliebten kleinen Schatz.

Eli und Anne scheinen das zwar zu spüren, doch sie bemühen sich um die Kleine, packen Taschen mit Kleidung in den geräumigen Wagen, streicheln Masumah, reden unverständlich viele Worte, lachen, umarmen sich und scheinen fest in der Planung zu verharren.

Susi und Frauke drücken jede ein Kuscheltier in Masumahs Hände, klatschen ihre Hände zusammen und versuchen, sie zum Laufen und zum Spielen mit dem Hund anzuregen, aber alle Versuche scheitern, Masumah kann nicht, denn das Bein schmerzt, und will auch nicht, aus Angst vor der neuen Herausforderung.

„Komm, meine Kleine, nun wirst du bei uns wohnen, wir sind deine neue Familie", verspricht Anne Masumah liebevoll. Diese erwidert: „Na mefamom, ich verstehe nichts."

Eli versucht, Masumah auf Dari die neue Situation zu erklären.

„Das wird deine neue Familie, dies sind wunderbare Menschen, du wirst glücklich sein." Die Stimme ist lieb und sanft, aber Masumah fühlt sich wie ein Ball auf dem Feld, hin und her geworfen, und beginnt zu weinen.

„Anne, das ist jetzt deine Aufgabe, ich hoffe, du schaffst das, ich wünsche es euch allen, vor allem Masumah. Und ich kümmere mich morgen gleich um einen Arzttermin, alles Gute."

Eli treten Tränen in die Augen, denn ihr Herz hätte gerne Masumah selbst umhegt, aber es geht halt nicht.

Ariadne, Eli und Max umarmen Masumah, und auch Simon kommt aus dem Haus und sieht mit seinen blauen Augen tief in Masumahs'. „Mach's gut, wir besuchen dich bald, keine Sorge, wir gehören jetzt alle zusammen." Seine Stimme dringt tief in Masumahs Herz, auch wenn sie nur den Ton der Worte versteht.

„Gibriel, ja, ich glaub an dich." Masumah steigt mit in den VW Bus und fährt mit Familie Kunterbunt davon.

Die neue Familie

„Aufstehen, Masumah, komm meine Kleine." Anne hat die Tür geöffnet und lacht Masumah an. „Erst mal ab ins Badezimmer und dann sehen wir weiter. Soll ich dir helfen?"

Noch verschlafen richtet sich Masumah im Bett auf und sieht sich im Zimmer um. Außer dem Bett, in dem sie liegt, steht noch ein zweites Bett im Raum, dessen Bettdecke hochgeschlagen und aus dem Frauke schon verschwunden ist. Anne hat sie bei Frauke im Zimmer untergebracht, denn es ist gut, wenn Masumah nicht ganz allein schlafen muss. Außerdem ist das Haus der Familie Weber nur klein und hat nicht so viele Zimmer wie bei Eli, aber es ist gemütlich und warm eingerichtet, so dass sich Masumah gleich wohl fühlt. Frauke ist auch in Ordnung, ein richtiger Wirbelwind, immer in Bewegung und immer darauf bedacht, ihre neue Zimmerkollegin zu beschäftigen.

Masumah streckt ihre Beine aus dem Bett, um aufzustehen. Ihr rechter Fuß dreht ihr die Sohle zu, schrecklich, sie schämt sich für diesen Makel, aber deshalb war sie ja in diese neue Welt gekommen, um durch Operationen ein gerades gesundes Bein zu bekommen. Sie denkt wieder an Said und die Jogi-Mama. Was würden die sagen, wenn sie Masumah hier sähen, in einem schönen Zimmer, in einem sauberen Bett, mit einem rosafarbenen Nachthemd, na, pink wäre eigentlich noch perfekter, und duftender Bettwäsche.

Sie erhebt sich, stützt sich an der Bettkante ab und humpelt aus dem Zimmer ins Bad gegenüber. Ihre neue Freundin Frauke cremt schon ihr Gesicht ein.

„Morgen, Masumih", lacht ihre deutsche Schwester sie an, „na, gut geschlafen?"

Masumah grinst verlegen, es ist ihr aber ganz recht, mit Frauke im Bad zu sein, da hat sie auch keine Angst, die Toilette zu benutzen, Frauke ist in Ordnung, alles scheint gut zu werden.

Anne kommt ins Bad mit frischer Wäsche für Masumah.

„Hier, Masumih, heute ziehst du eine bequeme Jogginghose an, die ist für dich schön weich, und dein pinkes Shirt kannst du heute nochmal anziehen. Hier ist auch ein frischer Schlüpfer für dich, hier ist es üblich, Unterwäsche zu tragen, das ist wichtig."

Masumah nickt, obwohl sie nichts verstanden hat, aber sie wusste bereits, dass dies heute ihre neue Kleidung ist. Alles ist sauber und duftet nach Blumen - zu der Zeit kennt sie „lenorfrisch" noch nicht.

Frauke reicht ihr fürsorglich ihren Waschlappen und zeigt auf Masumahs Zahnbürste.

„Das sind hier alles deine Sachen, und hier auf diesem Stuhl kannst du dein Nachthemd ablegen." Schon schießt der Wirbelwind aus dem Bad, und Anne bleibt mit Masumah allein zurück.

„Na komm, ich helfe dir beim Anziehen."

Anne bemüht sich um Masumahs Vertrauen, legt fürsorglich den Arm um sie, als sie ihr vorsichtig die Jogginghose über das rechte Bein zieht. „Sag, wenn ich dir weh tue, ich bin auch ganz achtsam."

Angezogen, Gesicht gewaschen, und dann geht's die Treppe hinab in den Wohn- und Küchenbereich. Die Treppe erweist sich als ein echtes Hindernis, Masumah kämpft mit jeder Stufe. „ Hör zu, mach's dir einfach, wenn du keine Hilfe hast, setz dich einfach auf die Stufe und rutsche eine nach der anderen runter. Komm, Frauke, zeig es Masumih, wie sie es machen soll." Der Tipp von Anne erweist sich als gute Lösung, schnell schafft Masumih es, die Treppe allein zu bewältigen. „Puh, khub ast, gut", Masumih strahlt.

In der Küche ist der Tisch gedeckt, es gibt Brotkugeln, die Anne auch Brötchen nennt, und viel Brotbelag. Masumah entdeckt Nutella, bäh, aber auch ihren geliebten Käse, also kann es keine Probleme geben. Vor ihrem Platz steht eine Tasse voller warmer Milch, die wunderbar süß schmeckt.

„Ich habe gehört, du magst keine Schokolade, daher habe ich dir keinen Kakao gemacht, sondern Honigmilch, ist das okay?"

Strahlende Kinderaugen erübrigen die Antwort, dazu gibt es heute ein weißes Brötchen mit Käse - und die Masumihwelt ist in Ordnung.

„Susi, beeil dich, wir müssen gleich los, und denk daran: Zähneputzen nicht vergessen", mahnt Anne die Große, und Susi schiebt sich noch schnell den letzten Nutellabrothappen in den Mund, steht auf und tappt die Treppe hoch ins Bad.

Masumah versteht nur, dass Anne mit Susi etwas vor hat, was, das ist ihr noch nicht klar. Frauke braucht sich nicht zu beeilen.

Ein paar Minuten später steht Susi wieder in der Küche, eine große rosa Tasche auf dem Rücken. „Mama, ich bin fertig."

„Ist gut, mein Schatz. Komm, ich bring dich an die Straße, und dann kannst du das kleine Stück zur Schule schon alleine laufen." Beide gehen zur Haustür, laufen den schmalen Gartenweg entlang zur Hoftür, Masumah sieht, wie Anne Susi küsst, und dann marschiert Susi mit Susi-Rückentasche rechts den Fußweg entlang.

„Susi muss zur Schule, sie ist schon in der dritten Klasse", erklärt Frauke Masumah. „Ich bin im Kindergarten, und im nächsten Sommer komme ich auch in die Schule, da freue ich mich drauf. Heute gehe ich nicht in die Kita, wegen dir, sagt Mama, aber morgen wieder, weißt du." Frauke ist in ihrem Element.

Anne kommt zurück in die Küche.

„Na, hat's geschmeckt?" Mit Gesten fragt sie Masumah, ob sie noch Milch nachgießen soll, und Masumah hält dankend die Tasse hin. „Viel davon trinken, vielleicht gibt es die nächsten Tage davon nichts mehr, also vorsorgen", denkt Masumah.

„Frauke, ihr könnt nach dem Zähneputzen im Wohnzimmer spielen, ich muss erst mal die Samtgemeinde anrufen, ob Masumih morgen schon mit in den Kindergarten kann, denn so schnell wird das mit dem Krankenhaus wohl nicht klappen." Anne nimmt das Telefon zur Hand und beginnt, Nummern einzutippen.

Frauke und Masumah trinken ihre Milch aus, und gemeinsam schaffen sie auch das Projekt Treppe hoch, jetzt wie vorher, einfach auf dem Po, nur rückwärts. Das einzige Problem ist ganz oben. Sich am Geländer hochziehen, das ist echt schwer, aber Frauke steht helfend daneben, so dass es klappt.

Der erste Webertag ist der Kennenlerntag. Manfred ist nicht da, wo ist der bloß, und mit Frauke und den vielen Spielsachen, das ist einfach toll. Doch noch jemand wohnt im kleinen Haus mit großem Garten, das ist Koda, der kleine schwarze Kater. Gleich ist er zu Masumah gekommen und hat sie neugierig beschnüffelt. Als sie das weiche schwarze Fell berührt, wirft er sich auf den Rücken und streckt ihr den Bauch zum Kraulen hin. Masumah legt ihre Hand auf den Katzenbauch und streichelt ihn. Spielerisch fängt Klein-Koda an, die Hand mit den Tatzen zu packen und in die Hand zu beißen.

„Au", zuckt Masumah erschreckt zurück, voller Angst, ernsthaft verletzt zu werden.

„Keine Bange, der spielt nur", belehrt sie Frauke.

Anne tritt ins Wohnzimmer. „Der Arzt hat erst nächsten Montag Zeit, um 15 Uhr, hat mir eben Eli erzählt. Also haben wir genug Zeit, dass du dich einlebst. Und ab morgen kannst du mit Frauke in den Kindergarten, dann lernst du die vielen Kinder kennen und sicherlich auch schnell die Sprache."

„Super, ich habe nicht verstanden, was du sagst, aber was soll ich machen?", denkt Rahimas Tochter.

Das ist der erste Tag in der neuen Familie, die ihr bisheriges Leben nachhaltig verändern sollte.

Alles ist neu, natürlich auch der Kindergarten, in den Anne ihre beiden Kleinen von nun an täglich bringt. Zwanzig kleine Kinder in einer Gruppe, das war wie in Kunduz in der Jogi-Familie, aber was man dort alles machen musste, Malen, Basteln und Singen, all das ist Masumah völlig fremd. Gerade das Malen fällt ihr sehr schwer, denn ihre kleinen Finger sind an diese Tätigkeit nicht gewöhnt, aber es dauert nur ein paar Wochen, da hat sie sich viele neue Fertigkeiten angeeignet und beginnt die Sprache nicht nur zu verstehen, sondern auch zu sprechen.

Auch das Essen mit einer Gabel oder einem Löffel wird nach und nach einfacher, denn Anne besteht darauf, dass sie nicht wie bisher mit den Fingern ins Essen fasst, und das Brotschmieren hat sie ebenfalls schnell gelernt. Alles scheint auch gut zu schmecken, bis auf die Nutella und die Schokolade, die Susi und Frauke aber im Gegensatz zu ihr mit Genuss verputzen.

Anne rückt selten Süßigkeiten heraus, meist gibt es Obst, oftmals auch Karotten geraspelt mit Apfel und darüber Honig. Davon kann Masumah nicht genug bekommen, und Anne scheint darüber sehr erfreut zu sein.

Susi und Frauke sagen Mama und Papa zu Anne und ihrem Mann, Masumah bleibt bei Anne und Manfred. Das Verhältnis zwischen ihren Pflegeeltern und ihr ist gut, denn Anne ist eine treusorgende Mutti, aber streng, wenn's ums Lernen geht. Jeden Tag übt sie erst mit Susi, der Schülerin, damit Susi gut im Unterricht aufpasst und die Hausaufgaben ordentlich erledigt, und danach kommen Frauke und Masumah dran.

Frauke, die aktive Malerin und Zeichnerin, ist da meist eifrig bei der Sache und wagt sich an schwierige Aufgaben. Masumah beginnt erst einmal mit dem Ausmalen von Figuren und hat Mühe, nicht über die schwarzen Linien zu malen. Anne beobachtet genau die Entwicklung ihrer angenommenen Tochter und motiviert sie immer wieder zu üben, damit sie ihre Fähigkeiten verbessert.

Manfred ist dagegen den ganzen Tag in Büro, er arbeitet bei der PTB, der Physikalisch-Technischen Bundesanstalt, und Anne meint, er wäre da mit der Zeit beschäftigt. Wie sowas geht, kann Masumah sich nicht vorstellen.

In der Regel kommt er erst abends nach Hause. Immer gut gelaunt, beginnt er mit den Mädchen herumzutollen, und oftmals balgen die Blonden mit ihrem Papa auf Frauke-Bett im großen Kinderzimmer. Mit Masumah ist er in der ersten Zeit vorsichtiger, denn das Bein tut ihr oft weh und Manfred will nicht, dass etwas passiert.

Später weiß Manfred, wie er auch mit Masumah tollen kann. Er hebt sie hoch, schleudert sie um sich, so dass Masumah vor Freude juchzt. Seine starken Arme halten sie fest, so dass abends im Schlaf oft das Gesicht von Papa Joma Khan mit dem Gesicht Manfreds verfließt, dann kann sich Masumah nicht mehr an das Gesicht ihres afghanischen Vaters erinnern.

Am liebsten hat sie aber die Abendausflüge mit Manfred und den Mädchen. Dann fahren Susi und Frauke mit ihren Kinderrädern und Manfred packt Masumih hinten auf den Kindersitz, und los geht es durch den Wald zu den Kiesteichen, wo Manfred stoppt und alle drei ihren Spaß haben, wenn sie flache Kiesel über das Wasser flitschen lassen.

Das Gesicht Rahimas bleibt deutlicher in ihrem Herzen, denn Anne ist ganz anders als ihre afghanische Mama. Anne ist lieb und umsorgend, streng auf ihr Bestes bedacht und immer dabei, mit ihr die deutsche Sprache zu lernen. Auch Anne nimmt sie in den Arm, so wie sie es mit Susi und Frauke macht, doch der Geruch ist für Masumah so anders, anders als der in ihrer Erinnerung gebliebene Duft Rahimas.

„Hallo, Salam, khub asti, geht es dir gut?", fragt Eli jedes Mal, wenn sie sich treffen, denn Eli ist diejenige, die sich um die medizinischen Angelegenheiten Masumahs kümmert.

Eine Woche nach ihrer Ankunft hatte sie Anne und sie abgeholt und war mit ihr ins Stadtkrankenhaus gefahren. Dort waren viele Frauen und Männer in weißen Kitteln, die mit neugierigen Blicken auf die kleine Dunkelhaarige geblickt haben.

Masumah kam in ein Zimmer mit einem hohen Tisch, auf den sie sich legen musste, Anne blieb mit einer dicken Schürze neben ihr, und der Schirm darüber fing an zu brummen. Alles war so wie damals in Kunduz bei den deutschen Soldaten. Sie hörte das Wort „röntgen" und „MRT", und dann ging es in eine große Maschine, wie ein dickes Rohr, Masumah musste mit Kopfhörern auf den Ohren still liegen und die Maschine machte riesigen Krach. Anne stand neben der Maschine und redete ihr gut zu, trotzdem lief Masumah der Angstschweiß an den Schläfen herunter. Welch eine Höllenmaschine. Sie hatte Panik, und immer wenn sie solche

Angst hatte, dann sah sie wieder die Hand mit der Tätowierung zwischen Daumen und Zeigefinger, die Hand des Teufels.

„Alles gut Masumah."

Annes Stimme beruhigte sie, und sie hielt durch, es war wichtig, sehr wichtig, das wusste sie.

Dann scheint dies alles überstanden zu sein. Anne, Eli und Doktor Bergmann sitzen in einem großen weißen Zimmer zusammen, Masumah auf einem Behandlungstisch, das Unterhemd verschämt zwischen die Beine gezogen, denn mit nackten Beinen zu sitzen ist für sie absolut unmoralisch, und die Erwachsenen besprechen die Lage.

Es gibt zwei Probleme mit ihrem Bein. Einmal der verdrehte Unterschenkelknochen und damit die Verkürzung der Kniesehnen und die Steifheit des Beines, andererseits der Klumpfuß, der einer zusätzlichen Behandlung bedarf.

„Wir beginnen zunächst mit der Operation des Unterschenkels, wir werden ihn durchtrennen, drehen, gerade einrichten und das Bein mit Fixateuren stillstellen, damit es wieder heilt. Erst danach machen wir uns an den Fuß. Sicher ist nur eines, die Behandlung wird Jahre beanspruchen, denn wenn wir damit beginnen, dann nur, wenn es für das Kind eine wirkliche Verbesserung gibt." Dr. Bergmann legt großen Wert auf detaillierte Information.

Eli und Anne sehen sich überrascht an. Mit Jahren hatten sie nicht gerechnet, höchstens mit Monaten.

„Es ist kein Problem, wenn es lang dauert, wir haben uns von Anfang an bereit erklärt, für das Kind auch für immer zu sorgen. Wichtig ist erst mal, dass unsere orientalische Prinzessin gesund wird, nicht wahr, Masumih?", nickt Anne ihrer Pflegetochter aufmunternd zu.

Die versteht nur, dass das Gerede wichtig sein muss und dass sie gesund werden würde, alles andere ist unwichtig. Vielleicht nur noch eines, wann würde denn ihr Gibriel mal wieder mit Eli zu ihnen kommen? Seine Augen kann sie nicht vergessen.

„Okay, dann sehen wir uns in zwei Wochen am Donnerstag hier auf der Station, wir werden sie dann am Freitag nach allen geplanten OPs auf den Tisch nehmen. Gehen Sie davon aus, dass sie erst einmal für zehn Tage unser Gast ist, dann sehen wir weiter." Damit verabschiedet Dr. Bergmann die Drei, und Anne und Eli scheinen absolut zufrieden zu sein.

Beim Abschied auf dem Krankenhausparkplatz umarmt Eli Masumah herzlich.

„Die nächsten Tage komme ich mit meiner Ariadne bei euch vorbei. Schöne Grüße auch von Simon, und toi toi toi. Tschüss, macht´s gut": Mit diesen Worten verschwindet sie in ihren grauen Caddy und prescht davon.

„Ab in unseren Bus! Komm, Masumih, wir wollen auch los, wir müssen Frauke vom Kindergarten abholen. Morgen kannst du dann wieder mit."

Und schon sitzt Masumah festgeschnallt auf dem mittleren Kindersitz und Anne fährt nach Hause.

Die lange Eingewöhnungszeit ist optimal, denn nach und nach fühlt sich Masumah richtig wohl und freut sich, wenn abends mal einer der Nachbarn fragt: „Na, Herr Weber, nun haben Sie wohl ein Dreimädelhaus?"

Und auch im Kindergarten nennt man sie Masumah Weber.

Am Tag der Aufnahme ins Krankenhaus ist Masumah schon gut integriert. Sie packt ihren neuen kleinen Koffer, bindet ihren neuen Liebling obenauf, der Einaugebär abgelöst hat - Plüschkatze Koda zwei -, und Anne bringt sie zur Kinderstation, wo Dr. Bergmann sie in Empfang nimmt und ihr die Schwestern vorstellt.

„Hier die junge Schwester mit den rotbraunen Haaren, das ist Schwester Elke, die wird sich ganz besonders um dich kümmern, also bei Sorgen oder Wünschen Elke rufen."

„Ja klar, ich hab ja sonst nichts zu tun", grinst Elke, „und in der anderen Schicht wird das Brigitte sein, irgendjemand ist also für dich immer im Einsatz."

Auf der Station sind auch andere Kinder, zum Beispiel Mohammad, ein kleiner dunkelhaariger Junge mit tunesischen Eltern. Aber der konnte Deutsch und ein bisschen Arabisch - Pashtu oder Dari jedoch nicht die Bohne.

Der Nachmittag vergeht mit OP-Vorbereitungen, am Abend gibt's ein paar Filme mit Donald Duck, bevor eine Beruhigungstablette dafür sorgt, dass Masumah vom Schlaf eingeholt wird.

Am Morgen geht dann alles ganz schnell. Schwester Elke zieht ihr ein OP-Hemd an und bringt sie nochmal zur Toilette, stülpt ihr eine Plastikmütze in Hellblau über und rollt ihr Bett über den Gang zum OP-Trakt.

Ein junger Arzt sagt: „Vorsicht, jetzt piekt es", dann ein Stich, und Masumahs Sinne schwinden, ihr letzter klarer Gedanke der Wunsch, Said bald wieder zu sehen.

Ein Fixateur am Bein ist eine lästige Sache, aber was soll's - wenn's hilft? Jeden Morgen die Stifte reinigen, desinfizieren, dann anziehen und mit Gehhilfen gestützt ab in den Kindergarten, denn zuhause sitzen, das will Masumah nun doch nicht. Also bringt Anne beide Mädchen, schwarz und blond, in den Kindergarten am Waldrand. Frauke tollt mit den anderen und Masumah malt. Sie schafft es nun schon, ihre Ausmalbilder ohne Fehler fertig zu bekommen. Falten mit Papier, auch das ist Masumahs Ding, denn da konnte man sich immer was Tolles dazu ausdenken, ein Schiff, einen Hut, eine Schüssel.

Diesen Fixateur muss sie nun acht Monate tragen und ist damit deutlich eingeschränkt. Dennoch, Bewegung muss sein, und so geht sie zweimal in der Woche zur Krankengymnastik bei Heiko. Bein hoch, Bein beugen, gerade machen - oh tut das weh. Aber nach und nach verbessert sich die Beinbeweglichkeit, Masumah kommt jetzt deutlich schneller rückwärts die Haustreppe hoch.

„Treppe hoch kann ich allein, Anne", stellt sie stolz fest, um Anne zu zeigen, wie selbstständig sie im Hause schon geworden ist.

Wöchentlich einmal geht's zu Dr. Bergmann und Schwester Elke, wobei der Arzt einen von Mal zu Mal zufriedeneren Eindruck macht, bis er eines Tages feststellt: „So, Montag kommt sie morgens wieder her, dann bauen wir deine Beinleiter ab, oder?" Natürlich eine rein rhetorische Frage.

Die Gehhilfen braucht sie trotzdem noch, denn der Fixateur ist zwar ab, aber der Klumpfuß steht immer noch verdreht nach oben und die Fußkante ist ledrig und steif.

Es vergehen noch einige Wochen, bis die nächste OP die Bewegungsfreiheit erneut einschränkt. Nach diesem langwierigen Eingriff steckt jetzt der Unterschenkel mit dem Fuß in einem gipsähnlichen blauen Verband, komplett unbeweglich. Der zweite Behandlungsschritt, der schwierigere, hat begonnen.

Zum Glück sind die Tage im Krankenhaus immer nur wenige, dann holt Anne sie ab, drückt sie herzlich und kümmert sich um sie, als wäre sie wirklich eine kleine Königstochter. Susi setzt sich zuhause neben sie und liest ihr Geschichten von Fu und Fara vor, und Wirbelwind Frauke tobt mit Koda. Koda zwei liegt indessen immer auf Masumahs Schoß, denn einen Tröster zu haben ist immer eine gute Sache.

Reha, Kindergarten, Arztbesuch, Malen und Sprache üben, das bestimmt über mehr als ein Jahr den Alltag Masumahs, aber es sind glückliche Tage, Tage voller Freude, ohne Hunger aufwachen zu können, Tage der Hoffnung, dass das Bein und der Fuß richtig gesund werden.

„Nun, meine Kleine, mal sehen, wie der Fuß jetzt aussieht." Dr. Bergmann scherzt mit Masumah, um ihr die Angst vor der Untersuchung zu nehmen.

„Super, das kann sich sehen lassen, da denke ich, wir werden jetzt den Gips weglassen und dir eine Schiene anfertigen lassen, denn dann wirst du viel besser auftreten können, nur ohne Schiene und Spezialschuhe wirst du in den nächsten Jahren wohl noch nicht auskommen. Du kannst stolz sein. Es sieht wirklich alles optimal aus."

Trotz Gehhilfen, Schiene, Spezialschuhen: Masumah entwickelt sich prächtig und spricht nach einem halben Jahr im Weberhaus und im Kindergarten fast perfekt Deutsch. Alle haben sie lieb gewonnen und Frauke nennt sie ebenso wie Susi Schwester. Frauke und Masumah sind ein gutes Team geworden. Was der Wirbelwind nicht konnte oder wollte, die ruhige besonnene Masumah machte es und umgekehrt.

„Nach den Sommerferien muss Frauke in die Schule und eigentlich ist Masumah vom Alter her mit ihren neun oder zehn Jahren schon längst überfällig. Ich denke, wir müssen sie auch in der Schule anmelden. Für ihr Alter ist Masumih ziemlich klein, und Nachholbedarf hat sie in der Entwicklung auch noch, da passt das schon. Beide zusammen in einer Klasse, das wäre doch praktisch", spricht Anne das nächste vermeintliche Problem an. Aber dann ist es doch kein Problem. Anmeldung in der Schule, Untersuchung, sie ist ja bis auf ihre Beinbehinderung gesund, alles geht glatt über die Bühne. Der Kindergarten verabschiedet die Schulis, und erwartungsvoll freuen sich die beiden Mädchen auf den neuen Lebensabschnitt.

Die Ferien sind vorbei, Susi geht schon seit Montag in die Schule, und am Samstag steht das große Einschulungsfest an. Beide Abc-Schützinnen hatten sich schon jeweils einen Schulranzen aussuchen dürfen, natürlich in Pink, Masumah mit Pferd, Frauke mit Diddelmaus. Beide hatten neue Jeans und Sweatshirts bekommen und eine neue Jacke.

Die Nacht zum Samstag ist furchtbar aufregend. Frauke kann nicht schlafen, und auch Masumah wälzt sich im Bett.

„Masumih, schläfst du schon?"

„Nein, ich kann nicht, ich denke immerzu an Morgen."

„Ich auch, kommst du mit in mein Bett?"

Masumah schiebt das Bein über die Bettkante - nachts trägt sie nur eine feste Fußschiene -, hüpft auf dem gesunden Bein hinüber zu Frauke, hebt die Decke und schlüpft zu Frauke. Gemeinsam bibbern und gespannt sein ist ja auch viel besser. Sie umarmen sich und dösen noch ein bisschen.

„Ob mich Mama Rahima jetzt wohl sehen kann, und Papa Joma Khan?", fragt sich Masumah und hat nun doch Sehnsucht nach Said. Sie fasst Frauke noch enger und schläft ein.

Feststimmung im Hause Weber. Das Badezimmer immerzu besetzt, denn alle müssen duschen, Anne muss Masumah beim Anziehen helfen, Manfred holt frische Brötchen, Fraukes Zopf will nicht halten, Susi findet ihren linken Schuh nicht, also das ganz normale Tagesgeschehen, wenn Großfamilie etwas vor hat.

Und dann geht es los, zu Fuß hinüber zu dem nahe gelegenen kleinen Dorfschulgebäude, wo die erste und zweite Klasse der Region beschult werden.

Frauke und Masumah, jede mit Schulranzen, Hand in Hand, einer beschützt den anderen, Susi als Große stolz an Manfreds Seite und Anne natürlich mit der obligatorischen Kamera. Ein Tag, der fürs Familienalbum festgehalten werden muss.

Der Direktor spricht, die Lehrerin stellt sich vor, und ein paar größere Kinder singen einige Lieder. Es beeindruckt die Rahimatochter sehr, die sich doch jetzt auch als Annetochter und Manfredtochter fühlt und die nie wieder von dieser Familie weg will. Nur Said, der sollte doch einfach auch herkommen, dann wären sie wieder beisammen.

Dies ist der Beginn einer erfolgreichen Schulzeit, denn Masumah entwickelt ungeahnte Fähigkeiten. Schreiben und Lesen fallen ihr leicht, ebenso Malen und Zeichnen, nur mit dem Rechnen, da hat sie immer Ärger, so dass Anne jeden Tag eifrig mit ihrem kleinen Dunkelschopf üben muss. Kein Problem, denn Anne ist die geborene Lehrerin, sie kann erklären, geduldig zuhören, und dank des gemeinsamen Übens dauert es nicht lange, da haben Webers drei erfolgreiche Schülerinnen, auf die sie richtig dolle stolz sind.

„Jetzt ist unsere Masumah schon 27 Monate bei uns, und das Behandlungsende ist nicht abzusehen. Wir haben sie lieb gewonnen, wie unsere beiden Goldengel, aber nun müssen wir uns endlich entscheiden, was wird." Manfred legt den Arm um Anne, die neben ihm eingekuschelt im Bett liegt.

„Du hast Recht, ich will auch Masumahs Bestes, und so müssen wir endlich Nägel mit Köpfen machen. Am liebsten möchte ich sie adoptieren, dann ist Klarheit für alle", stimmt Anne ihm zu, froh darüber, dass Manfred ihre Entscheidung vor über zwei Jahren, das Mädchen aufzunehmen, so mitgetragen hatte.

„Wir müssen mit Eli reden, denn die hat Masumah damals mitgebracht, die leitet die Hilfsorganisation, wir müssen das mit ihr besprechen."

Anne wendet sich Manfred zu. „Am besten rufe ich gleich morgen an und lade sie ein, dann können wir in Ruhe darüber reden. Die Kinder schlafen am Freitagabend in der Schule, Susi darf da auch mitmachen, also hätten wir Zeit und niemand hört uns zu, denn ich will nicht, dass unser Dreimädelhaus sich Sorgen macht."

„Wie immer hast du recht, mein Schatz, mach das so, und nun schlaf schön." Manfred küsst seine Frau zärtlich auf den Haaransatz.

„Dass der heutige Tag kommt, darauf habe ich schon lange gewartet", bestätigt am Freitagabend Eli, die allein gekommen ist, um mit den Webers in Ruhe zu sprechen.

„Damals war es sicher, Masumah ist ein Waisenkind und lebte nur als Pflegekind bei den Jogis. Ich habe das damals im Stadtbüro besprochen, aber es gibt keine offizielle Adoptionsfreigabe aus Afghanistan, und so wird das hier in Deutschland nicht so einfach werden."

„Klar, du hast Recht, wir müssen alles ganz korrekt machen, damit niemand denkt, wir würden einer Familie das Kind wegnehmen. Außerdem ist die Aufenthaltserlaubnis von Masumah mal wieder zu verlängern, und da wird auch nachgefragt, wann sie das Land wieder verlässt".

„Ich habe damals gebürgt, dass Masumah zurückkommt, also muss sie auf jeden Fall zurück nach Kunduz. Was danach passiert, das ist eure Privatsache. Aus ganzem Herzen wünsche ich, dass ihr sie adoptieren könnt. Ich kann euch dabei helfen, aber alle Formalitäten sind eure Sache", bestätigt Eli die juristische Seite.

„Gut, dann gehen wir erst mal hier zum Jugendamt, klären da alles, nehmen Kontakt mit der afghanischen Botschaft auf, und wenn nötig fliege ich mit Masumah nach Kunduz, spreche mit den Jogis und der Regierung, und dann hoffe ich, ich komme mit meinem Kind wieder zurück." Für Manfred ist Masumah sein Mädchen, für das er die Verantwortung übernommen hat, und er liebt dieses kleine verletzliche Kind so wie Susi und Frauke.

Nun beginnen die Wege von Amt zu Behörde und Botschaft und wieder zurück, wobei Manfred alles Notwendige in die Hand nimmt. Anne ist als Hausfrau und Nachhilfelehrerin für die Drei voll eingebunden, dazu kommen immer noch die Reha- und Arztfahrten für Masumah. Aber es ist ein Dreamteam, alles funktioniert, keiner wünscht sich, dass Masumah die Familie jemals wieder verlassen muss.

„Lieber Gott, lass alles gut werden", betet Anne, und auch die drei Mädchen falten still die Hände und beten zum Herrgott.

Der Beauftragte des Jugendamtes besucht das kleine Weberhaus mit dem großen Spielgarten, spricht ausführlich mit Masumah, fragt, wie es ihr gehe und was in Afghanistan alles geschehen war. Er will genau wissen, ob es ihr Wille sei, bei Familie Weber zu bleiben, denn das Wohl des Kindes muss immer im Mittelpunkt stehen. Er sieht sich auch die Unterlagen an und verspricht, sich bei den Behörden und beim Amtsgericht für die Angelegenheit Weber/Masumah/Adoption einzusetzen, denn er empfindet sofort die innige Verbundenheit der kleinen Familie.

Wichtig ist nun die afghanische Seite, denn alles muss nach Recht und Ordnung auf beiden Länderseiten geschehen.

Die Bestätigung, dass Masumahs Eltern tot sind, liegt bei der Botschaft nicht vor, so dass es notwendig wäre, in Kunduz die notwendigen Formalitäten zu erledigen. Und da sind auch noch die Rechte der Jogi-Eltern, denn schließlich hatten diese die beiden Kinder aufgenommen und versorgt, praktisch wie eine Spontanadoption, die man berücksichtigen muss.

„Eli, wann fährst du wieder nach Kunduz? Ich will dich begleiten." Manfred ist fest entschlossen, die Reise mit Kind auf sich zu nehmen.

„Meinst du, du könntest für uns auch einen Flug bei der Bundeswehr bekommen? Schließlich ist ja Masumah auch mit dir über Usbekistan hergekommen."

„Na, ich denke schon, ich werde mich gleich morgen mit dem Einsatzführungskommando in Verbindung setzen, denn in acht Wochen möchte ich fliegen, und eine lange Planungsphase ist dabei optimal. Freut mich, dass ihr euch entschlossen habt, Masumah zu weberisieren", scherzt Eli am Telefon, und Manfred vertraut ihr damit die Planung an.

Außerdem wäre es für sein Anliegen optimal, einen kompetenten Sprachmittler bei der Reise dabei zu haben, und Eli beherrscht ja die afghanische Sprache Dari.

Alle Formalitäten in Deutschland stehen nun auf der To-do-Liste, denn es sollte keine Probleme geben, wenn die Wiedereinreise von Masumah gelingen würde. Ausländeramt, Jugendamt, alle befürworten die Masumah-Weber-Aktion.

Wiedersehen mit der Heimat

Zwei Monate später ist es so weit. Manfred, Masumah und Eli samt Riesengepäck von Eli, fünf Umzugskartons und ein Rollstuhl werden im Weber-VW-Bus nach Köln gebracht, von wo die Drei nach Kunduz fliegen. Das Wichtigste hat Masumah natürlich „am Kind", ihren kleinen Kater Koda zwei, der ihr Halt gibt und die Sicherheit, wieder zu Frauke und den anderen zurückzukehren.

Kunduz Flughafen ist Masumah befremdlich, denn vieles hat sie in den Monaten vergessen, und nun prallen die Hitze und der Staub ihr ins Gesicht. Die linke Hand fest in Manfreds, im rechten Arm Koda zwei, hinkt sie mit ihrer Schiene zum wartenden Auto. Mit dem geht es weiter zum Büro der Hilfsorganisation, wo ein Zimmer richtig gemütlich eingerichtet ist. Masumah erinnert sich schwach daran, dass sie hier damals schon einmal gewesen war, denn ganz am Anfang hatte sie hier Eli besucht.

„Happy birthday", spielt draußen die Klingel des Eisverkäufers, daran kann sie sich noch gut erinnern, aber sie hat keinen Appetit. Der Staub unterdrückt alle Bedürfnisse.

Eli telefoniert, und ein junger afghanischer Sprachmittler, Dolmetscher müssen ein Diplom haben und das hatte er sicherlich nicht, kommt, um auf Englisch mit Manfred die Situation zu besprechen.

„Bitte erledige du selber alle Formalitäten zusammen mit dem Sprachmittler, denn ab jetzt ist dies eine Privatinitiative eurer Familie", betont Eli. „Ich lege großen Wert darauf, dass unsere Organisation hier in Kunduz hilft, aber nicht die Kinder für immer ins Ausland holen will. Da Masumah Waise und verletzt ist, ist das eine absolute Ausnahme."

Masumah staunt. Sie versteht nur noch wenige Brocken Dari, und auch das Pashtu ist sehr schwierig für sie zu verstehen. Sie glaubt, ihre Ohren seien nicht in Ordnung, aber das ist nicht das Problem. Als sie das Land verließ, war sie ein kleines Mädchen, da prägt die Umgebung Verstehen und Verhalten. Genau so hatten Webers es sich gewünscht, aber Manfred ist unbesorgt: „Das wird schon klappen, denn der Sprachmittler macht einen guten Eindruck."

Von diesem Tage an sind Masumah und Manfred immerzu unterwegs, von Stadtbüro zu „Daftar", wie es in Kunduz heißt.

Die Bestätigung, dass Joma Khan und Rahima tot sind, lag den Behörden bereits seit der Passausstellung vor, aber nun muss erfragt werden, ob nicht irgendeine Person Ansprüche an Masumah hat.

Ein Ältester, ein Spingiri aus dem Dorf Ludin und gleichzeitig Verwandter aus dem Heimatdorf Rahimas, wird angesprochen. Er kommt auch unverzüglich in das Büro der Provinzverwaltung.

Masumah sitzt auf einem der imposanten Sessel im Walihaus direkt neben Manfred und sucht bei ihm Halt, denn all diese langbärtigen Männer, die sie begutachten, flößen ihr Angst ein.

Als der erwartete Mann aus Rahimas Heimatdorf kommt, ist sie gespannt, denn manchmal hatte sie heimlich mit Rahima die Großmutter besucht, obwohl sie es eigentlich nicht gedurft hatte, weil ja Rahima von der Familie verstoßen worden war.

„Vielleicht kommt sie mich holen", denkt Masumah, kann sich aber einfach nicht mehr an das Gesicht der Oma erinnern.

Die Tür öffnet sich und drei Männer treten ein.

„Asalamaleikum."

„Maleikum salam."

Der Anführer ist nicht sehr groß, bekleidet mit dem lokalen Kamiz, und trägt einen graugrünen Turban um den Kopf geschlungen. Sein weißer Bart reicht bis an die Brust. Seine Augen suchen im Zimmer nach dem Kind. Sein stechender Blick trifft sie und erschreckt sie sogleich.

Er sieht das behinderte Mädchen mit seiner Beinschiene neben Manfred sitzen und erklärt sofort, dass dieser Bastard eines unverheirateten Paares nichts mit seiner Familie zu tun haben solle. Er sei froh, wenn ihn niemand mit diesem Kind in Verbindung bringe.

Der zweite Mann ist deutlich jünger und trägt einen kurzen dunklen Bart. Auch seinen Kopf ziert der traditionelle Lungi, der Wickelturban nach pashtunischer Technik, einen langen Tuchstreifen rechts bis zur Taille hängend.

„Die ist nicht gut für uns, die ist schmutzig, chatal", stößt er kurzatmig hervor.

Die Stimme! In Masumah läuten die Alarmglocken, die Stimme kennt sie. „Woher habe ich diesen Ton im Kopf?", fragt sie sich.

Ihr Herz klopft plötzlich bis zum Hals. Was ist das? Irgendwas stimmt nicht.

Der jüngere Mann streckt seinen Arm vor, wie um symbolisch das Kind von sich abzuwehren. Die Hand dreht sich nach außen, und da - sie sieht es, die Tätowierung zwischen dem Daumen und dem Zeigefinger, fünf Punkte in Form einer Raute mit verschobenem Mittelpunkt.

Ihr kleines Herz klopft jetzt bestimmt so laut, dass der Mann es hört. Ihr Kopf wird rot, Todesangst erfüllt sie, dieselbe Angst, die sie in Kosheraltan gespürt hatte.

Sein Blick trifft den ihren und es scheint ihr, als hätte er verstanden, dass sie ihn, den Mörder Joma Khans und Rahimas, erkannt hat.

Schnell dreht sie den Kopf zu Manfred und verbirgt ihr Gesicht in seinem karierten Baumwollhemd. Manfred gibt Geborgenheit, Manfred beschützt.

Ruckartig dreht der Mann sich um, zieht seine Mitstreiter mit sich, verabschiedet sich vom Verwaltungsmann und verschwindet durch die Tür. Masumahs Herz schlägt immer noch Alarm und Manfred bemerkt, dass etwas mit seinem Kind nicht stimmt.

„Was ist denn, Masumih, komm, du brauchst dich nicht zu verstecken", fordert er sie auf, sich offen neben ihn zu setzen statt sich hinter ihm zu verkriechen, aber ihre Angst lässt es nicht zu.

Von diesem Moment an hat sie in Kunduz nur noch panische Angst, immer nur neben Manfred bleiben oder im Zimmer mit Koda zwei, sonst nichts, denn der Mann könnte wieder kommen, mit seinen Männern, mit den Kalaschnikows, sie kann den Geruch von Schießpulver und Blut in ihrer Nase wiedererkennen. Den Gestank des Todes der geliebten Familie.

Eine Hoffnung aber bleibt in ihrem Herzen: Sicher würde sie in den nächsten Tagen ihren Said wiedersehen und bestimmt wartete er genauso wie sie.

Dann schickt die Regierung jemanden zu dem Jogi-Hof, in dem Masumah gelebt hatte, und Masumah ist freudig aufgeregt, denn sie hofft inniglich, Said zu sehen, ihren geliebten kleinen Said.

Der bärtige Mann kommt auf den Hof des Gouverneurs gefahren - aber er kommt allein.

„Da konnte ich niemanden finden, die Jogi-Familie ist weggezogen, wir haben keine Chance, die Jogi-Leute ausfindig zu machen." Seine Worte machen Masumah traurig.

„Manfred, wo ist Said, ich möchte doch meinen kleinen Bruder finden!" Sehnsüchtig sehen ihre großen Kulleraugen den neuen Papa an.

„Masumih, wir werden extra jemanden schicken, der nach den Jogis sucht und deinen Said findet, ich verspreche dir das. Aber ob das dann auch klappt, da kann man nur auf Gott vertrauen. Und weißt du, wenn Said will und das geht, von mir aus und auch von Anne aus, da kann Said ruhig mit uns nach Deutschland kommen."

„Ja, Manfred." Sie drückt Koda zwei an sich, um Trost zu finden.

Warten, warten, nochmals warten. Der Verwaltungsmann hatte jemanden beauftragt, die Jogis zu finden, damit es nicht später einmal Unstimmigkeiten geben könnte.

Ungeduldig warten Manfred und Masumah zusammen mit dem Sprachmittler auf einen Anruf, aber tagelang kein Ton.

„Hier in Khanabad habe ich Jogis gefunden und ein Mann sagte mir, dass er der Kindfinder mit dem Esel war", meldet sich spätabends der Suchende, „ich versuche, ihn nach Kunduz mitzubringen, aber wann das klappt, das weiß ich noch nicht."

„Verdammt, ich habe nicht so viel Urlaub", schimpft Manfred, „der soll in die Socken kommen."

„Papa, nicht böse sein." Masumah hat Angst, dass etwas schief laufen könne, und fängt an, leise zu weinen. Sie ist müde, die ungewohnte Hitze, keine Kinder zum Spielen, nur Koda zwei, den sie hin und her wiegt.

Doch manchmal geschehen auch Wunder, sogar am Hindukush, denn schon am nächsten Vormittag klingelt Manfreds Handy. Sprachmittler und Bürovorsteher melden sich, Jogi-Mann ist eingetroffen.

„Er hatte eine lange Reise hinter sich von Khanabad hierher und er hat viel zu tun, da möchte er, dass ihr ihm für die Fahrt 21 Kilogramm Reis mitbringt", erklärt der Übersetzer – keine ungewöhnliche Forderung in dieser Kultur.

„Das fängt ja gut an." Manfred ist mit den Nerven am Ende. „Wir wollen einem Kind helfen, nicht auf dem Bazar eine Kuh kaufen." Das allerdings murmelt er nur in seinen Bart, um die Kleine nicht zu beunruhigen.

Also Elis Auto genommen, zum Bazar gefahren, Reis gekauft, und ab zum Büro des Wali, so nennt man dort den Gouverneur der Provinz Kunduz.

In einem Zimmer in der oberen Etage warten schon der Beauftragte, der Sprachmittler und, welch ein Wunder, ein kleiner magerer Junge mit großen Kulleraugen und kahlgeschorenem Kopf. Manfred und Masumah betreten den Raum, Masumahs Herz klopft bis zum Halse, Said, hüpft es, Said, Said, mein Bester!

Der kleine Junge ist aber nicht Said, er ist Neamat, der Sohn des Jogi.

Man hatte dem Jogi schon die Situation erklärt und neugierig glotzt er aus dem Fenster, um zu sehen, ob der Reis auch geliefert war, und dann auf das kleine Mädchen. Sein Blick taxiert sie vom unbedeckten Haar bis zum orthopädischen Schuh.

„Nein, die wollen wir nicht wieder haben, wir haben Esser genug." Aber der Mann solle seinen Sohn Neamat mitnehmen, der solle auch mit nach Deutschland, erklärt er voller Überzeugung seine Idee.

„Darum geht es heute nicht, mein Herr, Mokhteram", macht ihm der Vertreter des Wali klar, „wir müssen nur wissen, was mit dem Mädchen wird."

„Die kann in Almania bleiben, ich brauch' die nicht." Ihm sind die vielen Fragen lästig. „Was ist mit meinem Sohn?"

„Der kann nicht mit, aber du musst hier die Verzichtserklärung unterschreiben. Kannst du schreiben? Nein? Ist klar, also deinen Fingerabdruck, den Shast, machen. Hier!"

„Dann muss ich noch viel mehr Reis haben, meine Familie hat Hunger."

„Ist das hier ein Bazar?", fragt Manfred, aber da es chancenlos ist, erklärt er sich bereit, die Verwaltungskosten in Naturalien zu zahlen.

Der Jogi-Mann streckt seinen rissigen dicken Daumen aus, der Sprachmittler nimmt die Hand, führt sie zum Farbkissen und drückt dann den Daumen auf das Blatt voller wichtig aussehender Dari-Schriftzeichen.

„Nun werden wir noch eine Adoptionsurkunde ausfüllen und abstempeln, und dann fahren wir zusammen hoch zu den deutschen Soldaten ins PRT, da ist das Auswärtige Amt und dort können Sie das vorlegen. Das ist ein amtliches Dokument, das kann der Chef dort noch beglaubigen. Das war's dann", bekommt Manfred belehrend erläutert.

Auf Klein Masumah hatte in all dem Trubel niemand geachtet. Mit großen Augen starrt sie auf Jogi-Mann. Ja, er war es gewesen, der sie in Kosheraltan gerettet hatte, er hatte sie und Said auf den Esel gehoben, aber nun beachtet er sie gar nicht. Und wieso ist Said nicht gekommen? Wo ist er? Dieser Glatzkopf ist ihr völlig fremd. Koda zwei, drück mich, halt mich fest.

Sie fasst Manfreds Hand fester und bemerkt, dass nicht nur ihre Hand nass ist, auch Manfred hat vor Aufregung schweißige Hände. „Halt mich fest, Manfred", flüstert sie unhörbar, „ ich habe Angst vor dem Mann."

„Komm mal runter, ich muss dir was sagen, Manfred." Sie zieht ihn am Arm. „Frag, wo die Jogi-Mama ist und wo mein Bruder Said ist, ich will Said sehen."

Manfred nickt und teilt dem Sprachmittler das Anliegen mit.

„Meine Frau hat keine Zeit, sie hat zu tun, und den Said, den braucht ihr gar nicht zu sehen, den bekommt keiner mit, denn der hat bei uns zu arbeiten. Ach ja, meine Frau sagt Salam, schönen Gruß an Dich. Und sag den Ausländern, dass Frauen nicht mit hierherkommen. Hier ist Afghanistan."

Masumah ist traurig. „Said, wo bist du? Du gehörst doch zu mir!" Tränen treten in ihre Augen und kullern die Wangen hinab.

Alles ist so fremd geworden, so weit weg.

Alle weiteren notwendigen Schritte sind nur Formsache. Das heißt, drei Tage später gehen Manfred und Masumah wieder auf die Heimreise. Eli bleibt noch vor Ort, ihre Hilfsarbeit ist noch nicht erledigt.

„Anne, Frauke, Susi, hallo, schön euch zu sehen!" Manfred hat die Arme geöffnet und schließt seine Lieben in die Arme, seine Ehefrau Anne und seine drei Mädchen, denn nun gehört Masumih dazu, es gilt nun nur noch auf die Formalitäten des Amtsgerichts zu warten.

„ Jetzt sind wir fünf Webers", stellt Anne fest.

„Nein, falsch, wir sind sechs, Anne, du hast Koda vergessen", kommentiert Masumah. Alle lachen laut und glücklich.

Es sind glückliche Jahre der Kindheit. Masumah ist zwar älter als ihre Mitschülerinnen, aber da sie klein geblieben ist, akzeptiert es jeder, und da sie mit Hilfe von Anne fleißig lernt, kann der Weber-Clan stolz auf ihre Leistungen sein.

Ihr Bein wird noch viermal operiert, über drei Jahre trägt sie ihre Schiene in wechselnden Variationen und noch länger die festen Schuhe aus Spezialanfertigung. Es fällt ihr oftmals schwer, nicht mit toben zu können, aber mit zwölf Jahren ist es so weit, dass sie zum ersten Male mit dem Fahrrad fahren kann und der Abendausflug mit Manfred, Frauke und Susi so noch spannender wird.

„Hurra, ist das toll", jauchzt sie, als es endlich klappt und Manfred den Sattel loslassen kann.

„Papa, ich bin so glücklich."

Es ist der glücklichste Moment der Kindheit, an den sie sich später erinnern kann.

Nun kann sie auch mit den anderen zum Schwimmen gehen, denn endlich kann sie ihren Fuß flach aufsetzen, das Bein ist gerade gewachsen, so dass sie sich nicht mehr schämt, mit Badeanzug, sprich nackten Beinen, im Schwimmbad herumzulaufen.

Frauke, die natürlich schon viel früher die Wasserfreuden genossen hatte, übt mit ihr und Anne steht mit starker Hand daneben. Anne, die, die alles immer konnte, sich um alles kümmerte, nie vor 23 Uhr abends ins Bett ging und schon früh am Morgen in der Küche stand und alles vorbereitete, der gute Geist der Familie.

Nach zwölf Übungsstunden ist es so weit, Masumah darf ins große Becken und die ersten 25 Meter allein bewältigen.

„Frauke, ich hab's geschafft, guck mal", ruft sie übermütig ihrer Schwester zu, die an der Beckenseite mit einem Mädchen mit langem schwarzem glattem Haar spricht. Beide Mädchen sehen zu ihr rüber, kommen angerannt und schnattern erfreut: „Gratuliere Masumah, super."

Da erkennt sie das andere Mädchen, es ist Ariadne. Sie ist zu einer kleinen Schönheit herangewachsen, trägt einen gelben Bikini und lacht sie wiedererkennend an.

„Ich freue mich riesig, dich zu sehen", stößt sie außer Atem hervor, „wir haben uns schon so lange nicht gesehen."

„Mama, kennst du doch noch, das ist Eli, die hat so viel zu tun und keine Zeit und ich muss immer zum Sport, na und dann noch die Schule...", sie verdreht die Augen.

„Macht nichts, ich freu mich auch, sehen wir uns nachher? Ich muss hier noch üben, sonst macht der Schwimmlehrer Ärger, bis nachher an der Cafeteria!"

Zwanzig Minuten später. Sie schüttelt ihre langen Locken, die noch immer nicht richtig trocken sind, und blickt suchend an den rotgelben Tischen entlang, um Ariadne zu entdecken.

„Frauke, Masumah, hier sind wir!", hört sie hinter sich die helle Stimme Ariadnes. Sie dreht sich um, und ihr Mund klappt vor Erstaunen auf.

Da ist sie, Ariadne, der hübsche kleine Teenager, und neben ihr ein blonder blauäugiger junger Mann. Masumahs Atem stockt. Gibriel, das ist ja Simon, mein Gott, wie siehst du aus! Jetzt ist aus dem unbekümmerten Lausbub ein gutaussehender junger Mann geworden.

Mit strahlenden Gesichtern kommen die beiden auf sie zu. Masumah schlägt die Augen nieder, Simon sollte ihre Verlegenheit nicht sehen, aber irgendetwas stimmt nicht, sie merkt es. Als sie ihm in die Augen sieht, da ist es, das Wiedererkennen, der Zauber, wenn der Funken überspringt.

Schnell blickt sie zur Seite, denn eifrig fragt Ariadne: „Was wollen wir essen, Eis, oder Eis, oder Eis, oder vielleicht Hamburger?" Sie kichert mit Frauke.

„Doofe Frage, Eis natürlich, ich nehme Malaga, und du, Masumah, was magst du?" Fragend sieht Simon ihr in die Augen.

„Erdbeer, ich mag immer noch keine Schokolade, und Mango, und du Frauke?"

„Wie immer Vanille und Schokolade, am besten, wenn sie haben, Nutella. Ariadne?"

„Schlumpfeis, Stracciatella und Himbeer." Schon sucht sie nach der Bedienung, um zu bestellen.

„Wie geht es dir? Ariadne sagte mir, du kannst jetzt schwimmen und radfahren, finde ich toll." Simon wirkt etwas verlegen. Er bietet Masumah einen Stuhl an und rückt ihn ihr zurecht.

„Danke, gut, wie du siehst, alles paletti. Schule läuft auch gut, Englisch super, Spanisch super, Deutsch gut, nur Mathe, Physik und Chemie - na ja, gelinde gesagt etwas schwach", weicht Masumah den Fragen etwas aus.

Simon scheint das überhört zu haben. „Und dein Bein, klasse, man merkt es kaum noch, dass du so viele OPs hattest. Finde ich echt stark."

„Ja, geht schon ganz gut, muss aber noch besser werden, daher jetzt jeden Donnerstag zu Heiko in die Reha." Gut, wenn man ein unverfängliches Gesprächsthema hat. „Und was machst du so, wann geht es in die USA?"

„Ja, es ist ein Glück, dass wir uns noch sehen, in 14 Tagen fliege ich nach Orlando, Superwetter, Superland, Superboy", hebt er lachend seinen starken Arm, um seine Muskeln zu zeigen.

„Angeber." Masumah zeigt sich enttäuscht von der großen Klappe.

„Quatsch, war doch nur Spaß, ich muss noch so viel erledigen und lernen, da war das heute mal so richtig entspannend, und ich freue mich echt, dich zu sehen. Du bist hübsch geworden, ach was, hübscher." Neckend bufft er sie in die Seite.

„Wenn du weg bist, meld´ dich mal", will Masumah das Gespräch in Gang halten.

„Du hast doch bestimmt auch Facebook. Ich schicke dir eine Freundschaftsanfrage, dann sind wir immer auf dem neuesten Stand, ist das okay?"

„Klar, Masumih Weber, leicht zu finden, und du, wie nennst du dich?"

„Ganz normal Simon Arnold, ich glaube du bist schon mit Ariadne drin, da finde ich dich schon, oder?"

„Ja, denk ich auch, würde mich freuen." Jetzt kommt die Bedienung mit dem Eis, und alle Vier genießen die kalte Köstlichkeit.

Frauke und Ariadne bestimmen das Gespräch, was Masumah nur Recht ist, denn ihr Herz klopft um die blauen Augen ihres Gibriel. Es sollte lange dauern, bis sie ihn wiedersehen würde.

USA, Amerika, das ist so weit weg, auch wenn man es fast täglich im Fernsehen sieht. So weit entfernt wie Said, an den sie oftmals voller Sehnsucht denkt.

„Hallo ihr, Taxi ist da!" Anne tritt an den Tisch. „Ich sollte euch doch rechtzeitig abholen, oder? Tag Ariadne, Tag Simon, na wie geht es euch? Was macht Eli?" Anne begrüßt die junge Gruppe wohlgelaunt.

„Mama, Simon geht in zwei Wochen nach Florida, ist das nicht toll?", muss Frauke gleich die Neuigkeiten weitergeben. „Mama, das wäre klasse, wenn Susi, Masumah und ich das auch mal könnten, dann lernen wir richtig Englisch."

„Recht hast du, aber so viel Geld haben wir nicht, denk dran, nur Papa verdient Geld, ich bin zuhause und kümmere mich um euch. Und von wegen Sprachen, nehmt euch ein Beispiel an Masumih, die lernt die Sprachen wie im Schlaf, nur" - und sie grinst Masumah schelmisch an - „Mathe und Physik, das sind für sie böhmische Dörfer, oder, Sumi?"

Schon stehen andere Themen im Vordergrund, Schule, Kleider, Kinoprogramm, die Mädchen können sich einfach nicht trennen.

„Los Ariadne, wir müssen zum Bus, wenn du noch lange quasselst, dann verpassen wir den, dann meckert Mama", versucht Simon, Ariadne zum Aufbruch zu bewegen.

„Tschüss denn, macht's gut, Masumah, ich hoffe, wir hören voneinander, ach und wenn du willst, dann kann ich mit dir ja mal Mathe üben." Errötend reicht er ihr die Hand, dann Frauke und Anne, und zieht Ariadne energisch an ihrer Schwimmtasche weiter.

Endlich erwachsen

Einer der bedeutenden Tage in ihrem Mädchenleben ist ihr 18. Geburtstag. Endlich ist sie die Schiene los, die sie nachts immer noch getragen hat, und endlich erlaubt ihr Dr. Bergmann, normale Schuhe zu tragen und auf die festen orthopädischen Spezialanfertigungen zu verzichten.

Eigentlich ist es gar nicht ihr richtiges Geburtsdatum, da es keine Geburtsregistrierung in Afghanistan gibt, aber inzwischen steht ihr Ankunftstag minus sechs Jahre als Geburtstag in ihrem Pass, der 31. Mai. Schon in der Nacht vor diesem Geburtstag kann sie vor Aufregung nicht schlafen.

Manfred geht es nicht gut, er hatte die letzten Tage immer über Übelkeit geklagt, aber Anne, Susi und Frauke hatten immer geheimnisvoll die Köpfe zusammengesteckt, also heckten sie irgendetwas aus.

„Frühstück", hallt es durchs Treppenhaus, und weil sie schon längst wach ist und gewartet hat, springt sie sofort aus ihrem Bett. Natürlich ist Frauke schon unten, ihr guter Geist Frauke, auf den sie sich immer verlassen kann.

Sie duscht schnell, bürstet ihr langes Lockenhaar, zieht sich das neue pinkfarbene T-Shirt über, das Susi ausgesucht hat, und geht vorsichtig wie immer barfuß die Holztreppenstufen hinunter. Das ist immer noch ein bisschen schwierig, aber die sitzende Kletterei ist schon seit Jahren vergessen.

„Happy birthday to you", klingt es im Chor, als sie um die Küchentür lugt. Alle sind da und strahlen sie an. Nur Manfred scheint wieder eine schlechte Nacht gehabt zu haben, er sieht so blass aus und hat tiefe Augenringe.

Ein Geburtstagskuchen mit 18 Kerzen steht auf dem Tisch und ein großer Karton mit pinkfarbener Schleife wartet darauf, geöffnet zu werden. Masumahs Spannung steigt.

Vorsichtig stellt sie sich den Karton auf ihren Schoß und beginnt mit flatterigen Fingern, das Band zu lösen. Aber Anne, Susi und Frauke wirken noch gespannter, als sie endlich den Kartondeckel anhebt.

„Wow, was ist das denn? Pinkfarbene Wesselschuhe, hochhackige Schuhe, super", strahlt sie die Familie an. „Darf ich die denn schon tragen?"

„Ja, diese Art geschnürte hochhackige Schuhe hat Dr. Bergmann ausdrücklich erlaubt, du bist nun eine junge Frau, also brauchst du auch tolle Schuhe. Aber lauf noch nicht so viel damit rum, deine Füße müssen sich erst an diese neue Belastung gewöhnen."

Schnell sind die Schuhe aufgeschnürt und über die Füße gezogen. Sie drücken ein wenig, aber wer schön sein will, muss leiden, und so macht sie stolz ein paar Schritte auf diesen superkrassen Wunschtretern. Mit jedem Schritt fällt es leichter, lässt der Druck nach. Sie fühlt sich wie ein Model auf dem Catwalk, sie, Masumah, die aus einer anderen Welt, aus dem Mittelalter in Afghanistan.

„Juhu", schreit es in ihr.

Nichts kann den Tag mehr trüben, es ist einfach wunderbar, nur Manfred macht ihr Sorgen, er scheint sich wirklich nicht wohl zu fühlen und isst auch nur ein ganz kleines Stück von ihrem so köstlichen Marmorkuchen.

Am Nachmittag kommt die ganze Schulmeute zum Feiern, alle haben Geschenke mitgebracht und verwöhnen sie wie eine Prinzessin. Auch Eli ist mit Ariadne gekommen und hat ihr ein großes schwarz-weiß kariertes Tuch mit durchzogenen Goldfäden mitgebracht, ein Andenken aus Kunduz.

„Simon lässt dich auch grüßen, leider kann er nicht kommen, er macht seinen Bundesfreiwilligendienst und hat Dienst im Krankenhaus, aber er hat extra Grüße für dich bestellt, ich denke auch über Face, oder?"

Ja, er hatte ihr zum Geburtstag das Bild einer gelben Rose geschickt, eine Geste, die sie freudig erregt.

Simon war das Jahr in den USA gut bekommen. Er hatte eine liebevolle Gastfamilie in Florida gefunden und hatte in Gainsville, mitten auf der Halbinsel gelegen, viele Freunde gefunden. Besonders prägte ihn aber das Ehepaar, welches ihn aufgenommen hatte, denn Leslie und Donna waren beide im Gesundheitszentrum der Universitätsstadt tätig.

Leslie war der Manager, der den Kontakt der Krankenkassen mit der Verwaltung hielt, und Donna war die Verwaltungschefin über 450 Betten, wie sie immer stolz betonte.

Schichtdienst war da bei beiden an der Tagesordnung, und so war Simon meist auf sich selbst gestellt, wenn es darum ging, zur Schule und zurück zu kommen.

Er, der verwöhnte Schüler, der stets Mama als Taxi bei Busausfällen nutzen konnte, musste sich nun seine Fahrten ins abgelegene Häuschen selbst organisieren. Daraus entstand eine neue Selbstständigkeit, die ihn reifer machte.

Das Krankenhaus wurde dabei ebenso zu seiner Parkstation, denn oft wartete er in der Ambulanz auf den Feierabend von Donna oder Leslie, so dass ihm der Ablauf im Sanitätsdienst in Fleisch und Blut überging.

Helfen, ja das würde sein Ding. Nicht so wie Eli, die eine Helferhyäne und Organisatorin geworden war. Nein, direkt am Menschen, das wurde im Sunshine-State sein Ding.

Kaum war das Jahr vorbei, da wählte er als eines der Hauptfächer Biologie, und Chemie empfand er ebenso als enorm wichtig. Denn sein Entschluss stand fest. Er wollte in dem medizinischen Bereich seine Zukunft sehen.

Abschied von Zuhause

Die Jahre fliegen dahin. Sprachgenie Masumah brilliert in der Schule mit Bestleistungen in Sprachen und würgt sich durch die anderen Fächer, lernt immer eifrig mit Anne, hat manchmal auch Nachhilfeunterricht, ein paarmal sogar mit Simon, der Mathe und Physik aus dem Effeff beherrscht, und schafft so gemeinsam mit ihrem Weberzwilling das Abitur.

Susi lebt inzwischen in München und studiert Maschinenbau, Ariadne studiert in Berlin Psychologie, Simon ist mittlerweile Assistenzarzt im Klinikum Braunschweig an der Celler Straße, Frauke versucht sich in Hildesheim an Pädagogik und will Lehrerin werden, und Masumah hat einen Studienplatz für Sprachwissenschaften Englisch und Spanisch in Hannover ergattert. Ihr Traumziel ist Dolmetscherin für möglichst viele Sprachen, realistisch verbleiben ihr Englisch und Spanisch.

Nach einem dreimonatigen Praktikum in Madrid und einem sechsmonatigen Aufenthalt als Au-pair in London fühlt sie sich fit, das Studium zu schaffen, und sucht angestrengt eine Studentenbude.

Endlich hat sie Glück und findet eine Bleibe für den kleinen Geldbeutel, denn von Anne kann sie nicht viel finanzielle Hilfe erwarten. Manfred ist erkrankt und verbringt viel Zeit auf dem Sofa, will sich aber partout nicht zum Arztbesuch bewegen lassen, so dass Anne sich nur mit seinen Sorgen beschäftigen kann.

Jedes Mal, wenn sie nach Hause kommt und Manfred sieht, tut Masumah das Herz weh, denn Manfred ist für sie ein neuer Starkpapa geworden, den sie innig liebt und mit dem sie auch ihre Geheimnisse austauscht. Er ist blass und dünn geworden, hat Schwierigkeiten, die Treppe nach oben zu steigen, und seine Augen liegen in tiefen Höhlen. Anne hat genug um die Ohren, nimmt auch ab vor lauter Sorgen und braucht jede mögliche Entlastung.

Masumah weiß, dass Susi und Frauke auch einen schmalen Geldbeutel haben, und so sucht sie sich immer wieder Jobs, bei denen sie mit Nachhilfe oder Übersetzungen ihren schmalen Etat aufbessert.

Die Studentenbleibe ist ein Zimmer in einer Inklusions-Wohngemeinschaft von körperlich behinderten und gesunden Studenten. Jeweils zwei teilen sich die vier Zimmer, damit verbunden sind auch gewisse Pflichten. Sofie und Jill können sich schlecht um die Wohnung kümmern, denn Sofie sitzt im Rollstuhl, ist aber insgesamt sehr selbstständig, und Jill ist leicht spastisch gelähmt.

Masumah kann es intensiv mitfühlen, denn sie erinnert sich nur zu gut an ihre Leidenszeit, und so ist es für sie kein Problem, sich die notwendigen Hilfen mit der anderen gesunden Mitbewohnerin Lieselotte zu teilen. Dafür zahlen Lieselotte und sie keine

Miete, denn das Wohnprojekt wird von der Krankenkasse gefördert.

Dennoch ist immer Ebbe in der Kasse, die Nebenverdienste sind schmal, und das BAFÖG ist auch nicht so prall.

Sprachbücher und CDs zum Üben verschlingen die Einnahmen, und die Romane in den Übungssprachen gibt es auch nicht umsonst. Trotzdem, es macht einen Riesenspaß, das Studium, und es ist Masumah gelungen, viele Kommilitonen zu finden, mit denen sie sich gut versteht.

Einer von ihnen ist Uli, er besucht mit ihr den Englischkurs, ist besonders nett. Oftmals gehen sie nach der Vorlesung gemeinsam rüber in die Mensa durch den Parkgarten der Hannoverschen Uni, essen dort mit Vorliebe Milchreis oder brasilianisches Reisfleisch, was dort in der grünroten Mensa einfach unwiderstehlich gut schmeckt, und sitzen anschließend auf der Wiese unter den Blutbuchen und unterhalten sich in Englisch.

Uli studiert außer Englisch noch Chinesisch, denn er will einmal in die große weite Welt und für ein internationales Unternehmen arbeiten. Er ist schlank, eher schon dünn und schlaksig, und mit 1,85 Meter für Masumahs Verhältnisse überaus groß. Nicht, dass sie selbst besonders klein war, aber mit ihren 1,60 Metern war es mit ihrem Fuß immer noch schwierig, sich auf die Zehenspitzen zu stellen, denn das musste man, wenn man mit Uli flachsen wollte, so groß ist er.

Manchmal macht er einen Umweg, wenn er zur Uni fährt, steigt am Engelbosteler Damm aus der U-Bahn Nummer 6, geht einige Meter die Straße zurück und klingelt bei der Wohngemeinschaft, um Masumah abzuholen. Dann gehen sie gemeinsam über die Straße, an der Lutherkirche vorbei, an den Chemiebauten vorbei, hinüber zum Hauptgebäude, und folgen dann nebeneinander sitzend den Vorlesungen.

„Komm, in der Freistunde trinken wir in der Cafeteria einen Cappuccino, oder magst du lieber wieder deinen grünen Tee?", grinst Uli sie an, denn bisher hatte sich Masumahs Geschmack nicht an Schokolade, Kakao und auch nicht an Kaffee gewöhnen können.

„Gerne, ich habe heute auch echt Durst. Zwei Stunden zuhören und kein Wasser dabei haben, das war schon hart für mich", nimmt sie gerne die Einladung an.

Immer noch kann Masumah nicht rennen oder schnell die Treppen steigen, aber Uli, der sanfte ruhige Schlaks, ist die Geduld selbst. Gern trägt er auch ihre Tasche, denn der Laptop, den sie zur Vorlesung braucht, hängt immer schwer am Trageriemen und behindert sie beim Gehen.

„Keine Eile, der Kaffee und das heiße Wasser laufen uns nicht weg", ermutigt er sie, langsam zu machen. Unten angekommen, läuft er schnell in die Cafeteria vor, weil dort gerade zwei Stühle frei geworden sind.

„Schon besetzt", wehrt er ein paar junge Männer ab, die auch auf die beiden Stühle fixiert waren.

„Komm, setz dich, ich hole uns was, bin gleich wieder da", schiebt er Masumah auf den Stuhl und strebt der Theke zu.

Als er zurückkommt, trägt er in der einen Hand einen dampfenden weißhauptigen Cappuccino, in der anderen ein Glas Wasser mit Beutel, der das Wasser immer grüner färbt.

„Lecker, hast du auch an ein Stück Zucker gedacht, ich hab einen richtigen Jiep darauf", lacht sie ihn zufrieden an. „Du bist echt ein Goldstück, die Frau, die dich mal bekommt, die kann sich glücklich schätzen, Uli."

„Na, erst mal langsam, ich will meinen Master machen, einen Job finden, und danach sehe ich weiter, aber du hast echte Chancen bei mir, das weißt du, nicht wahr?", scherzt Uli zurück.

„Manchmal bist du mir ein echtes Rätsel, Sumi, dein Englisch ist super, du lernst so schnell, und ich glaube, in Spanisch bist du sicherlich auch eine Streberin, oder?" Neugierig will Uli mehr über seine Studienkollegin wissen.

„Sag mal, wo bist du eigentlich geboren? Deine Eltern wohnen in Braunschweig, aber irgendwie musst du doch andere Wurzeln haben", fragt er aufrichtig interessiert.

„Ach lass, ich will nicht darüber reden, das ist so eine lange Geschichte, lass uns lieber über die Hausarbeit reden, die wir übers Wochenende schaffen müssen", lenkt sie ab.

„Apropos Wochenende: Ja, wir können den größten Teil gemeinsam machen und das als Gruppenarbeit anmelden. Wir fangen am Freitagmittag an, und auch Samstag habe ich Zeit, und am Abend gönnen wir uns einen Kinoabend, was meinst du?"

„Nicht schlecht, dazu hätte ich auch Lust, aber nur, wenn wir vorher fleißig waren. Ich schiebe Arbeit nicht gerne vor mir her, versprochen?"

„Sumi, Ehrenwort, ich denke auch, wir müssen uns ranhalten, denn am Sonntagnachmittag ist an der Neuen Bult in Langenhagen Pferderennen, da muss ich unbedingt hin, denn ich liebe Pferde. Wenn du willst, kann ich dich dann auch am Sonntagmittag abholen und wir fahren mit der U-Bahn raus."

„Mensch Uli, du hast Ideen. Das wäre echt super. Also Freitag und Samstag ranklotzen und danach Kino und Pferd, freu mich drauf", stimmt Masumah frohgelaunt zu.

Uli ist ein richtiger Freund, sie ist froh, dass sie ihn gefunden hat.

Den ganzen Freitag verbringen sie zusammen in der Unibücherei. Sie müssen zwar ganz leise sein, aber Masumah hat sowieso eine Übersetzung mit Analyse zu machen, und dazu ist Schreiben auf dem Laptop angesagt. Dennoch geht die Arbeit nicht so zügig voran, wie sie beide es sich erhofft hatten. Und immer nur auf die anderen zu achten und zu flüstern ist auch nicht das Gelbe vom Ei.

Als Uli auf sein Mountainbike steigt und Masumah mit ihrem Hollandrad nach Hause will, sind beide müde und geschafft.

„Was hältst du davon, wenn du morgen zu mir in die WG kommst? Wir können im Wohnzimmer lernen, da können wir auch in Ruhe reden, ohne Rücksicht nehmen zu müssen. Es ist nur Lilo da, die anderen beiden fahren jeweils zu ihren Eltern, und Lilo macht das nichts, wenn wir da die Arbeit schreiben", lädt Masumah Uli ein.

„Prima, find ich auch besser. Wann soll ich bei dir sein, früh, aber nicht zu früh?"

„Wenn wir was schaffen wollen, dann komm um 9 Uhr, bring von unten gleich die Brötchen mit, ich mach dann Kaffee und Tee und wir können parallel arbeiten und frühstücken."

„Gut, mach ich, ich bin pünktlich bei dir. Mach´s gut, schönen Abend, pass auf dich auf."

„Bäh, du Witzbold, ich bin doch kein Kind mehr", lacht Masumah, steigt auf ihr Rad und saust davon.

Im Fahren hebt sie noch ihren Arm: „Tschüüüüss", klingt es durch die hohen Kastanien.

Es wird ein effektiver anstrengender Lerntag und beide genießen die Gemeinsamkeit beim Englisch, aber auch die Vertrautheit in der Sache. Lilo hat den Tag als Haushaltstag geplant und wirbelt mit Putztuch und Wischlappen durch die Zimmer der anderen beiden.

„Was wollt ihr denn zum Mittag machen? Ich sterbe vor Hunger", jammert Lilo um ein Uhr, als die beiden immer noch keine Pause gemacht haben.

„Ja, wenn du das sagst, wirklich - ich habe auch Kohldampf. Vor lauter Lernen merkt man das gar nicht", stimmt ihr Masumah zu.

„Also was machen wir?"

„Wie wäre es mit Pizza vom Laden drüben an der Lutherkirche? Der ist echt gut." Uli sieht die Mädchen fragend an.

Ohne auf die Antwort zu warten, steht er auf. „Ihr deckt den Tisch, sorgt für was zu trinken, und ich laufe schnell mal rüber. Pizza Salami, Hawaii und Margarita Mozzarella, oder? Okay!", und schon zieht er seine Jacke über und weg ist er.

„Masumah, das ist echt ein netter Typ, so gefällig, man kann fast neidisch werden", neckt Lilo sie.

Heiß ist sie, die Pizza, und lecker, und der Nachmittag wird ein voller Erfolg, die Arbeit geht heute besser von der Hand, die Worte im Englischen fallen ihnen leicht ein. Uli der Analyst trägt die superintellektuelle Note bei, und zur Abendessenszeit ist es geschafft, die Gruppenarbeit Uli-Masumah ist im Kasten, besser gesagt auf dem Stick, und kann an Professor Demmig gemailt werden. Beide sind froh, so effektiv gearbeitet zu haben.

„Ich kann aber so nicht ins Kino gehen, wir haben so lange gearbeitet, dass ich total verschwitzt bin, ich muss erst duschen", stöhnt Masumah erleichtert, als Laptop und Hefte zugeschlagen sind.

„Mir geht's genauso, ich fahre mal schnell zu mir und dusche, dann hole ich dich so um Sieben ab, das reicht, dann können wir in Ruhe noch bummeln gehen und dann in den Film."

„Dann bis nachher! Ach, was essen wir, meinst du, wir holen uns noch eine Kleinigkeit irgendwo?"

„Nicht immer alles vorher wissen wollen, lass dich überraschen, also bis nachher, tschüss, Lilo." Und schon ist Uli aus der Tür.

„Der ist wirklich ein ganz Lieber", kommentiert Lilo Ulis Besuch.

„Willst du heute Abend nicht mitkommen? Ich würde mich freuen", fragt Masumah freundlich.

„Quatsch, das kommt gar nicht in Frage, ich sehe heute den Superstar auf RTL, du weißt, ich finde das zwar schwachsinnig, aber interessant ist es doch. Und ihr habt euch den Abend echt verdient."

„Ich hoffe, du denkst dir nicht zu viel dabei, er ist wirklich nett, aber mehr ist da nicht", grinst Masumah schelmisch.

Es ist schon schummrig, als Uli klingelt. Masumah hat ihre gut gepflegten Pinkstöckel angezogen, natürlich auch ein weißes Shirt mit pinker Schrift, und ihr tailliertes Jackett in zartem Rosa. Sie liebt alles in diesen Rosatönen, denn es steht ihr besonders gut zum dunklen lockigen Haar. Und davon hat sie wirklich im Überfluss, dicke schwarze Wolle, wie Anne immer sagt.

Heute hat sie die Haare zusammengedreht und hoch gesteckt und ausnahmsweise einen Eyeliner benutzt und die Wimpern getuscht. In zartem Rosa ist auch das Lipgloss, bloß dezent und nicht zu aufgetakelt.

Uli mustert sie von oben bis unten. „Toll siehst du aus, wird bestimmt ein Superabend. Komm, wir nehmen die U-Bahn, das ist einfach am praktischsten, oder?"

Nebeneinander gehen sie den Engelbosteler Damm in Richtung Haltestelle der Nummer 6 und Masumah wundert sich, als Uli sie sanft am Ärmel zieht.

„Hier lang, Überraschung!", erklärt er ihr.

Nur wenige Meter entfernt liegt rechts ein kleines Lokal, das sie schon oft gesehen hatte, in das sie sich aber nie hinein getraut hatte. Es gab eigentlich auch nie einen Grund, denn die Mensa war optimal und preiswert.

Es ist ein kleines afghanisches Spezialitäten-restaurant.

„Tschuldige, vorhin, als du gerade mal draußen warst, habe ich Lilo ein bisschen nach dir ausgefragt. Sie sagte mir, du kommst vom Hindukusch, und da das Restaurant hier genauso heißt, dachte ich, du freust dich. Hoffentlich habe ich jetzt nicht was total falsch gemacht?", zweifelt Uli plötzlich an seiner guten Idee.

„Nee, ist schon okay, eigentlich wollte ich hier schon mal rein, aber allein auf keinen Fall. Super Idee." Sie freut sich, mal wieder zu probieren, ob ihr das Essen aus der alten Heimat noch schmeckt.

„Komm, hier der Platz für zwei ist wie gemacht für uns, setz dich."

„Sag jetzt bloß nicht, dass ich aus Afghanistan komme, sonst labern die mich hier bestimmt voll. Ich will das nicht, ich will mit dir reden", flüstert sie ihm verschwörerisch zu.

„Klar doch, verspreche ich. Hier ist die Karte, such dir was aus, Dame zuerst."

„Na, wie hoch darf heute die Rechnung sein? Sonst bestell ich die Karte hoch und runter", lacht sie, entscheidet sich dann aber für Kabuli, das Palau-ähnliche Reisgericht, Basmatireis, Rosinen, Mandeln, Karottenschnitze und ein bisschen Fleisch. Uli nimmt das Gleiche, denn Namen wie Mantu oder Bolani sagen ihm nichts.

„Es schmeckt mir nicht schlecht, aber Annes Spargelessen ist mit nichts auf der

Welt zu vergleichen, da kommt auch das teuerste und hochwertigste Dreisterneessen nicht mit", stellt Masumah überzeugt fest. „Und wenn ich es dir gestehen darf, es war eine gute Idee, es hat mir gut gefallen, aber ich habe nichts empfunden in der Art von alter Heimat und so."

Gut gesättigt bummeln sie nun doch zur U-Bahnlinie, um ins Cinemaxx zu fahren.

„Mit welchem Film überrascht du mich jetzt? Der Abend ist heute so richtig spannend."

Zahlreiche Plakate kündigen im Kinocenter Filme an, Liebesfilme, Action hoch drei und Geballere.

„Ist es okay, wenn wir in Avatar gehen? Der Film gefällt mir, ich habe schon mal die Vorschau gesehen. Sciencefiction."

„Ja klar, davon habe ich schon gehört, aber du weißt ja, ich gehe selten aus."

Es ist ein wunderbarer Film, die Bilder faszinieren beide, und Masumah beugt sich vertraut gegen Ulis Arm. Uli reicht ihr das Popcorn hinüber und berührt dabei ihre Hand. Es ist so prickelnd und so selbstverständlich in diesem Moment. Er ist der erste Mann in ihrem Leben, dem sie so nahe kommt, denn Papas zählen nicht als Männer, die sind nur einfach lieb, so wie Starkarmpapa früher und Manfred.

Das Berühren der Hände ermutigt zu mehr, er legt vorsichtig den Arm um Masumah, nicht aufdringlich, nur ganz sanft, und wartet auf ihre Reaktion. Sie empfindet die Berührung als angenehm, vertraut, anziehend und liebenswürdig, ja, Uli ist liebenswürdig, so unkompliziert und klar.

Im Flimmern des Filmes blickt sie zu Uli, er ist groß und stark, jetzt im Sitzen ist es leicht, zu ihm hinauf zu sehen. Sie kann sehen, wie seine Nasenflügel sich bewegen, er riecht heute gut, nicht so aufdringlich wie die angeberischen Axe-Jungs, nein, sanft nach Zitrone und Windfrische. Sie fühlt sich einfach glücklich, und zum ersten Male ist ihr ihr eigenes Aufblühen als junge Frau bewusst.

Uli dreht den Kopf, er hat gespürt, dass sie ihn ansieht. Er neigt sein Gesicht zu ihr und vorsichtig, als hätte er Angst, etwas kaputt zu machen, berührt er ihre Lippen, ganz zart und trocken.

Es ist ein Feuer, das sie überkommt, ein Feuer, das ihre Seele wärmt, ohne Furcht, dass etwas zerbrechen könnte. Sie schmiegt sich an ihn und lässt sich von den blauen fliegenden Wesen voller Sanftmut in eine andere Welt entführen.

Nach dem Film fahren sie schweigend mit der Linie 6 zum Engelbosteler Damm, sie brauchen nichts zu sagen, beide wissen um das Gefühl des anderen. Uli hält ihre Hand, liebevoll und helfend, aber nicht besitzergreifend, er kann warten.

Bei der WG angekommen, drehen sie sich zueinander.

„Schlaf gut, ich denke, ich fahre jetzt wieder, das wird wohl besser sein."

„Du weißt, was du mir bedeutest, meine kleine Sprachfee", zieht er sie an sich, seine Arme halten sie fest wie eine warme Decke vorm knisternden Kamin. Sanft küsst er sie erneut, sie erwidert seine Gefühle. Sie können nicht genug bekommen von diesem Augenblick.

„Ja, ich freue mich schon auf morgen, Uli, danke für diesen wundervollen Abend", haucht sie.

„Wann soll's losgehen, holst du mich ab?", fragt sie, nun doch etwas verlegen.

„Um 12 Uhr müssen wir los, das erste Rennen beginnt um 13 Uhr, ist das für dich okay?"

„Klar doch", sie reckt sich, die Pinkstöckel machen es möglich, drückt ihm noch einen Schmatz auf den Mund, dreht sich schnell um und verschwindet durch die Haustür. Hinter der Tür bleibt sie stehen, ihr Herz klopft.

Alles ist gut, nur eines ist eine Katastrophe: ihre geliebten Wessels! Ihre Füße brennen, der operierte Fuß schmerzt, sie setzt sich auf die Treppenstufen, zieht den Seitenreißverschluss auf, schlüpft aus den Schuhen und schleicht die Treppe hinauf, als hätte sie ein großes Geheimnis.

„Du Uli, es riecht ja schon hier nach Pferden, obwohl wir noch nicht einmal am Eingang sind." Mit fragendem Blick sieht sie zu Uli hinauf.

Die Vertrautheit des gestrigen Abends ist geblieben und nicht, wie es manchmal üblich ist, einer reuigen Verklemmtheit gewichen.

„Du wirst sehen, es sind jede Menge Pferde, die heute laufen werden, sieh, da hinten sind die Stallboxen, wo die Pferde auf ihren Einsatz warten, da können wir gleich mal hingehen."

Nach Kasse und Einlass strebt er gleich nach links mit ihr in Richtung der im Norden stehenden flachen Boxengebäude. Die meisten der Tausenden von Besuchern bevorzugen das Hauptgebäude, die Wettschalter und die Rasenflächen an der Rennbahn, um sich die besten Plätze zu sichern.

Manche Pferde werden bereits an den Boxen entlang geführt, ein paar wenige Jockeys galoppieren schlanke hochbeinige Rassepferde auf der Bahn ein bisschen warm.

Masumah kennt Pferde und Pferderennen aus Schule und Zeitung. Auf dem Lande hat sie auch ab und zu ein Pferd gesehen und hatte als Kind mal mit Frauke im Streichelzoo auf einem Pony gesessen, aber hier, das ist etwas völlig anderes, man spürt die Spannung in der Luft.

„Sieh mal, das hellbraune Pferd da sieht besonders hübsch aus", stellt sie etwas unbedarft fest.

„Das ist ein Hengst, wie du siehst, und die Farbe heißt Fuchs, nicht Hellbraun, du

133

Schweinchen Schlau. Sonst weißt du immer alles, aber mit Bio hast du´s wohl auch nicht so. Müsste wohl Englisch oder Spanisch sein, dann würde es dir nur so zufallen", scherzt Uli und weist auf eine andere Pferdegruppe hin. „Das da sind Braune, da ist die Mähne schwarz und das Fell braun, wenn die Mähne auch braun ist, dann nennt man das Fuchs, wenn die Mähne aber ganz hell ist, so fast gelbweiß, dann ist das ein Falbe, aber die sind echt selten. Und Rappe und Schimmel weißt du doch schon so, oder?"

„Danke, dass du mir das erklärst, ich bin nicht sauer, wenn du mir das alles sagen musst, ich freu mich sogar, denn bisher habe ich mich nicht die Bohne damit beschäftigt. Ich finde es aufregend, und der Geruch fasziniert mich. Gute Idee, hierher zu gehen." Sie drückt seine Hand fester und legt auch ihre andere Hand gegen seinen Arm.

„Lass uns zum Führring gehen und die Pferde für das nächste Rennen anschauen, ich denke, die werden schon da sein, denn viel Zeit ist nicht mehr bis zum ersten Rennen."

„Sieh, das ist die Starterliste, hier kannst du neben den Nummern die Namen der Pferde, die Trainer, den Trainingsort und den Besitzer erkennen. Wer sich auskennt, der weiß, wo die Stars ausgebildet werden und welche Abstammungen schnelle Pferde garantieren, und so wird dann auch oftmals eine Menge Kohle auf die Pferde gesetzt."

Er liebt es, ihr seine Leidenschaft für die Pferde zu erklären, obwohl er nur ganz selten kleine Summen einsetzt, die er dann auch meistens noch verliert. Aber es geht ihm nicht ums Geld, es geht um die Eleganz der Tiere, um die Dynamik und für ihn um die Faszination Pferdesport, sei es hier, sei es beim Springreiten oder in der Dressur.

Die Pferde umrunden tänzelnd den Führring und die Stallknechte haben alle Hände voll zu tun, um die Nervenbündel zu bändigen. In der Mitte des Ringes stehen die Besitzer und tauschen noch taktische Tipps für das kommende Rennen aus. Auch einige Frauen befinden sich darunter, die mit teuren Hüten und noch teurerer Kleidung ihre gut gefüllten Bankkonten zur Schau stellen.

Rot mit blauen Streifen, Lila mit Gelb - es ist interessant, die unterschiedlichen Rennställe auseinander zu halten und zu erkennen.

„Beim Rennen musst du doch genau wissen, wo dein Pferd gerade liegt, das ist doch das Spannende, und die Farben helfen dir dabei, die Farben der Hemden und der Helme."

Uli erklärt geduldig und voller Begeisterung, so dass Masumah jede noch so triviale Einzelheit erfährt. Wäre sie bei jemand anderem bei diesen Kleinigkeiten oftmals genervt gewesen, so saugt sie ihm mit Begeisterung jedes Wort von den Lippen, denn sie genießt die Zweisamkeit und das Event zutiefst.

Beim Führen für das zweite Rennen entdeckt sie wieder das Pferd von der Boxengasse.

„Guck mal, da ist er wieder, der Superhübsche von vorhin", zieht sie Uli das Programmheft aus der Hand. „Mal sehen, wie er heißt und woher er kommt."

„Das ist Bonifazio aus Bremen, das ist ein kompetenter Reitstall, und mal sehen, wieviel Gewicht er tragen muss. Je öfters ein Pferd Siege davon trägt, desto mehr muss es als Handicap tragen, damit die Chancen auch gewahrt bleiben." Es freut ihn, dass sie so viel Interesse zeigt.

„Wenn du willst, dann können wir auf ihn wetten, nur fünf Euro, aber das Wichtigste ist die Spannung, und wenn dir der Fuchs besonders gefällt, dann ist mir das die Sache wert, komm." Er zieht sie am Jackett, legt seinen Arm um sie und schiebt sie Richtung Wettschalter. Einmal Bonifazio, zweites Rennen auf Sieg, für fünf Euro.

„Ich sehe, dass ich eigentlich nicht richtig angezogen bin, ich habe gar keinen Hut auf", bemerkt sie beim Anblick der vielen eleganten maximalbehüteten Damen auf dem Platz. „Pfhh, viel auf dem Kopf, wenig darunter. So viel wie du kannst, können die meisten nicht, außerdem hast du tolle Haare." Er beugt sich zu ihr und haucht ihr einen Kuss auf die Wange.

„Stimmt eigentlich, danke." Masumah ist selig.

Die Spannung ist nicht zu überbieten, „ihr" Bonifazio, so empfindet sie dies, wird zur Starterbox galoppiert, sein Fell glänzt goldrot in der Sonne, und sie ist richtig stolz, sich für dieses Pferd entschieden zu haben.

Beim Führen der Pferde in die Starterbox steigt die Spannung, denn immer wieder bäumt sich eines der Pferde auf und weigert sich, in die schmale Gittereinzäunung zu treten. Helfer unterstützen die Jockeys, schieben die Widerspenstigen von hinten. Die Renner trampeln nervös mit den Hufen. Die letzte Klappe geht zu, mit einem Knall springen die Tore der Startboxen auf. In feurigem Galopp springen die Pferde auf die Bult und suchen ihren Platz im Feld.

Masumahs und Ulis Blick auf den Start ist ungünstig, so dass sie erst durch die Hemdfarben wieder die Feldorientierung bekommen.

Donnernd rasen die Pferde an ihrem Platz an der Barriere vorbei, Bonifazio liegt an vierter Stelle, leicht außen, und muss daher in der Kurve eine weitere Strecke laufen. Masumahs Hände werden nass vor Aufregung, sie wischt die Handflächen an ihrer Hose ab, damit Uli ihren Schweiß nicht bemerkt.

„Los, lauf", bettelt sie leise und hüpft vor Spannung.

Auf der Gegengeraden kann sie nur ahnen und weniger sehen, erst als die Pferde auf die Schlussgerade einbiegen, kann sie Bonifazio direkt erkennen.

„Lauf, Boni, lauf!" Das Pferd liegt nun auf Platz drei und gibt sein Bestes. „Du schaffst es, los!", feuert sie ihn an, doch beim Einlauf schafft er es nur auf den zweiten Platz. Wette verloren, Erfahrung gewonnen.

„Schade, ich war mir so sicher", mault sie gespielt und drängt sich vor an die Bande, um den vom Auslauf zurückkehrenden Hengst zu sehen. Er ist klatschnass und seine Nüstern sind weit geöffnet, so dass die rosa Schleimhäute zu erkennen sind. Er fasziniert sie. Wie schade, dass sie sich nicht schon früher solche Pferdeveranstaltungen angesehen hatte.

Masumah nimmt Ulis Hand. „Komm, wir laufen schnell dorthin, wo die Pferde zurück zu den Boxen geführt werden, ich will ihn unbedingt mal streicheln."

„Du Kindskopf, vielleicht will das der Besitzer gar nicht."

„Doch, lass es mich wenigstens versuchen."

Sie zieht den widerstrebenden Uli mit sich. „Los, los, sonst ist er weg", drängelt sie.

Und sie hat das Glück der Tapferen, sie darf es wirklich, einmal kurz Bonifazio streicheln, das nasse, dampfende Pferd berühren, die herausragenden Adern spüren, den intensiven Geruch in sich aufnehmen, es ist einfach wunderbar. Uli, du bist wunderbar!

Das ist der Anfang einer Beziehung, bei der Masumah aber nicht bereit ist, mehr zu wagen als Umarmungen und Küsse. Vor allem anderen hat sie noch Angst. In ihren Gedanken sind die afghanischen Werte tief verwurzelt. Keine Beziehungen vor dem Ehevertrag. Alles so lange her - und doch so tief in der Seele eingebrannt.

Sie will sich erst absolut sicher sein, und Uli, der Warmherzige, Verständnisvolle, drängt sie zu nicht mehr, er mag sie wirklich von ganzem Herzen.

Fast täglich treffen sie sich in der Haupthalle der Uni, sitzen auf der Treppe bei den Löwen und halten einander bei der Hand. Es ist eine Zeit der Sanftheit für Masumah, die sie vorher nie gekannt hat.

Ein Wochenende im Monat fährt sie heim zu Anne und Manfred. Meist wird das ein Familientreffen, denn auch Susi und Frauke freuen sich, Annes köstliche Küche zu genießen, oder auch darauf, mit ihr gemeinsam zu kochen. Ein Highlight ist auch immer die Radtour mit Manfred.

Inzwischen sind sie nicht mehr zu fünft, denn Susi bringt meistens ihren Freund Johannes mit, mit dem sie sich im vergangenen Jahr zu Ostern verlobt hat. Johannes ist Lehrer an einer Behindertenschule und hilfsbereit, wo es nur geht. Die beiden passen gut zueinander, sie lange blonde Haare, er dunkle kurze Locken, immer mit einem lustigen Lachen im Gesicht. Susi, die ruhige, hatte einen aktiven Hansdampf in allen Gassen gefunden.

„Irgendetwas stimmt nicht mit Papa", meint Susi eines Samstagabends, als sie von der Radtour zurück sind. „Papa ist immer quackig, schon seit Jahren, mal mehr, mal weniger. Heute ist er ganz groggy von der kurzen Fahrt. Mama, du musst ihn zwingen, sich mal gründlich untersuchen zu lassen."

„Als würde Papa auf mich hören, er will immer stark sein und denkt, das wird schon wieder besser, aber ich mache mir inzwischen auch meine Sorgen."

„Anne, ich finde, Susi hat recht, es ist schon deutlich zu sehen, dass was nicht stimmt, wir sollten uns mal mit ihm zusammensetzen. Vielleicht hört er dann, oder besser noch, Johannes redet mit ihm, der ist neutral, vielleicht hört er da eher, was meint ihr?" Auch Masumah macht sich ernsthafte Sorgen um ihren Manfred-Papa.

„Wir sollten vielleicht mal Simon fragen, ob er Papa untersucht. Ich denke, das wäre dann für Papa einfacher, meint ihr nicht?", kommentiert Frauke die Vorschläge.

Manfred liegt im Wintergarten auf der Hollywood-Schaukel und ruht sich aus, seine Wangen sind eingefallen und seine Lider halb geschlossen. Er sieht wirklich nicht gut aus.

„Papa, wir wollen mit dir sprechen", beginnt Susi als Älteste das Gespräch, „nicht ich, nicht Mama, wir alle zusammen."

Manfred öffnet die Augen und sieht sie erstaunt an. Er richtet sich auf und fragt mit genervtem Ton: „Was ist denn, ihr seht mich so komisch an, kann man sich nicht mal ausruhen?"

„Manfred, hör dir erst mal an, was wir dir sagen wollen, sei nicht gleich sauer." Annes ruhige Worte glätten Manfreds Unmut.

„Papa, wir haben dich alle sehr lieb", beginnt Susi, „und wir machen uns einfach Sorgen um dich. Du siehst nicht gesund aus und wir kennen dich, du gehst nur zum Arzt, wenn du hingetragen wirst. Aber das geht so nicht weiter, wir bitten dich, lass dich mal gründlich untersuchen."

„Ach was, was ihr nur habt." Manfred klingt erneut genervt und wehrt mit der Hand ab, als sei er geschlagen worden.

„Susi hat recht, Manfred, du willst das nur nicht wahrhaben, lass dich durchchecken, und wenn alles okay ist, dann sind wir alle froh und du bist erleichtert", steht Masumah ihrer Schwester zur Seite.

„Ihr habt euch gegen mich verschworen, und nun denkt ihr, ihr könnt mich dazu zwingen. Es ist doch alles gut, es war nur eine anstrengende Fahrt."

„Erzähl keinen Mist, Manfred, deine Kinder haben recht, mit dir stimmt was nicht und du bist zu zickig, um das zuzugeben, hör endlich", lässt Anne die Ausreden nicht mehr zu.

„Entschuldige, Manfred, ich bin zwar noch kein festes Familienmitglied, aber ich möchte dazu auch was sagen. Du siehst wirklich besorgniserregend aus. Susi sagte, ihr habt einen Bekannten, der ist Assistenzarzt im Klinikum, er heißt glaube ich Simon, hab ich recht?" Johannes dreht sich zu Susi um. „Er kann dich doch vertraulich einmal durchchecken und dann geben wir alle Ruhe. Oder du gehst halt zu deinem Hausarzt, der kann das sicher auch."

Manfred murrt und dreht sich wieder hin zu seiner Liege. „Nein, kneif jetzt nicht." Anne hat genug von den Ausreden. „Versprich mir, dass du was unternimmst, ich mache mir nämlich echte Sorgen, das ist kein Quatsch." Ihr treten Tränen in die Augen.

„Wenn's unbedingt sein muss, dann ruf halt bei Simon an und lass dir für mich einen Termin geben", knurrt er. „Aber jetzt ist Schluss mit dem Thema, verstanden?"

Die Runde sieht sich erleichtert an, und Anne geht in ihr Bügelzimmer, wo eines der Telefone steht, um bei Eli anzurufen. Vielleicht ist Simon zuhause. Sie wollte die Aktion nicht auf die lange Bank schieben, denn sonst würde Manfred wieder kneifen.

„Hallo Anne, schön, dass du anrufst, wir haben so lange nichts voneinander gehört. Seit alle studieren und Simon in Braunschweig arbeitet, da kommt man nicht dazu, sich zu treffen. Wie geht's denn?" Eli freut sich überschwänglich über Annes Anruf.

„Ja, eigentlich alles okay - oder fast okay. Masumah, unser Sprachass, macht sich gut in Hannover, Frauke ist die geborene Lehrerin und hat noch zwei Semester, und unsere Große wird wohl nach dem Studium mit ih-rem Johannes auch wieder nach Braun-schweig ziehen. Und was macht Ariadne, ge-fällt es ihr in der Hauptstadt?"

„Du kennst unser kleines Fotomodell, sie ist so hübsch geworden und genießt es, in Berlin die große weite Welt zu schnuppern. Wenn das vorbei ist, dann wirst du sehen, dass sie wieder im heimischen Nest landet, ich kenne mein Nesthäkchen." Eli berichtet von ihren Lieben und fragt dann: „Und wol-len wir uns mal treffen oder kann ich ir-gendwie helfen?"

„Du sag mal, ist euer Simon zu sprechen, oder hat der heute Dienst, schließlich ist Samstagnachmittag?"

„Du hast Pech und Glück zugleich, er ist gerade mit dem Hund und dem Fahrrad un-terwegs, das dauert noch etwa eine halbe Stunde. Er kann dich zurückrufen, wenn du willst. Wenn er da ist, sag ich ihm Bescheid." Eli ist immer bereit, in irgendeiner Weise behilflich zu sein. Diese Art hatte sie an ihre Kinder weitergegeben. Beide sind immer da, wenn man sie braucht, egal, was es war.

„Das wäre nett von dir, Eli. Und was macht dein Hilfsprojekt in Kunduz?"

„Ach, du wusstest gar nicht, dass ich erst kürzlich da war, ich bin vor zwei Wochen wieder gekommen, jetzt muss ich wieder Geld sammeln bis September." Eli will schon Luft holen, um über ihr geliebtes Projekt zu erzählen, da ruft sie plötzlich laut in den Hörer:„ Ach du, da kommt gerade Simon, Siiimon! Telefon für dich! Also tschüss Anne, bis ein anderes Mal, ich gebe weiter."

„Hallo Anne, schön dich zu hören, was verschafft mir die Ehre, was kann ich für dich tun, oder habe ich irgendeinen Geburtstag vergessen?", fragt Simon neugierig.

„Hallo Simon, du hörst dich wirklich gut an. Tut mir Leid, wenn ich dich heute störe, aber ich habe ein echtes Anliegen an dich."

„Sag schon, was ist, was soll ich machen?"

„Also erst mal sollte das unter uns bleiben, denn es ist für dich quasi dienstlich. Und dienstlich ist es überhaupt."

„Mach´s nicht so spannend."

„Also Simon, du arbeitest doch in der Klinik Celler Straße, da macht ihr doch bestimmt auch mal Untersuchungen, so wie Durchchecken von Patienten, oder?"

„Ja klar machen wir das, dafür sind wir ja da." Selbstverständlich findet Anne bei Simon ein offenes Ohr.

„Also, ich hab eine Bitte. Wir machen uns große Sorgen um Manfred, er gefällt uns gar nicht, und das schon seit längerer Zeit. Und du kennst ihn ja auch, er ist immer fit wie ein Turnschuh und will nichts anderes wahrhaben. Wir haben ihn jetzt alle bekniet, sich untersuchen zu lassen, und er wäre jetzt endlich dazu bereit. Wir bräuchten nur einen Termin."

„Also von hier aus kann ich nicht in den Terminkalender der Klinik gucken, aber wenn du willst, mach ich das gleich morgen Früh und rufe dich dann zurück, ist das okay so?", fragt er sie etwas unsicher, denn am liebsten hätte er Anne gleich geholfen.

„Danke, danke, selbstverständlich, es wäre ganz prima, wenn du das machst. Manfred hat auch Zeit, so dass er sich nach Bedarf freinehmen kann."

„Ich hoffe, es geht ihm nur kurzzeitig nicht gut, du weißt, wir mögen Manfred wirklich sehr gern. Aber wir werden sehen, ich sehe zu, was ich machen kann. Jetzt sag mir aber bitte noch, wie geht es den Mädels?"

„Alles paletti, Simon, Sumi ist im Sprachstudium super und unsere Frauke freut sich über jeden Tag in der Schule. Du weißt, Frauke liebt Kinder über alles. Susi ist noch in München, aber das weißt du ja."

„Grüß alle von mir, ich meld' mich morgen im Laufe des Tages."

„Danke Simon, alles Gute, tschüss."

Erleichtert drückt Anne auf die rote Telefontaste. Nur noch ein paar Tage, dann würden sie Sicherheit haben, was mit Manfred los ist.

„Kinder, Simon wird versuchen, Papa nächste Woche einen Termin zu besorgen, also wissen wir nächste Woche mehr. Und

noch was, er lässt euch alle schön grüßen."
Anne scheint auf den ersten Blick erleichtert.

Manfred ist auf der Schaukel eingeschlafen, und alle flüstern nur noch und gehen leise aus dem Wintergarten, Anne in die Küche, gefolgt von Masumah.

„Lass mich dir helfen, ich esse für mein Leben gerne deinen Spargel und liebe es, mit dir in der Küche rumzuwurschteln." Ablenkung tut ihnen beiden jetzt gut.

Susi und Johannes sind in den Garten gegangen. Susi sprengt die Rosen, die rund um das Haus eine heimelige Atmosphäre schaffen, Johannes erzählt von seiner Arbeit und Frauke ist mit dem Handy beschäftigt, mit SMS oder irgendeiner WhatsApp.

Beim Mittagessen sind alle still. Jeder versucht, so freundlich und entgegenkommend wie möglich zu sein. Auch Manfred sitzt mit am Tisch, nach dem kurzen Schlaf scheint es ihm etwas besser zu gehen.

„Kinder, ihr habt doch bald Semesterferien, wie wäre es, wenn wir dann mal wieder zwei Wochen hier gemeinsam verbringen würden, mal eine richtige Tagestour mit dem Rad machen würden und im Kiesteich wieder um die Wette schwimmen, so wie früher, als ihr klein ward?"

„Oh ja, Manfred, dazu hätte ich auch mal wieder Lust, aber ich muss erst mal sehen, wann die ganzen Zwischentests abgeschlossen sind. Wenn die vorbei sind, dann komme ich auf jeden Fall", begrüßt Masumah den

Vorschlag, und alle anderen sind natürlich auch einverstanden, denn unterschwellig verspürt ein jeder die Sorge um den Ehemann und Vater.

Simon ist zuverlässig, und bereits in der kommenden Woche bekommt Manfred seinen Termin. Das volle Untersuchungsprogramm steht an, inklusive großem Blutbild und CT.

Wie abgesprochen, auch wenn es das nicht war, sind alle Kinder plus Johannes auch am folgenden Wochenende zuhause, denn sie merken intuitiv, dass besonders Anne der Familiensolidarität bedarf. Das Resultat sollte erst in ein paar Tagen kommen, aber alle sind um Anne und Manfred ums Fürsorglichste bemüht.

Am folgenden Mittwoch kommt das Ergebnis, und es ist schlimmer, als alle es befürchtet hatten. Auch die Kontrolluntersuchung hat es bestätigt, Manfred leidet unter einem Typ des Hodgens-Lymphoms, einem Lymphom in besonders schwerer äußerst aggressiver Variante im fortgeschrittenen Stadium. Alle sind wie vom Schlag getroffen.

Professor Darwisch, der leitende Chefarzt, hatte eine sofortige stationäre Aufnahme befürwortet und es der Familie nahe gelegt, dem Vater anstrengende infektionsgefährdende Besuche in den nächsten Wochen zu ersparen. Die Besuche sollten auf das Nötigste beschränkt sein, und wenn, dann nur mit desinfizierter Schutzkleidung, Schutz nicht für die Besucher, sondern für Manfred, denn die anstehende Chemotherapie würde ihm körperlich schwer zu schaffen machen.

Masumah ist schwer von der Nachricht getroffen, war doch in all den Jahren Manfred ihr am meisten von allen ans Herz gewachsen. Er war mit ihr nach Kunduz gereist, er hatte mit ihr den Mörder ihrer Eltern getroffen, er hatte ihr Geborgenheit gegeben.

Am Abend bevor Manfred nun für Wochen oder gar Monate im Krankenhaus sein würde, sitzen beide zusammen im Wintergarten. Manfred hat sich wieder auf seine geliebte Hollywoodschaukel gelegt und Masumah kauert sich daneben auf die Couch, die sie dicht neben Manfreds Kopf gezogen hatte.

„Wie geht es dir heute, Manfred?" Leise beginnt sie ein Gespräch mit ihm.

Sie hat ihre Beine auf die Couch gezogen, die Arme um die Knie geschlungen und ihr Kinn auf die Beine gestützt.

„Kann ich ein bisschen mit dir reden, oder bist du zu müde?" Vorsichtig tastet sie sich an Manfred heran.

„Na klar, meine Sumi, es ist schön, dass du bei mir bist. Mach dir nicht zu viele Sorgen, die Medizin ist schon so weit, es wird bestimmt alles wieder in Ordnung kommen." Zweifel klingen in seiner Stimme, aber er versucht, seine Angst nicht durchklingen zu lassen.

„Ich wollte dir schon immer etwas sagen, das ich nie gewagt habe, und ich brauche deinen Rat."

„Sag schon, du weißt, ich bin immer für dich da."

„Ich weiß, deshalb will ich ja mit dir reden."

„Nun los, ich höre, was du auf dem Herzen hast."

„Weißt du noch, als wir beide beim Wali in Kunduz waren?"

„Natürlich, wie könnte ich das vergessen, ich hatte damals ganz schön Bammel davor, dass ich dich verlieren könnte, das hast du sicherlich gespürt, oder?"

„Ja, hab ich, aber da war noch was, was ich dir damals nicht sagen konnte und was mir nicht aus dem Kopf geht. Es kamen doch damals die drei Männer aus dem Heimatdorf meiner Mutter Ludin. Der eine war alt mit langem Bart, ein Spingiri, das heißt ein Ältester, und ein junger Mann mit einfachem Tuch auf dem Kopf, und der dritte Mann hatte einen kurzen schwarzen Bart, kannst du dich erinnern?"

„Ja, ich weiß noch, wie du dich plötzlich hinter mir versteckt hast und keinen Pieps mehr von dir gegeben hast. Ich habe damals nicht richtig verstanden, was war, aber ich hatte auch keine Zeit zu fragen und du hast nach dem Termin praktisch kein Wort mehr gesprochen."

„Den Grund wollte ich dir sagen, das ist das Problem, das ich seit Jahren mit mir rumschleppe, Manfred, aber es muss ganz unter uns bleiben."

„Meine kleine Gurke, das ist doch unsere Geschichte, die geht niemanden etwas an", verspricht er mit leiser Stimme.

„Der Mann mit dem kurzen schwarzen Bart, der hatte eine Tätowierung an der rechten Hand, fünf Punkte in Form einer Raute mit Mittelpunkt, ein Mittelpunkt, der etwas schief war. Hast du die gesehen?"

„Nein, auf sowas habe ich an dem Tag überhaupt nicht geachtet, was bedeutet das?"

„Manfred, du weißt, dass meine leiblichen Eltern nicht mehr leben, und du weißt, dass du jetzt mein Papa bist. Die Geschichte von damals, oder das, an das ich mich erinnern kann, habe ich euch nie erzählt, nicht, weil ich nicht wollte, sondern weil ich es nicht über die Lippen bringen konnte." Masumahs Stimme bebt.

„Wir lebten in einem Hawali, einem Hof, und da kamen Männer und haben Said und mich mit der Hand aus dem Hof geschoben. Meine Schwester Sargola, meine beiden großen Brüder und meine Eltern blieben im Hof, und wir haben Schüsse gehört und uns schnell versteckt. Ich hörte meine Mama noch schreien, und dann roch es bis draußen nach Schüssen und Blut. Sie haben meine

Familie ermordet, einfach so." Ihr treten Tränen in die Augen, sie schnieft.

„Hier, schnäuz' erst mal." Er reicht ihr ein Papiertaschentuch.

„Und der Mann, der uns damals rausgeschoben hat, der, der auch die Kalaschnikow in der Hand hatte, der hatte solch eine Tätowierung, und zwar genau so. Da war auch der Mittelpunkt der Raute ein bisschen verschoben. Das kann kein Zufall sein. Das muss der Mann gewesen sein, der meine Eltern getötet hat. Und seit Jahren habe ich nur einen Gedanken: Was soll ich machen? Wieso hat er das getan? Kannst du mir nicht einen Rat geben?"

Manfred richtet sich auf und setzt sich aufrecht hin. „Komm, mein Mädchen, setz dich neben mich, dann erzählt es sich leichter und leiser", zieht er sie mit auf die Schaukel.

„Jetzt verstehe ich erst, wieso du damals plötzlich so verstört warst. Ich war selbst ganz irritiert, was mit dir geschehen war, du hast nur noch mit ängstlichen Augen im Zimmer gesessen und geschwiegen. Das war für mich auch ein Problem, denn ich dachte, dass du vielleicht doch lieber in Kunduz bleiben wolltest."

„Nee, Manfred, nie wollte ich das, ich hatte nur extreme Angst vor dem Mann, und ich habe auch nicht verstanden, wieso ich Said nicht sehen durfte. Said geht mir nicht aus dem Kopf. Ist er tot oder vielleicht verletzt oder vielleicht jetzt zu den Extremisten übergelaufen? Es ist alles wie ein dicker Nebel im November."

„Ich kann dich gut verstehen, vielleicht so gut wie niemand hier sonst, aber du kannst nicht immer das Sorgenpaket mit dir tragen. Es hilft nicht, denke an dein Studium, sei stolz auf dich und das, was du erreicht hast, schau nach vorn und denk nicht an die schreckliche Zeit damals." Tröstend streichelt er ihre Schulter. „Meine kleine orientalische Prinzessin, ich bin so froh, dass wir dich haben, für uns bist du wie Susi und Frauke. Anne und ich, wir haben dich beide lieb."

„Ja, das ist mir schon klar, aber du musst mich auch verstehen. Da ist mein Bruder verschwunden, der Mörder läuft frei rum, und die Regierung dort tut nichts gegen solche Verbrecher, im Gegenteil: Täglich hört man von Bombenattentaten in Kabul, Kandahar oder Kunduz."

„Die leben dort nicht in der Neuzeit, sondern im Mittelalter, das muss dir bewusst sein. Die Denkweisen im Stammesrecht kommen nicht von ungefähr. Du kannst das nicht ändern, und ich schon gar nicht, bei meinem Gesundheitszustand."

„Meinst du damit, ich sollte nie wieder daran denken? Das geht halt nicht, es ist in meinen Träumen immer gegenwärtig. Sobald ich Angst habe, dann sehe und rieche ich alles wieder, so wie damals in Kosheraltan."

„Das kann ich mir vorstellen, aber von hier aus kannst du nichts ändern. Lass es auf sich beruhen, und wenn du nicht damit fertig wirst, lass uns reden oder du holst dir professionelle Hilfe gegen deine schlechten Träume. Aber eines weiß ich, darüber reden hilft schon sehr."

„ Ich werd´s versuchen, aber es belastet mich seit Jahren."

Masumah hat noch ein weiteres Thema auf dem Herzen. „Manfred, ich habe da einen jungen Studenten kennen gelernt, er heißt Uli und studiert auch in Hannover an der Leibniz-Uni, er macht Englisch mit mir zusammen und Chinesisch. Er ist echt clever und supernett."

„Davon hast du noch gar nichts erzählt, wieso?", fragt Manfred erstaunt.

„Irgendwie habe ich mich noch nicht getraut. Nicht, weil ich vor euch Angst hätte, nein, das bestimmt nicht. Es ist nur so, ich bin so unsicher dabei, obwohl er wirklich ein toller Typ ist."

„Solche Entscheidungen kommen vom Herzen, die kann man nicht erzwingen. Du musst geduldig sein. Aber wenn du möchtest, bring ihn mal mit, damit wir ihn kennen lernen. Denk nicht, dass du dich dann irgendwie verpflichtet fühlen musst. Mach's wie Frauke, na, nicht genauso, die bringt andauernd jemand anders mit und es war bisher nie was Ernstes." Manfred grinst sie schelmisch an.

„Erzähl mir mehr von ihm."

„Da ist noch nicht so viel. Er studiert mit mir und will mal in einem großen Industriebetrieb arbeiten, vielleicht bei VW, und dann in China aktiv sein, um Karriere zu machen."

„Das hört sich schon mal nicht schlecht an."

„Manfred, ich weiß, dein Superlativ ist ‚nicht schlecht', aber du hast mir immer beigebracht, ein Lebenspartner muss einen guten Charakter haben und zu einem passen, in guten wie in schlechten Zeiten", belehrt Masumah ihren Zuhörer.

„Gut gelernt, erzähl noch weiter."

„Er steht auf Pferde, ist unheimlich geduldig und nett, drängt mich zu nichts, und wir sind schon seit drei Monaten in Hannover unzertrennlich, na, nicht in der Wohnung, nur so in der Uni."

„Bisher habe ich nur Positives gehört, also hab mal den Mut, ihn mitzubringen, und ansonsten, mein Kind, lass dir Zeit." Er streicht abermals über ihren Rücken. Das tut ihrer Seele gut.

„Aber das bleibt unser Geheimnis, beides, klar. Nur wenn du Anne selber was sagst, darf die das wissen. Mein Mund schweigt. Nur schade, dass ich deinen Uli jetzt nicht sehen kann, ab morgen bin ich in Behandlung, und da passiert dann nicht mehr viel, nur Chemo, Bestrahlung und so weiter." Er küsst Masumah auf ihr Haar und sie merkt, dass er von Traurigkeit erfüllt ist.

„Hallo ihr Zwei, wie wäre es jetzt mit Mittagessen? Es steht schon auf dem Tisch!", ruft Anne aus der Küche.

Beide erheben sich und wechseln einen verschwörerischen Blick.

„Wir kommen schon, es duftet echt herrlich, Anne, Ratatouille mit Spaghetti und Käse, lecker", Masumah läuft das Wasser im Mund zusammen.

Susi ist nicht gekommen, denn jede Woche kann sie sich die Anreise aus München nicht leisten, aber Frauke kommt die Treppe heruntergepoltert.

„Mann, hab ich Kohldampf", sprüht sie vor Energie, stoppt aber sofort ihren Überschwang, als sie Manfreds blasses Gesicht sieht.

„Papa, iss heute kräftig, denk immer, wenn du in der Klinik bist, an Mamas tolles Essen, dann bist du bald wieder gesund", biegt Frauke das Gespräch um.

„Also, da das diesen Sommer mit der Radtour nichts wird, verschieben wir die auf nächstes Jahr. Dieses Jahr machen wir uns solidarisch mit Papa. Masumah und ich, wir studieren ja nicht weit weg, wir besuchen Papa, so oft es geht, nur dass du es weißt, Mama. Also hast du die ganzen Semesterferien deine Mädels um dich." Sie beugt sich hinüber zu Manfred und schmatzt ihm auf die Wange. Alle lachen ein bisschen verlegen, dann nehmen sie die Gabeln zur Hand.

„Wir wünschen uns alle gute Besserung für dich, Manfred." Anne sieht zu ihrem Mann und motiviert alle zu essen. Es ist köstlich, Anne hat sich mal wieder selbst übertroffen.

Als Nachtisch holt Masumah aus der Tiefkühltruhe eine große Packung Walnusseis, Papas Lieblingseis. Sie nimmt den Eisportionierer, füllt die kleinen Schalen mit je drei Kugeln, gießt Erdbeersauce darüber, und für Anne, Frauke und Manfred dazu noch Schokostreusel. Bis heute kann Masumah den Geschmack von Schokolade nicht leiden, aber Erdbeersirup, Gummibärchen und Käse, das ist wie damals immer noch ein Genuss für sie.

Manfred ist gerührt von so viel Zuneigung seiner Drei, auch wenn leider Susi nicht dabei ist, aber sie hat schon am Morgen angerufen und Papa erklärt, dass sie erst in vier Wochen kommen könnte, Susi, Papas Große, die Technikerin, die sein Talent für Naturwissenschaften geerbt hat.

Am Abend fahren Frauke und Masumah wieder in ihre Studentenbuden und Anne und Manfred haben noch einige Stunden allein.

Am nächsten Morgen bringt Anne Manfred in die Klinik an der Celler Straße und geht mit ihm hinauf zur Station C3. Die Stationsschwester zeigt Manfred sein Zimmer, das er mit einem ganz jungen Mann teilt, welcher durch die aggressiven Medikamente schon seine Haare verloren hat. Sein Gesicht hat von den vielen Kortisondosen die krankentypische Rundung bekommen.

„Guten Tag, darf ich was fragen?", übernimmt Anne die Initiative, „welchen der beiden Schränke kann mein Mann benutzen?"

„Den linken, der ist noch frei." Freundlich antwortet der vielleicht Zwanzigjährige ihr. „Sorgen Sie sich nicht, wir sind hier gut aufgehoben."

Als alle Utensilien verstaut sind und Manfred seine Uhr auf den Nachttisch gestellt hat, gehen beide auf den Flur und halten sich zum Abschied voller Sehnsucht nach dem verlorenen Glück an den Händen.

Ein junger Assistenzarzt kommt den Gang entlang, es ist Simon.

„Hallo Anne, hallo Manfred, in der To-do-Liste habe ich gesehen, dass du heute aufgenommen wirst. Ich bin hier auf der C2, also gleich über den Gang. Wenn du Fragen hast und ich Zeit habe, dann komme ich natürlich sofort", bietet er an.

„Danke für dein Angebot, wir werden darauf zurückkommen. Eigentlich hoffen wir, dass wir es nicht brauchen und dass alles schnell und optimal verläuft, ich denke, du kannst das verstehen." Anne blickt ihn dankbar an.

„Okay, ich lass euch noch allein, nachher, bei der Visite von Professor Darwisch komme ich mit, dann bin ich gleich auf dem neusten Stand."

Voller Sorgen ist Masumah am Abend nach Hannover zurück gefahren und in Gedanken versunken hat sie ihre U-Bahn-Haltestelle verpasst. Mühsam muss sie nun mit ihrem Koffertrolley - Anne hatte natürlich ihre Wäsche gemacht - die dreihundert Meter zurückgehen.

Sie zieht den Trolley zum Aufzug und fährt hoch in die WG, ohne sauer zu werden, wie sie es üblicherweise war, weil der Koffer in der U-Bahn sie an ihre körperlichen Grenzen gebracht hatte.

Als sie den Schlüssel in die Tür steckt, geht diese bereits auf - Jill hatte sie gehört und ihr geöffnet.

„Hi Sumi, du bist heute echt spät dran. Ist dir nicht gut?", erkundigt sie sich mitfühlend wegen Masumahs traurigem Gesicht.

„Ach lass nur, ich bin müde, hatte einen Scheißtag", weist Masumah Jill ab und will in ihr Zimmer flüchten.

„Hi, du hattest heute Nachmittag Besuch, der nicht wusste, dass du erst heute Abend kommst", strahlt Lilo Masumah an.

„Ach, das hatte ich total vergessen, Uli wollte ja kommen und ich dumme Kuh hatte mein Handy ausgemacht. Tut mir Leid, hast du ihn weggeschickt?"

„Nein, wir haben erst auf dich gewartet und dann haben wir einfach einen Kaffee gemacht und gequatscht. Er ist erst vor einer halben Stunde wieder gegangen. War schon etwas enttäuscht, aber das kannst du ja wieder gut machen, wenn du ihn jetzt anrufst", beschwichtigt Lilo. Lilo ist eine prima Mitbewohnerin, gegenseitig nahmen sie sich oft den Wohnungsdienst ab, jede war für die andere da. Lilo, kurze rote Locken und tausende Sommersprossen im Gesicht, eine richtige erwachsen gewordene Pippi Langstrumpf.

„Ja, ich melde mich gleich bei ihm, danke Lilo, mir geht es nicht gut, kann ich bitte meine Ruhe haben?"

„Sumi, sag mir, was ist mit deinem Vater? Kann ich dir irgendwie helfen?"

„Ach lass mal, da muss ich alleine durch. Er kommt morgen in die Klinik und ich hoffe, dann geht es ihm bald besser. Ich mach mir große Sorgen um ihn. Gute Nacht Jill, Nacht Sofie, Nacht Lilo. Ach Sofie, ich habe heute ja Nachtdienst, wenn du was brauchst oder ich was machen soll, bitte sag mir trotzdem Bescheid, ich helfe dir immer gern."

„Nacht, mach´s gut", antworten alle Drei wie im Chor.

In den nächsten Wochen klammert sie sich immer mehr an Uli. Er hat Verständnis für ihre Sorgen und spricht ihr Mut zu. Außerdem ist sie so stark in ihrem Studium eingespannt, dass ihr wenig Zeit bleibt, mit ihm viel zu unternehmen. Der Plan besteht immer aus Vorlesungen, Übungen, Sprachlabor, ein bisschen Zeit mit Uli im Unipark sitzen, in der Wohngemeinschaft ihren Pflichten nachkommen und am Wochenende Anne zur Seite stehen.

Sie war nur selten mit in der Klinik gewesen, schreibt Manfred aber jeden Tag eine Mail, wobei sie ihm Mut machend immer über ihre Fortschritte berichtet, sei es vom Studium oder von Uli.

In den Semesterferien muss sie zwar auch einige Prüfungen machen, ist dann aber doch oft bei Anne, je nachdem, wie es ihre Pflichten bei Jill und Sofie zulassen.

Anne ist froh über Masumahs Anwesenheit, denn Susi ist in München eingebunden und Frauke, Wirbelwind Frauke, hat sich doch entschieden, im Sommer ein zweimonatiges Praktikum in einem Kindergarten in Barsinghausen zu machen, so dass sie dort eingespannt ist.

Nach sechs Monaten geht es Manfred deutlich besser, und alle sind guten Mutes. Frauke hat die Idee, Anne zur Entspannung etwas Abwechslung zu bieten, denn Anne ist durch die Nervenanspannung und Sorge um ihren Liebsten am Ende.

Frauke ist mit Anne übers Wochenende nach München gefahren, um Susi und Johannes zu besuchen und einen Ausflug an den Tegernsee und vielleicht auch nach Salzburg zu machen. Es tut Anne gut, mal auf andere

Gedanken zu kommen, zumal sie beruhigt ist, weil Masumah ihr zugesagt hatte, Manfred an den drei Tagen regelmäßig zu besuchen.

Masumah ist bewusst, wie wichtig diese Besuche Anne sind, aber zu Manfred ins Krankenhaus zu gehen, ist für sie keine Pflicht, sondern eine Selbstverständlichkeit, denn sie hängt sehr an ihm, ihm, dessen Gesicht in ihrem Herzen mit dem Joma Khans verschmolzen ist.

Sie hat ein Tablet mitgenommen und will diesen Samstagmittag mit Manfred damit verbringen, dass sie gemeinsam Fotos aus Kindertagen und auch aus ihrer Studienzeit in Hannover ansehen. Bisher hat es noch nicht geklappt, dass Manfred Uli persönlich kennen lernte, und so hat sie ihm viel zu erzählen.

Manfred sitzt auf dem Sessel neben seinem Bett und Masumah hat sich dazu gesetzt. Der junge Mann vom ersten Tag ist nicht mehr da, in seinem Bett liegt ein schlafender älterer Herr mit weißem, sehr schütterem Haar.

Sie sehen sich seitenweise Bilder an, Masumah mit Gips, Frauke und Masumah auf einem Pony, Susi und Masumah im Schwimmbad, aber auch Masumah und Uli auf der Pferderennbahn, Uli auf der Treppe der Uni neben dem rechten Löwen, Uli mit den Mountainbike, es sind Bilder rund um Masumah. Manfred genießt die Zeit mit seiner Kleinen, ist aber bald müde, so dass

Masumah das Tablet herunter fährt und Manfred zum Abschied umarmt.

„Papa, wenn es so weitergeht mit dir, dann kannst du bald nach Hause. Also Kopf hoch, ich bin morgen nach dem Mittag wieder bei dir. Soll ich dir was mitbringen?"

„Nicht nötig, meine Gurke, bin hier all inclusiv, also bring mir nur gute Laune mit." Er bufft sie freundschaftlich gegen die Schulter. Sie lacht auf und dreht sich zur Tür.

„Hast du immer noch so dunkle Gedanken und Alpträume?"

„Es ist besser geworden, Manfred, du hattest recht, Reden hilft, tschüss, bis morgen." Schon ist sie aus der Tür.

Sie dreht sich nach links und geht langsam den Gang hinunter. Ja, Manfred sieht viel besser aus, aber ist das nur vorübergehend oder von Dauer? Sie betet still inständig vor sich hin.

„Eh, dich kenn ich doch!" Erstaunt dreht sie sich um, die Stimme ist ihr vertraut.

„Hallo Simon, schön dich zu sehen, das ist aber lange her", strahlt sie ihn an. Er hat immer noch diese tiefblauen Augen, von denen sie ihren Blick nicht wenden kann.

„Warst du bei deinem Vater?", fragt er interessiert.

„Ja, es geht ihm deutlich besser, und ich hoffe, Anne kann ihm bald wieder Schnitzel mit Spargel machen, das ist doch seine Lieblingsspeise", lachte sie gut gelaunt.

„Du, ich habe gerade Pause und wollte was trinken. Unten in der Cafeteria ist ein netter Platz, kann ich dich zu einem Tee einladen? Ich habe nicht vergessen, dass du keinen Kaffee magst."

„Danke ja, ich habe heute sowieso nichts anderes vor. Eigentlich wollte ich noch länger bei Manfred bleiben, aber er wurde müde, und da ist Ruhe wichtiger als ich", nimmt sie die Einladung gerne an.

Gemeinsam gehen sie die Stufen hinunter. „Du siehst ganz verändert aus, das Studium tut dir wohl echt gut", schmeichelt ihr Simon.

„Pfhh, was du nicht sagst, wie soll einem das gut tun, wenn man ständig büffeln muss?", kontert sie.

Sie sind in der Cafeteria angekommen und er geht zielstrebig auf den Automaten zu.

„Hier, grüner Tee, Pfefferminz oder türkischer Apfel, du kannst wählen."

„Türkischer Apfel. Du trinkst natürlich Kaffee, ganz stark und ganz schwarz, oder?"

„Nein, inzwischen bin ich auch weicher geworden, jetzt mit Milch." Beide nehmen ihre Becher und gehen hinüber zum Fenster, wo direkt neben einer Yuccapalme ein Zweipersonentisch frei ist.

„Komm erzähl, wie geht es dir so?" Simon ist neugierig, von ihr zu hören, wie sich ihr Leben entwickelt hat.

„Das Studium ist ganz okay, du weißt doch, mit Sprachen, da habe ich es. Das Englisch braucht man eh, und Spanisch ist im Moment auch überall gefragt."

„Hast du eine Vorstellung, wo du später mal arbeiten möchtest?"

„Am besten irgendwo, wo man hochqualifizierte Dolmetscher braucht, in der Industrie oder bei der Bundesregierung, aber das dauert noch, da mach ich mir noch keinen Kopf drum."

„Weißt du noch, als wir mal zusammen Mathe üben mussten, weil das für dich ein Buch mit sieben Siegeln ist, und erst Physik? Ich glaube, du weißt bis heute nicht, wieso die Dinge alle nach unten fallen", lacht er sie schelmisch an.

„Du hast Recht, darauf hatte ich erstens nie Bock und zweitens habe ich es nie in der Schule verstanden. Als du mit mir gelernt hast, da war das besser, aber vorbei ist vorbei, jetzt brauch ich das nicht mehr. Geld habe ich eh keines, dass ich Rechnen bräuchte, und alle Dinge fallen halt nach unten, dann kann ich mich ja bücken", kontert sie selbstbewusst.

„Dein Englisch muss ja ziemlich gut sein, wenn du es jetzt professionell betreibst. Ich kann nur amerikanische Umgangssprache von Donna und Leslie aus Florida, aber für mich reicht´s."

„Damals war ich neidisch auf dich, ich wäre auch gern in die USA geflogen, aber eigentlich bin ich schon genug rumgekommen, so ist es auch okay." Masumah nimmt einen Schluck aus dem Glas.

„Heiß?"

„Ja klar, kochen muss man das Wasser ja." Sie lacht.

„Wie kommt ihr denn mit Manfreds Krankheit klar, wie geht es Anne dabei?"

„Die macht sich natürlich noch mehr Sorgen um ihn, aber dieses Wochenende ist sie mit Frauke zu Susi gefahren, da hat sie endlich mal was anderes im Kopf, ich denke, das tut ihr gut." Sie will das Thema wechseln.

„Nun erzähl mal über dich, seit wann bist du denn hier in der Klinik?" Sie interessiert sich für seinen Werdegang und spürt, dass seine Nähe ihr gut tut.

„Seit 18 Monaten bin ich hier, kannst dir ja vorstellen, kleiner Assistenzarzt, wenig Knete, viel zu tun, da bleibt nicht viel."

„Eli hatte mal von dir erzählt, sie sagte, du hast eine sympathische Freundin gefunden, ich glaube, bei Facebook hab ich auch mal euer Foto gesehen."

„Ja, als ich noch in Hannover studiert habe, da habe ich Margot kennen gelernt. Es ist ein wirklich nettes Mädchen, mit ihr kann man Pferde stehlen. Sie hat Pädagogik studiert und ist inzwischen Grundschullehrerin."

„Und, macht es ihr Spaß?"

„Glaub schon, sagt sie jedenfalls, aber das ist nicht das Problem."

„Wieso, was ist es denn?"

„Sie hat eine Stelle in Oldenburg bekommen, Oldenburg, das ist am Ende der Welt."

„Na du übertreibst, mit dem Auto sind das vielleicht zwei Stunden, maximal zweieinhalb."

„Ja, das schon, aber du ignorierst dabei, dass ich im Krankenhaus arbeite. Ich habe Wochenenddienst und sie hat das Wochenende frei. Wir sehen uns einfach zu selten, das ist schon eine ‚einmal im Monat-Beziehung', das ist echt verbesserungsfähig."

„Kann ich dir nachfühlen, seit Papa krank ist, da habe ich für meinen Freund auch kaum Zeit."

„Du hast einen Freund?"

„Ja, aber ich bin weder Frauke der Wechselbaum noch Susi, ich lass es langsam angehen." Sie wird rot, er macht sie mit seinen Fragen verlegen.

„Weißt du, wir sollten uns öfters mal sehen und quatschen, denn nun kennen wir uns schon so lange und haben eigentlich nur wenig Zeit gehabt, miteinander zu reden. Na ja, beim Lernen war das ja auch nicht so prall, da war ich für dich immer der Physikbuhmann." Beide lachen so laut, dass sich die Frau, die den Automaten nachfüllt, zu ihnen umdreht.

Es ist schön, mit Simon hier zu sitzen, er beruhigt sie und sie fühlt sich in seiner Nähe beschützt.

„Ja, finde ich auch, zumal ich jetzt oft bei Anne bin, um ihr zu helfen. Ich denke, sie braucht mich."

„Sag mal, du bist doch so ein Sprachgenie, kannst du eigentlich noch Pashtu?"

„Wieso?"

„Meine Mutter, Eli, die spricht doch Dari, aber alle, mit denen sie zu tun hat, sind Pashtunen, da ist sie oft genervt, wenn die sie nicht richtig verstehen. War aber nur so eine Frage."

„Kann ich dir gar nicht sagen, ich weiß es selber nicht. Seit der Fahrt mit Manfred damals nach Kunduz mit der Bundeswehr habe ich nie wieder jemanden getroffen, der mit mir Pashtu oder Dari geredet hätte. Ich war zwar mal mit Uli beim Afghanen zum Essen, ich meine natürlich in einem Restaurant, aber da habe ich mich nicht geoutet. Ich halte mich da lieber zurück, ich will keinen Ärger haben."

„Kann ich gut verstehen. Mama erzählt uns ja ab und zu, wie schwierig es dort ist. Und du bist ja mittlerweile eh total deutsch geworden."

„Ja, wir sind echte Arier." Wieder lachen sie, sie verstehen sich gut.

„Das Land der Arier, Afghanistan, ich bin nicht blöd, so viel weiß ich auch darüber, aber hinfahren, da bekommen mich keine zehn Pferde hin, es sei denn, es muss unbedingt sein." Er winkt abwehrend ab. „Und du, warst du nochmal da?"

„Nein, ich habe nie daran gedacht. Ich denke nur manchmal an meinen kleinen Bruder, was aus dem geworden ist. Vielleicht ist er jetzt ein langbärtiger Mullah." Sie kichert bei dem Gedanken, so unwahrscheinlich kommt ihr das vor.

„Bist du nächsten Freitag hier in Braunschweig? Ich frage nur, ich habe Karten für Mario Barth, und meine Freundin kann nicht, ihre Mutter hat Geburtstag, da könnten wir doch dann zusammen hingehen, hast du Lust?"

„Weiberfeind, Dummschwätzer, aber eigentlich ganz lustig, wenn du meinst, dann kann ich ja mitkommen. Du musst mich vorher nochmal anrufen."

„Mach ich, gib mir mal deine Handynummer oder ich mach´s per WhatsApp, hast du doch auch, oder?"

„Ja, hier - und deine Nummer?"

„Die ist echt super einfach so zu merken 0177 310...... schaffst du das?"

„Eh, das ist mein Geburtstagsdatum, echt leicht zu merken, trotzdem, im Moment habe ich so viel um die Ohren, ich gebe es lieber gleich in mein Smartphone ein, dann ist es sicher, aber das ist wirklich leicht zu merken."

„Gut, ruf mich gleich mal an, dann kann ich die Nummer auch speichern. Gut, ja, ich hab´s."

„Wann ist das am Freitag?"

„Um 20 Uhr, aber es ist besser, um 19 Uhr schon da zu sein, plan das mal ein. Du, meine Pause ist um, ich muss wieder hoch. War echt super, dich wieder zu sehen. Ich freue mich auf Freitag." Er umarmt sie freundschaftlich, tippt ihr noch schelmisch auf die Nase. „Also tschüüss, Sumi." Eilig geht er in Richtung Ausgang, er ist schon zu spät dran, sie hatten sich vertratscht.

Handys sind in der Uni tabu, aber ganz aus macht Masumah das Phone nie, immer auf lautlos, dann weiß sie immer, ob jemand sie erreichen wollte. Es ist wichtig, denn seit sie am Wochenende immer zu Anne fährt, macht Lilo Wochenenddienst, dafür übernimmt sie die meisten Pflichten unter der Woche, wenn Sofie und Jill sie brauchen.

Sofie ist heute zu Hause, denn sie muss am Nachmittag wieder einmal zu ihrem beratenden Facharzt. Sie kommt mit dem Rollstuhl wunderbar zurecht und wird allmählich immer selbstständiger. Das tut ihr gut und Masumah freut sich für sie.

Sie sitzt gerade im Spanischkurs, als das Handy vibriert. Sie zieht es vorsichtig raus und wirft einen Blick auf das Display. Der Anruf kommt von Anne. Komisch, Anne weiß, dass sie in der Uni ist, und ruft nie vor 17 Uhr an. Es muss wichtig sein.

Ihr Herz beginnt zu klopfen. Das konnte nun nicht warten, die Konzentration ist eh vorbei.

Sie steht auf, drängt sich durch die Stuhlreihen und schleicht die Treppe hinauf aus dem Audimax, um möglichst wenig zu stören.

Außer Atem, es sind die Stufen und die Aufregung, drückt sie auf die Wahltaste. Sie wartet. Drei, vier Klingeltöne. „Anne, geh endlich ran!", denkt sie.

„Weber", antwortet jemand am anderen Ende.

„Anne, du hast angerufen, ist was passiert?"

„Nein, ich bin Schwester Luise, ich bin hier bei deiner Mutter. Sie hat mich gebeten, euch drei anzurufen."

„Was ist denn los?" Masumahs Herz rast vor Aufregung.

„Es tut mir Leid, euer Vater, gestern ging es ihm noch gut, und heute Mittag fand man ihn leider still im Bett liegend, er ist an einem plötzlichen Infekt verstorben. Herzliches Beileid."

Masumahs Knie werden weich, sie muss sich auf den Boden setzen, um nicht zu fallen.

„Was? Nein, das kann nicht sein, Papa ging es doch am Wochenende noch so gut!" Fast schrie sie in das Phone.

Sie kann es nicht fassen. „Wie geht es Anne? Sagen Sie ihr, ich komme so schnell wie möglich. Wissen es Frauke und Susi schon?" Ihre Stimme überschlägt sich.

Uli, der neben ihr gesessen hatte, ist ihr gefolgt, denn ihm war sofort klar, dass was nicht stimmt.

„Was ist los, Masumah?", fragt er vorsichtig.

„Mein Vater ist tot." Sie flüstert es, denn wenn man es nicht hört, dann ist es vielleicht auch nicht wahr.

„Mein Gott, Schatz!" Er nimmt sie tröstend in den Arm. „Komm, wein erst mal, das hilft."

Sie sitzen beide an der Tür des Audimax, Masumah laufen die Tränen, sie schluchzt bitterlich. Manfred, ihr Manfred, ihr Fels, sie kann die Welt nicht mehr verstehen.

„Wieso ich, warum muss ich immer verlieren, was ich lieb habe?", schießt es ihr durch den Kopf.

Es sind schreckliche Tage des Abschieds von Manfred, Anne ist kaum ansprechbar, immer wieder bricht sie in Tränen aus. Hilflos stehen Susi und Frauke mit Masumah um sie herum und versuchen, ihr Halt zu geben.

Johannes kümmert sich um alles, der gute Geist der Tage. Er bestellt das Beerdigungsinstitut, redet mit dem Prediger, alles, was Anne und die Mädchen entlasten konnte, ist sein Ding.

Abends sitzen er und Susi Arm und Arm im Wohnzimmer und Susi weint sich bei ihm aus. Frauke hält sich an Anne und weicht nicht von Mamas Seite. Masumah fühlt sich leer und einsam. Ja, Anne braucht sie auch und nimmt sie oftmals in den Arm, aber im Moment der großen Trauer sind ihr Susi und Frauke näher als das dunkelhaarige Mädchen. Es tut Masumah weh, denn er war auch ihr Papa geworden, Manfred, der mit ihr in Kunduz gewesen war, er, der verstand, was sie in ihren Träumen bewegte. Er fehlt ihr so.

Freunde kommen, bekunden ihr Beileid, der Prediger befragt die Familie, um die richtigen Worte zu finden. Die vier Frauen leiden gemeinsam unter dem gravierenden Verlust des Ehemannes und Vaters.

Am Tage der Beisetzung kommt auch Uli, um Masumah beizustehen, und sie ist froh, dass er an ihrer Seite steht, als sie in der Friedhofskapelle Abschied nimmt.

„Manfred, Papa, siehst du, das hier ist Uli, leider konntest du ihn nicht mehr in deinem Leben treffen, aber hier ist er. Hoffentlich beschützt er mich, so wie du es getan hast." Still hält sie Zwiesprache mit Manfred.

Als der Sarg in den Boden gesenkt wird und sie dann mit einer gelben Rose ans Grab tritt, da empfindet sie plötzlich panische Angst. Sie spürt den Geruch des Todes, von Schüssen und frischem Blut. Sie schluchzt laut auf und dreht sich vom Grabe weg in die Arme Ulis.

Da trifft ihr Blick auf Simon. Er ist mit Ariadne und seiner Mutter Eli gekommen. Ihre Augen begegnen sich und sie fühlt sich ge-

tröstet. Zu dem Treffen bei Mario Barth war
es nicht mehr gekommen.

„Manfred, Papa, ich vermisse dich so.“

Zweiter Teil

Suche nach den Wurzeln

Sehnsucht

In dieser Nacht beginnen wieder die Alpträume und zwar schlimmer denn je. Sie sieht Rahima und Joma Khan, sie hält die Hand ihrer Schwester Sargola, sie hört die Männer in den Hof eindringen, die Hand, die tätowierte Hand greift nach ihr, sie schreit, doch es kommt kein Ton aus ihrem Mund.

Schweißgebadet schreckt sie aus dem Schlaf.

„Said, Said, wo bist du?"

Der Gedanke an Said wird immer intensiver, von Tag zu Tag, er, der einzige, der ihr damals geblieben war, wo ist er?

Anne merkt die Not Masumahs und versucht, ihre eigene Trauer ein wenig zu verbergen, um ihrer Sumi Trost zu geben, aber es ist wie eine Wand, sie kann sie nicht durchdringen. Masumah befindet sich in einer angstvollen Trance.

„Komm, setz dich zu mir, mein Küken, wir müssen uns unterhalten", nimmt sie eines Tages, als Masumah bei ihr in Braunschweig ist, das Heft in die Hand. „Seit Manfreds Tod bist du wie verwandelt. Was ist los, Kind? Wir müssen alle damit leben, dass Manfred nicht mehr ist. Kann ich dir helfen?"

„Anne", die Tränen treten wieder in ihre Augen und sie schluchzt, „ich weiß nicht, was ist, ich kann nicht mehr schlafen und ich denke ständig an früher. Das ist, seit Papa tot ist. Ich bin so verzweifelt."

„Wir haben alle damit zu kämpfen. Er war mir ein wunderbarer Ehemann, und nun bin ich allein, ich habe aber mein Dreimädelhaus, wir müssen das gemeinsam schaffen." Anne legt ihren Arm um Masumah, um ihr beschützenden Trost zu spenden.

„Anne, ich kann es kaum sagen, aber ich bin emotional völlig fertig. Du weißt, ich war immer Manfreds Kind, er war mein Liebling in der Familie, er gab mir Halt und war für mich wie mein Papa in Kunduz. Jetzt, wo er tot ist, fehlt er mir so."

„Ich kann dir das nachfühlen, Kind, das ist schwer."

„Nein, das kannst du nicht. Ich habe ihn richtig geliebt, und ich habe als Kind in Afghanistan meine Familie geliebt. Ich mag dich wirklich, Anne, du bist immer für mich da, aber ich kann dich nicht so lieben. Verzeih mir, aber in meinen Träumen ist jeden Abend Rahima, meine andere Mutter, ich werde fast verrückt in meinen Träumen, und ich sehne mich nach meinen kleinen Bruder." Sie schmiegt sich an Anne und weint.

Annes Gesicht wird blass, nie hatte sie geglaubt, dass solche Worte aus Masumahs Mund kommen würden. Nun sind es schon so viele Jahre, Masumah war ihre Kleine, und nun empfindet das Kind keine Liebe. Ihr kommen auch die Tränen, und eng umschlungen sitzen beide beieinander.

„Kind, ich habe dich lieb, egal was du jetzt denkst, weißt du, Gefühle sind nicht mit dem Verstand zu steuern. Du wirst sehen, eines Tages verschwinden deine Alpträume und du wirst zur Ruhe kommen. Vielleicht ist dann das, was wir füreinander empfinden, doch Liebe. Sei einfach geduldig, geduldig mit dir selbst, mein Schatz."

Liebevoll sieht sie auf die schwarzen Locken, die durch die Aufregung wie kleine Igelkringel von Masumahs Kopf abstehen.

„Ich bin so froh, dass ich dich habe", berühren ihre Lippen die Haare der Tochter.

In Hannover muss ihr Uli als Tröster zur Seite stehen. Jeden Morgen holt er sie ab und fährt neben ihr hinüber zum Hauptgebäude, auch wenn sie nicht die gleichen Vorlesungen oder Übungen haben. Es ist ein liebevolles Vertrauensverhältnis, aber zu mehr ist es bisher nicht gekommen. Masumah hat noch nicht den Punkt der absoluten Sicherheit erreicht.

Die Alpträume nehmen immer weiter zu. Sie kann sich nicht mehr konzentrieren, macht Fehler bei Übersetzungen, und auch Professor Demmig spricht sie an, ob sie irgendwelche Probleme habe. Sie erzählt ihm vom Tode ihres Vaters, verschweigt aber die seelischen Schwierigkeiten, die ihr ihre Vergangenheit bereiten.

Sie wird blass und hat kaum noch Hunger, dafür schreit sie jede Nacht voller Panik nach Said. Er ist manchmal ein junger glattrasierter Jüngling, manchmal ein langbärtiger Talib mit Waffe in der Hand. Ihre Traumbilder werden immer schrecklicher, und Schweiß durchnässt jede Nacht ihr Bettzeug.

Uli merkt auch, dass sich ihr Zustand verschlechtert, er bemüht sich redlich, doch sie entfernt sich immer weiter von ihm. Manchmal kommt er in die WG und sitzt mit Lilo zusammen und sie reden über die Veränderung der Freundin und Mitbewohnerin, reden und trinken roten Tee, rot wie Lilos Haare.

Nun versteht Anne ihre kleine Tochter noch am besten, auch Frauke und Susi sehen die Unruhe in Masumahs Augen, aber Susi ist meist weit weg und nur Frauke kommt manchmal schnell rüber aus Hildesheim, um mit ihrer groß-kleinen Schwester zu reden, oder man trifft sich gemeinsam bei Mama Anne.

„Masumih, so geht das nicht weiter, es muss etwas mit dir geschehen. Überleg mal, was wir tun können, damit deine Seele wieder Ruhe findet", rät Frauke ihrer Schwester, die sie von Beginn an umsorgt hatte. „Oder wir lassen dich jetzt von einem Profi behandeln, damit du wieder ruhig schlafen kannst." Sie meint es ernsthaft gut.

„Kann ich ehrlich sein?" Vorsichtig versucht Masumah, ihre Gedanken auszudrücken.

„Klar, wir sind eine Familie, du bist meine kleine Schwester, du Gurke." Sie legt ihre

Hand auf Masumahs Arm. „Komm, sag schon."

„Ich muss meinen Bruder Said finden, Frauke, sonst finde ich selbst keine Ruhe. Wie heißt es bei Faust, mein Ruh ist hin, mein Herz ist schwer, ich find sie nie und nimmermehr - nicht dass du denkst, ich bin schwanger, so fühl ich mich nur, weil ich an Said denke."

„Wie soll das gehen, das klappt nie, du kannst nicht einfach losfahren und deinen Bruder suchen. Papa hat erzählt, dass ihr ihn damals nicht gefunden habt, wie soll das jetzt klappen nach so vielen Jahren?" Zweifelnd sieht sie Masumah an.

„Was nützt denn alle Vernunft, irgendwie muss ich das hinbekommen. Wenn ich ihn finde und er mit mir kommt, wäre es gut. Wenn er bleibt, dann habe ich aber mein Möglichstes getan." Standhaft hält sie ihre Idee für die einzige Lösung.

„Ich weiß nicht, lass uns mal darüber mit Mama reden, ich will das nicht allein mit dir bereden."

„Ja, du hast recht, sie wird sicherlich verstehen und mir raten, was ich mache, sonst kommt es noch so weit, dass ich in die Schraubenklinik muss, glaub mir, ich bin total fertig, ich hab schon bald eine Schraube locker."

„Masumih, wir werden eine Lösung finden, jetzt komm, ich gebe dir eine Schlaftablette, die nimmst du und versuchst,

Ruhe zu finden. Ich gehe runter zu Anne und fühle schon mal vor, was wir machen könnten, okay?" Frauke geht ins Bad und kommt mit einem Glas Wasser und einer Tablette zurück.

„Los, Mund auf, und schlucken, du brauchst den Schlaf." Zögerlich schluckt Masumah die Tablette, die natürlich nicht rutschen will, und würgt, zwei, drei Schluck Wasser, und geschafft, das harte Ding ist aus dem Mund nach unten verschwunden.

„Nun leg dich hin, denk an unsere Kindertage, ich lege mich zu dir, bis du eingeschlafen bist." Sie streckt sich mit auf das Bett, zieht die Decke ein bisschen zu sich rüber und schlingt die Arme um Masumah.

„Schlaf gut, alles wird gut", flüstert sie.

„Mama, so geht das doch nicht weiter, du bist erfahren, sag mir, wie können wir der Kleinen helfen?", fragt sie Anne, nachdem sie ihrer Mutter alle Sorgen Masumahs erzählt hatte.

„Ich weiß auch nicht. Entweder muss sie wirklich in ärztliche Behandlung, oder wir fragen Eli, ob die nicht in Kunduz Beziehungen hat und den Bruder finden kann. Wir sprechen morgen in Ruhe mit Masumih und dann können wir mit Eli sprechen. Dann sehen wir, was wird." Beunruhigt versucht Anne alle Möglichkeiten abzuwägen. Sie ist innerlich auch zerrissen, sie liebt dieses Kind, das als Pflegefall in ihr Haus gekommen war, der sie ein neues Nest geboten hatte und welches nun diese Seelenqualen durchleiden muss.

Ja, sie würde mit Eli sprechen, vielleicht gibt es einen Weg, sie hat nur Angst, dass die Kleine wieder einmal eine schwere Enttäuschung hinnehmen muss.

Viel Auswahl gibt es dann am nächsten Tag nicht, man musste mit Eli sprechen und sie um Rat fragen, denn nur sie kannte das Land, sie kannte die Leute und sie war der Sprache mächtig, einer Sprache, die anscheinend unser kleines Genie völlig vergessen hatte.

„Vielleicht finden Elis Mitarbeiter deinen Bruder, dann könntet ihr mal telefonieren, wenn auch mit Sprachmittler", kommen am nächsten Tag Vorschläge, aber am Ende ist man sich nur in einem einig, ohne Eli läuft da nichts, oder Masumah muss in ärztliche Behandlung.

Nach langen Diskussionen entscheiden sich Anne, Susi, Frauke und Masumah, dass es das Beste wäre, erst einmal die psychologische Beratungsstelle der Universität aufzusuchen und dort eine vollständige Analyse der seelischen Situation zu erhalten.

Uli erklärt sich bereit, Masumah dorthin zu begleiten, denn er hatte schon ein paarmal mit der Leiterin des Beratungsdienstes Kontakt, nicht aus fachlichen Gründen, sondern weil sie auch Pferdenärrin war und öfter zur Rennbahn fuhr, wo man dann ab und zu über die Leistungsfähigkeit der Favoriten ins Gespräch gekommen war.

Die Beratungsstelle ist in einem Seitenflügel des Hauptgebäudes untergebracht, gleich hinter der Druckerei. Der Termin, den sie bekommen hat, soll um 11 Uhr sein. Im Vorraum sitzen schon einige Studentinnen und Studenten, meist mit Problemen, die mit Masumahs sicherlich nicht zu vergleichen sind. Da geht es um Stress beim Studium, wenn man nicht die erhofften guten Noten vorweisen konnte, denn nur Bestnoten garantieren nach dem Bachelor oder dem Master Jobs mit Spitzengehältern, oder es geht um Beziehungsgeschichten, oder einfache sexuelle Probleme.

Masumah gegenüber sitzt ein dunkelblonder Junge, kurze Haare, weißes Hemd, glänzend polierte Schuhe unter der schwarzen Ausgehhose. Er sieht aus, als wolle er gerade zu seiner Konfirmation gehen. Auf seiner Nase eine Hornbrille, die ihm das Aussehen eines milchbubihaften Strebers gibt. Seine Hände können nicht stillhalten, ständig reibt er sie aneinander und kratzt sich, so dass sie vom vielen Reiben schon ganz rot und entzündet sind. Sicher ist er einer der Studenten, die ihre hohen Erwartungen erfüllen wollen oder die von ihren Eltern in diese Situation gedrängt wurden.

Uli hält Masumahs Hand, um ihr zu zeigen, dass er mit ihr fühlt und ihre Probleme zu verstehen versucht. Wirklich verstehen kann so ein Trauma niemand, der es nicht selbst mal erfahren hat, insofern ist er traurig und überfordert.

Nach langem Warten kommt Masumah an die Reihe. Uli nickt ihr aufmunternd zu, und sie tritt durch die von der Assistentin aufgehaltene Tür.

„Guten Morgen, was kann ich für Sie tun?" Die freundlich blickende ältere Frau mit kurzem grauem Haar streckt ihr die Hand zum Gruß hin. „Nehmen Sie Platz, hier auf dem bequemen Stuhl, Sie sollen sich bei mir wohlfühlen", versucht sie, das Gespräch in angenehme Bahnen zu lenken.

Masumah setzt sich auf den gepolsterten Sessel und verschränkt ihre Arme, so als wolle sie sich selbst beschützen und sagen: „Verletz mich nicht."

Die erfahrene Psychologin weiß die Geste der jungen Frau zu deuten und nimmt sich langsam einen Block, um ihr Zeit zu geben, sich zu beruhigen.

Das Zimmer ist spartanisch eingerichtet, soll aber dennoch gemütliche Geborgenheit vermitteln. Es ist weiß gestrichen, wie alle Räume in der Uni, doch ein gelber Streifen oben etwa 30 Zentimeter unterhalb der Decke bringt ein bisschen von dem Sonnenschein, der in diesem ehrwürdigen alten Gebäude sonst keinen Platz findet. Die Fenster sind mit modernen Jalousien versehen, deren Lamellen auf Lichteinfall stehen. Der

Schreibtisch ist ausladend und praktisch modern, so wie in allen Professorenzimmern, sozusagen ein „ab C2"-Schreibtisch. Eine Yuccapalme ragt fast bis zur Decke und bringt damit mehr Wohnzimmeratmosphäre in den Raum.

Masumahs Herzschlag beruhigt sich, die Psychologin hebt leicht das Kinn, schiebt ihre Brille höher und sieht sie fragend an.

„Was kann ich für Sie tun? Mir scheint, Sie haben ein etwas umfassenderes Problem auf dem Herzen. Keine Scheu, was Sie hier sagen, unterliegt der Schweigepflicht, alles bleibt unter uns."

Masumahs Handflächen werden feuchter, sie krallt sich in ihrem Shirt fest, einerseits um sich selbst Halt zu geben, andererseits um im Falle eines Händedrucks nicht mit ihren klebrigen Fingern aufzufallen.

Sie schluckt zweimal kräftig, holt tief Luft und beginnt vorsichtig und mit bebender Stimme von ihren Träumen und ihren Ängsten zu erzählen.

„Lassen Sie sich Zeit, nur mit der Ruhe, wir haben eine volle Stunde", ermutigt die Psychologin die Patientin. Ansonsten hört sie konzentriert zu, macht sich ab und zu Notizen und legt den Kopf zur besseren Konzentration auf die rechte Seite.

Masumah fühlt, dass sie in kompetenten Händen ist. Nach und nach entspannt sie sich, antwortet auf kleine Zwischenfragen und versucht, selbst ein Gesamtbild ihrer Lage darzulegen.

„Wir müssen Ihre Erlebnisse genau analysieren und eventuell einen Spezialisten hinzuziehen, denn wie Sie erkennen, kommen zu mir eigentlich nur Studenten mit den üblichen Studienproblemchen oder Beziehungsstress. Ihre traumatischen Erlebnisse bedürfen einer ganz anderen intensiveren Betreuung, und ich versichere, ich werde einen kompetenten Kollegen anrufen, der bestimmt für Sie ausreichend Zeit aufbringen wird. Er hat Erfahrung, sogar mit Afghanistan, denn er war bisher behandelnder Psychologe für Bundeswehrsoldaten, die ebenso schreckliche Ereignisse verarbeiten müssen. Bei Ihnen ist es aber noch schwieriger, da Sie durch den Verlust von Familienmitgliedern auch noch langfristig persönlich betroffen sind, und weil schon seit Jahren der unverarbeitete Mutterverlust in Ihnen keine Ruhe gibt."

„Wann wird er denn Zeit haben? Mein ganzes Leben ist durcheinander, ich kann nicht schlafen, nur mit Tabletten, ich nehme ungeplant ab, die Konzentration für die Uni fehlt. Es muss schnell gehen."

„Ich versichere, ich tue mein Bestes und werde meiner Assistentin schnellstmöglich Bescheid sagen. Bitte rufen Sie übermorgen an, dann wissen wir mehr."

Masumah bekommt erneut Angstzustände, damit hat sie nicht gerechnet, dass sie unverzüglich weitergereicht würde, sie braucht sofort Hilfe oder es muss etwas anderes geschehen.

„Danke, ja das werde ich tun, ich rufe am Donnerstag an." Sie steht auf, dreht sich ohne die Hand zu reichen um und geht auf die dicke schwere Tür zu.

„Seien Sie nicht enttäuscht, ich will mir keine falsche Kompetenz anmaßen", versucht die Dame sie zu beruhigen, aber da hat sie den Raum schon verlassen, packt im Warteraum Ulis Hand und zieht ihn auf den Gang. Sie bebt am ganzen Körper. Das Erzählen ihrer Alpträume hat die innere Unruhe verstärkt.

„Schnell, ich muss raus, mir ist schlecht, ich muss mich übergeben." Sie rennt davon zur nächsten Damentoilette und ist froh, das Becken noch rechtzeitig erreicht zu haben, als das übelschmeckende Frühstück sich in die Toilettenschüssel ergießt. Sie würgt weiter, bis nur noch grüne Gallenflüssigkeit aus ihrem Mund tropft.

Schweißgebadet richtet sie sich auf, reißt Toilettenpapier von der Rolle, wischt ihren Mund ab und trocknet ihre Stirn ab, auf der dicke Schweißperlen stehen, kurz davor, herunter zu tropfen. Sie ist verzweifelter denn je, gibt es denn keine Hilfe? Ihre Gedanken rasen. Bilder alter Ereignisse tauchen auf, sie fängt an zu schreien und kann nicht mehr aufhören.

Uli hört Masumahs Schreien, es ist seine Masumah, er liebt dieses zerbrechliche Wesen, dessen Seele so verletzt war. Es ist ihm egal, dass sie sich in der Damentoilette befindet, er reißt die Tür auf, da steht sie zitternd, festgeklammert am Waschbecken und schreit lauthals. Er stürzt auf sie zu, schlingt seine Arme um sie und drückt sie an sich, hält sie, bis ihr Schreien zu leisem Weinen verstummt.

„Jetzt ist Schluss, wir fahren noch heute zu deiner Mutter und ihr redet erneut, wir müssen für dich eine Lösung finden."

Fazit der Gespräche mit Anne und zahlreichen Telefonaten auch mit Susi ist, dass Masumah beschließt, nun selbst aktiv zu werden.

„Ich werde nach Afghanistan fahren und meinen Bruder suchen."

Entschlossen wirft sie ihren Kopf zurück, das Kinn schiebt sie nach vorne, nun will sie sich nicht länger dem Problem entziehen, sondern handeln. „Es ist das einzige, was mir helfen kann. Ich will ihn finden, mit ihm reden, und wenn er will, dann muss er mit herkommen, wenn nicht, dann finde ich aber endlich Ruhe, das bin ich mir schuldig, meinen toten Eltern und Geschwistern und euch, denn es ist für euch doch auch eine Katastrophe, wie ich mich im Moment benehme."

„Anne, ruf Eli an, die weiß, wie man dahin kommt, die kann mir helfen. Sag, es ist ei-

lig, damit ich schnell handeln kann." Die Ent-
schlossenheit leuchtet aus ihren Augen. Ihr
Kampfgeist hat Oberhand bekommen.

„Meine Leute können versuchen, den
Bruder zu finden, aber das wird verdammt
schwierig sein. Wenn die irgendeine Chance
sehen, dann mogeln die mir ein falsches Kind
unter, und wie will ich den Bruder erkennen?
Außerdem macht da keiner was, ohne eine
Menge Kohle zu fordern. Die Chancen stehen
wirklich nicht gut", versucht Eli, die Realitä-
ten darzulegen.

„Aber irgendwie muss er doch zu finden
sein, es sei denn, er wäre tot, aber das glaub
ich nicht, das fühl ich nicht." Sich mit den Ge-
gebenheiten abzufinden, das geht überhaupt
nicht mehr, dazu ist Masumahs Leid zu groß
geworden.

„Wenn gar nicht anders, dann fliege ich
nach Kunduz, aber allein komme ich da nicht
hin", sieht sie Eli fragend an.

„Wenn du unbedingt willst, dann nehme
ich dich mit, aber wir müssen nach Kabul
und dann mit dem Auto nach Kunduz über
die Berge, stell´ dir das bloß nicht so einfach
vor. Und noch was, du bist eine junge Frau,
da ist das noch gefährlicher, das solltest du
bedenken."

„Egal, mein Seelenfrieden ist jetzt wichtiger, ich muss wieder zu mir selbst finden, also werde ich mitfliegen, egal was kommt."

„Das wird aber auch eine Menge Geld kosten, der Flug, die Fahrt, und auch in Kunduz brauchst du Geld. Wie lange willst du dann da bleiben?" Eli bezieht alle Eventualitäten in die Erwägungen ein.

„Mein Sparbuch wird das schon schaffen. Wann immer ich konnte, habe ich etwas zurückgelegt. Das wird jetzt angebrochen. Bitte, bitte hilf mir und nimm mich mit."

„Mir ist bei der Sache überhaupt nicht wohl, denn ich kenne die Lage seit Jahren, die Behandlung durch einen spezialisierten Arzt halte ich für sicherer." „Ha, Eli, der Spezialist hat gemeint, er nimmt mich schnell dran, in sechs Monaten! Bis dahin bin ich in der Klapse", schließt Masumah den Vorschlag aus und wendet sich fragend an Anne, „Helft ihr mir, wenn ich das mache? Ihr wisst doch, wie wichtig das für mich ist."

Sie steht auf, kniet sich vor Anne hin und sieht zu ihr auf. „Anne, nie denke ich, dass du nicht meine Familie bist, du bist jetzt meine Mutter und ich komme so schnell wie möglich zu dir zurück, aber ich muss das tun." Zärtlich streichelt sie Annes Hände und Anne treten Tränen in die Augen.

Sie legt die Hände um Masumahs Gesicht, küsst sie auf die Stirn: „Gott schütze dich, ich werde dir helfen, ich habe auch noch etwas Geld, das kriegen wir schon gestemmt."

Mutter und Tochter umarmen sich, und auch Frauke und Susi sehen sich zustimmend an. Der Entschluss steht.

Es regnet in Strömen, als der Weberclan mit Eli und Familie mit dem alten VW-Bus in Richtung Berlin unterwegs ist. Eli wird von Max, Ariadne und Simon begleitet, Anne und Frauke stehen Masumah zur Seite. Uli hatte keine Zeit, er muss einen Test in Chinesisch schreiben.

Sie schweigen, alle haben ein Gefühl der Beklemmung vor dem, was kommen würde. Eli ist damit beschäftigt, ihre Reiseplanung noch einmal durchzugehen.

Der VW-Bus ist bis auf die letzte Ritze voll, denn Eli kann nie genug Hilfsgüter mitschleppen. Medikamente, Prothesen und Kinderkleidung stecken in den Umzugskartons, die sie mit Plastikschnüren reisefest vertäut hat.

Die Autobahn ist regennass, als sie vom Berliner Ring auf die A 115 abbiegen, auf dem neuen Abzweig langsamer werdend, um nicht durch Aquaplaning von der Spur abzukommen.

„Anne, wenn du willst, fahre ich von der nächsten Parkmöglichkeit aus weiter. Hier in Wannsee habe ich mal gewohnt, also kenn ich mich aus, die Fahrt ist echt unübersichtlich", bietet sich Ariadne an, das Steuer zu übernehmen.

Von dem anstrengenden Fahren bei Dauerregen und vom seelischen Stress müde geworden, willigt Anne schnell ein. „In Ordnung, gleich bei der nächsten Möglichkeit können wir die Plätze tauschen." Sie wirkt erleichtert.

Schon bald ist die letzte Raststätte vor Dreilinden in Sicht, und Anne betätigt den Blinker.

„Fahr bitte an die Tanke ran, ich muss nochmal pinkeln." Eli will vorsorgen, um nachher, im Flugzeug, nicht immer die Toilette benutzen zu müssen.

„Ich auch."

„Ja, gute Idee, ich denke, wir gehen wohl alle", kommentiert Simon.

Anschließend übernimmt Ariadne das Steuer, sie, die immer präsente gewiefte Alleskönnerin.

Zügig, fast zu zügig fädelt sie sich sofort auf der zweiten Spur ein, man merkt, sie weiß, wo sie hin will.

„Mensch, so eilig haben wir es nicht, es ist noch genug Zeit, bis der Flug geht." Max kann Ariadnes Schnellfahrerei nicht so besonders leiden.

„Ach Papa, wir sind hier schon bei Dreilinden, dann kommt noch eine kleine Ausfahrt Hüttenweg, und danach biegen wir schon zum Kongresszentrum ab, da kann man eh nur noch langsam fahren vor lauter Verkehr", beschwichtigt sie ihren Vater.

„Sieh mal, da links, das Haus da, das ragt mit seinem Dach in die Autobahn." Frauke zeigt nach links, wo ein kleines Satteldach mit seiner Spitze durch die Autobahnmauer reicht.

„Komisch, aber kein Wunder, wir sind hier in Berlin." Ariadne kennt die Stelle.

„Berlin, Berlin, wir fahren nach Berlin", wiederholt Simon den Pokalslogan, den es immer in der Bundesliga zu hören gibt.

Wenige Minuten später biegen sie rechts ab in die Tiefen des Kongresszentrums, und gekonnt findet Ariadne den Weg in Richtung Tegel. Erst rechts, dann wieder in die linke Spur, dann Mitte, dann wieder nach links und dann rechts halten. Die Strecke ist unübersichtlich und schlecht ausgeschildert, aber da taucht es auf, das Flughafengebäude mit dem Tower, die provisorische Lösung Berlins bei ruhendem BER-Bau.

Ariadne stoppt, da, wo die Taxen ihre Kunden raus lassen, und der VW-Bus spuckt Arnold- und Weberclan plus Kartonberg aus. Auch ein zusammengeklappter Rollstuhl ist dabei. Max klappt ihn auseinander und nutzt ihn gleich als Transport-Caddy.

Die Reise an den Hindukush kann beginnen.

Türkish Airlines ist gleich am vierten Schalter zu finden, und auch das Eincheckteam steht schon bereit. Besser geht es nicht, so dass alle mitgefahrenen Braunschweiger das Gepäck direkt vor den Abfertigungsschalter platzieren.

Masumah und Eli reichen der jungen blonden Bodenstewardess ihre Pässe und Simon und Max wuchten die Pakete und Taschen auf das Förderband.

„Oh je, das ist aber ziemlich viel, Sie wissen, dass Sie pro Person nur 30 Kilogramm frei haben?", informiert die freundliche Blondine. Eli reagiert souverän: „ Es ist nicht für uns, es sind Hilfsgüter für Afghanistan, ich leite dort eine Hilfsorganisation, sehen Sie die Aufkleber auf den Kartons."

„Na, dann will ich das gar nicht gemerkt haben. Passen Sie auf sich auf, da ist es im Moment ganz schon unruhig." Der Drucker rattert und spuckt die Strichcodekleber für die Gepäckstücke aus. „Den Namen der Hilfsorganisation muss ich mal aufschreiben und später googeln, das interessiert mich", lächelt sie die beiden Reisenden an.

Masumah will ihren Rucksack schultern, aber Simon nimmt ihn ihr ab. „Lass ihn mich tragen, jetzt haben wir noch Zeit bis zum Einchecken, und in Afghanistan kannst du den noch lange genug rumschleppen." Verlegen versucht er, ihr seine Besorgnis zu zeigen. Als sie sich bei der Übergabe berühren, prickelt Masumahs Haut. Da ist doch etwas, das sie beim ersten Blick auf sein Foto gleich gespürt hatte und das lange versteckt war.

„Aber das mit Mario Barth, das müssen wir noch mal nachholen, wenn du zurück bist. Schade, dass das damals alles schief gegangen ist. Ich mochte Manfred wirklich sehr gern."

„Verlegenheit hoch drei, soviel versteh ich auch noch von Mathe, dass ich bemerke, dass du irgendetwas spürst", denkt

Masumah, aber dann verdrängt die Aufregung der bevorstehenden Reise jedes andere Gefühl.

Man flüstert miteinander, Ariadne mit Eli, und die legt beruhigend ihren Arm um ihre Tochter. Ariadne weint: „Mama, ich habe Angst um dich, was soll ich ohne dich tun?"

„Ach was, ich bin in einem Monat zurück, dann hast du mich ja wieder. Die armen Frauen und Kinder da, die brauchen mich doch auch, das musst du verstehen." Liebevoll umarmt Eli ihre Kleine.

„Mama, es wird Zeit, dass du das nicht mehr machst." Auch Simon zeigt seiner Mutter, dass er sie vermissen würde, obwohl er nicht mehr immer da und im Krankenhaus stark eingebunden ist.

Max umarmt seine Frau wortlos, man merkt seinem Gesicht aber dennoch die große Sorge an.

Beim Weberclan sind die sorgenvollen Gesichter noch ausgeprägter.

„Wir verstehen dich, aber eigentlich wollen wir nicht, dass du fährst. Bitte pass auf und komme dann umgehend zurück", mahnt Anne ihr Küken, und Frauke hält ihre kleine Schwester fest an der Hand. Sie umarmen sich alle immer wieder, um sich ihre Zuneigung zu versichern.

„Passagiere für den Flug nach Istanbul bitte zum Gate elf", tönt es aus dem Lautsprecher, und so gehen sie gemeinsam an den Abfertigungsschalter, wo Masumah und

Eli ihre Bordkarten und ihre Pässe vorlegen wollen. Spontan kommt Simon noch einmal zu Masumah, nimmt mit den Händen ihre Oberarme, sieht ihr in die Augen: „Wenn irgendetwas ist, denk daran, melde dich, ich bin immer für dich da!" Er betont jedes Wort laut und deutlich. „Versprichst du mir das?"

„Ja, Simon, ich verspreche es dir", flüstert sie, als solle niemand das Geheimnis erfahren.

Er drückt sie mit seinen starken Armen an sich, der große starke Simon wird auf einmal ganz weich. „Tschüss, Sumi", dreht er sich sofort von ihr weg, um sein Gefühl unter Kontrolle zu bekommen.

„Tschüüss", rufen Eli und Masumah noch einmal und gehen durch die Abfertigung, wo sie den Augen der Zurückbleibenden entschwinden.

Zu den Wurzeln in Afghanistan

„Dreieinhalb Stunden Flug, das sitzen wir mit einer Backe ab", lacht Eli, als sie ihre Plätze in der Maschine einnehmen. Masumah hat den Fensterplatz, um sich mit dem schönen Blick ein bisschen abzulenken. Eli setzt sich hin, deckt sich mit einer Decke zu, legt den Kopf zur Seite und döst unverzüglich ein. Kurz hebt sie noch den Kopf: „Schlaf mal auch, in Istanbul müssen wir fünf Stunden warten, das strengt an", lehnt sich wieder zurück und rührt sich nicht weiter. Sicherheitsinstruktionen, Anrollen und Start, alles scheint sie nicht mehr mitzubekommen.

Masumah hingegen sieht aus dem Fenster, sieht die Häuser vorbeihuschen und unter dem Flügel der Maschine immer kleiner werden. Siehe da, in Berlin haben viele Häuser einen kleinen Pool, das hatte sie nie gedacht. „Wir sind doch hier nicht in Kalifornien, wo es immer warm ist, hier ist das echt ein teurer Spaß", denkt sie. Vor lauter Herzklopfen kann sie Elis Gelassenheit nicht nachvollziehen, aber sie ist froh, auf dem Weg zu sein. Bald ist es geschafft, sie würde Said und ihre Ruhe finden.

Istanbul - ein riesiger Flughafen mit internationalen, hauptsächlich russischen und arabischen Gästen.

Ein bisschen verschwitzt und verknittert kommen beide in die weitläufige Transithalle, von wo aus die verschiedenen Gänge zu den Einzelgates abgehen. Elis Knie tut weh, sie kann die lange Sitzerei nicht vertragen und beginnt, immer wieder in der Halle hin und her zu gehen.

Beide sind müde, müssen sich aber irgendwie die Zeit vertreiben.

„Komm, lass uns mal so tun, als würden wir shoppen", schlägt Eli vor und sie gehen in die einzelnen Läden, um sich die Auslagen interessiert anzusehen. Die Verkäuferinnen mustern die beiden abfällig.

„Was kostet diese Halskette?", fragt Eli die Schmuckverkäuferin neugierig, „die würde mir gefallen."

„Da brauchen Sie gar nicht zu fragen, die können Sie sich sowieso nicht leisten", kommt die prompte Antwort.

„Blöde Kuh", kommentiert Eli und zu Masumah gewandt: „Siehst du, Kleider machen Leute."

Um eine Blumensäule herum sitzen etliche Familien, die man von ihrem Aussehen nach den Wartenden für die Kabulmaschine zuordnen könnte. Eli steuert auf sie zu, da auf der einen Bank noch Platz ist.

„Komm, nimm hier den Platz ein, pass auf unsere Sachen auf, ich gehe noch ein bisschen bummeln", motiviert sie Masumah, sich zu setzen. „Du kannst ja mal üben, ob dein Dari oder dein Pashtu noch präsent sind." Sie lacht und schlendert Richtung Kosmetik.

Masumah belächelt Eli. Da will sie bei Cremes und Düften sich umsehen, aber kaufen tut sie eh nichts, dazu ist Eli sich gegenüber viel zu geizig.

Die Frau mit übergroßem Kopftuch lächelt sie an. Masumah lächelt zurück, es kommt ihr alles ziemlich fremd vor, die Frauen mit Kindern und riesigen Plastiktaschen. Auf Kartons sind Pizzaöfen erkennbar, Isolierkannen, alles, was Masumah als überflüssig ansieht, was anscheinend aber diesen Menschen überaus wichtig erscheint.

„Salam", versucht sie vorsichtig freundlich zu sein. „Maleikum salam", lächelt die Kopftuchfrau zurück.

„Willst du auch nach Kabul?" Die Frage überrascht sie, denn sie hatte nicht damit gerechnet, als afghanisch aussehend eingestuft zu werden, ihr Auftreten ist deutsch und nicht zurückhaltend wie das der hier sitzenden Frauen.

„Bale", sie nickt mehr, als aus ihrem Munde zu hören ist. „Wo wollen Sie in Afghanistan hin? Sind Sie aus Kabul? Ich will nach Djalalabad zu meiner Oma", plaudert die Nachbarin.

Eli ist wieder im Anmarsch.

„Eli, ich glaube, die Frau hat mich gefragt, was ich in Afghanistan mache und wohin ich will, was soll ich sagen? Ich kann sie gar nicht richtig verstehen."

„Sag einfach, wir besuchen jemanden in Kabul, das ist genug, mehr brauchen die nicht zu wissen, du weißt nie, wer das ist", rät Eli ihrer Reisebegleitung. „Ach quatsch, ich sag das selber, das bringst du ja gar nicht hin, entschuldige."

Neugierig kommen immer mehr afghanische Mitreisende und taxieren die beiden Frauen, die allein ins Land am Hindukusch wollen. Die blonde ältere Frau spricht einen hanebüchenen halben Kunduzdialekt, die andere, die eigentlich so afghanisch aussieht, scheint fast gar nichts mitzubekommen außer Salam und bale.

Langsam werden diese beiden Frauen wieder uninteressant, man widmet sich wichtigeren innerfamiliären Dingen wie Tratsch oder Kindergeschichten.

Weit nach Mitternacht erscheint auf der Anzeigetafel endlich der Hinweis auf das Gate, und der gesamte Tross samt Kind und Kegel bewegt sich zum Gate zweiundzwanzig, wo schon einige Männer auf den Wartesitzen schlafend die Zeit überbrücken. Manche gehen zu den Getränkeautomaten, ziehen sich Colas oder Limonaden und setzen sich dann mit angezogenen Knien auf die Sitze. Auch Eli und Masumah suchen sich einen Platz, dicht am Gate, damit sie dann nicht ewig lange in der Schlange stehen müssen, wo sie wieder ein beliebtes Ausfrageobjekt wären.

Nach über einer Stunde wird geboardet in die Maschine direkt nach Kabul.

„Masumah, jetzt wird's ernst, ab nun gibt es für dich kein Zurück mehr, bist du wirklich davon überzeugt, dass du die richtige Entscheidung getroffen hast?"

„Ja, Eli, seit es feststeht, dass wir fahren, kann ich schon besser schlafen. Irgendwie kann ich meinem Schicksal nicht entgehen. Wird schon alles gut gehen, du wirst sehen, ich treffe Said, er entscheidet sich so oder so, und in vier Wochen fliegen wir beide nach Hause. Siehst du, schon jetzt vermisse ich Anne und Frauke, aber natürlich auch Uli."

Sie stecken ihre Boardingkarten in den Automaten und betreten die Gangway zur Maschine.

Nach sechs Stunden beginnt die Maschine den Sinkflug. Masumah drückt die Nasenflügel zusammen, um den Druck auszugleichen. Eli döst mal wieder vor sich hin, sie kann eigentlich in jeder Situation und Körperhaltung schlafen oder ähnlich relaxen. Bei Masumah hingegen steigt die Anspannung. Nun erst wird ihr bewusst, wie fremd ihr ihr eigenes Vaterland geworden war.

Sie sieht aus dem Fenster und merkt, dass sie die Hauptstadt überfliegen, weiter in Richtung Djalalabad, und dann eine scharfe Wendung vollziehen, um den Landeanflug zu beginnen. Sie sieht das schmale tiefe Felsental des Kabulflusses, welches man Maipar, das Tal der fliegenden Fische nennt - von wegen, die fliegen nicht, die springen -, und bemerkt, dass die ganze Stadt wie auf einem unscharfen Foto im Lehmstaub versinkt. Sie kann sich nicht mehr genau daran erinnern, sie hatte nur von den großen Chak-Stürmen gehört, die das Land manchmal heimsuchen, und von dem ständigen Staub, den die gleißende Sonne auf dem Lehmboden erzeugt.

Die Maschine setzt auf, und sie sieht die Baracken des internationalen Militärs vorbeifliegen. Es rumpelt, die Maschine bremst, sie wird in den Gurt gedrückt - und da ist sie, im Land von Joma Khan und Rahima. Und sie würde Said finden.

Chaotisch beginnen die Fluggäste, ihr Handgepäck aus den oberen Fächern zu zerren, wobei man eigentlich bei den Riesenpaketen nicht mehr von Hand-, sondern Armgepäck reden muss. Sie rempeln sich gegenseitig an und drängeln sich nach vorn, schon bevor überhaupt der Ausstieg geöffnet ist. Masumah hat genauso wie Eli nur ihren Rucksack, so dass sie durch ihr Gepäck kaum behindert ist und geduldig wartet, bis die Riesenpakete mit Kind, Frau und Kegel aus den vorderen Reihen die Maschine verlassen haben.

„Masumah, hast du daran gedacht, dir Klopapier in deine Hosentasche zu stecken?", flüstert ihr Eli zu. „Das ist hier verbesserungsfähig, die Toilette an sich und die Sache mit der Papierversorgung."

„Klar, ich hatte dir schon zugehört, und dein Buch habe ich auch gelesen."

„Dann ist gut, ich habe sonst noch Reserve bei mir, ich muss erst mal ganz dringend, hier, das ist hier rechts. Wartest du hier mit den Rucksäcken? Ich löse dich dann ab."

„Müssen wir nicht erst durch die Passkontrolle?"

„Ja, aber die sind nicht die schnellsten, also müssen wir eh warten, für einmal klein reicht's allemal, hier, mein Rucksack, bis gleich." Eli stürmt auf die schmuddelige Tür zu, sie scheint es eilig zu haben.

Masumah fühlt nun auch ein kleines Bedürfnis und ist froh, als Eli wieder erscheint.

„Siehst du, die Schlange steht noch fast bis hier an die Wand, lass dir Zeit, genieße den Luxus der Toilette", spottet sie lachend.

Luxus ist gut: Die Toilettenschüssel ist verstopft, der Fußboden steht unter undefinierbarer Flüssigkeit, und sie muss nun doch. Daneben ist eine Kabine Modell lokale Toilette, die ist noch frei und trocken, also Hose runter und sich erleichtert. Die Kabine konnte man zwar nicht verschließen, aber jetzt ist das sowieso egal. Und Papier gibt's hier natürlich nicht, also sich auf das rechte angehockte Bein rüberschieben, das linke Bein strecken, damit man in die linke Tasche mit der Hand kommt - geschafft. Masumah reißt einige Blätter von dem Bündel Klopapier ab.

„Also, wenn ich Said finde, dann ist das wundervoll, aber eine Toilette wie diese, auf die kann ich nun wirklich verzichten", flucht sie vor sich hin.

Nun ist die Schlange deutlich kürzer. Masumah und Eli legen ihre Pässe vor, werden gemustert und fotografiert und dürfen zügig in die Gepäckhalle weitergehen, wo schon ein Pulk von Menschen auf noch mehr Riesengepäckstücke wartet.

„Na, das kann ja dauern. Ich hoffe nicht zu lange, denn jetzt ist es Ortszeit 8 Uhr, wenn meine Leute hier draußen stehen, dann fahren wir sofort weiter. Bis Kunduz sind es mindestens acht Stunden. Das Problem wäre die Dunkelheit, da sollte man doch nicht mehr im Mondschein flanieren, das könnte irgendwelche Leute motivieren, dummes Zeug zu machen", gibt Eli mal wieder überflüssiger Weise eine Erklärung.

„Eli, ich weiß, wird schon klappen."

Sie holen sich beide je einen Kofferkuli, wobei natürlich die örtlichen Profis beleidigt sind, dass die Damen ihre Dienste nicht in Anspruch nehmen wollen, und beide warten darauf, zwischen den Reihen der Männer auf dem Band ihre Taschen und Kartons zu erblicken. Man kommt einfach nicht zwischen den Männern durch, und so macht manch ein Elikarton zweimal die Runde ums Band, bis sie sich mit Hilfe ihrer Ellenbogen in die vordere Reihe durchgekämpft hat. Masumah ist inzwischen die Wächterin der eroberten Gepäckstücke und zusätzlich damit beschäftigt, die aufdringlichen Helfer abzuwehren.

Geschafft, alle Kartons vollzählig, los, ab in die Kontrollschlange. Hier alle Kartons und Taschen wieder runter vom Kuli, durch den Röntgenapparat, Wie hätte man an Bord da was neu reinschmuggeln können? Aber in Entwicklungsländern lernen die immer als erstes die Bürokratie und dann auch noch in Extremausführung.

Okay, alles fertig, sie schieben ihre schweren Kulis Richtung Ausgang.

„Da sind sie, Osman, hier sind wir, Tadj, hi, khub asti." Eli begrüßt bärtige Männer mit Umarmung und freudigen Ausrufen.

„Man muss ja nicht gleich übertreiben", denkt Masumah und findet Eli etwas zu überschwänglich, aber das ist halt Eli, etwas bekloppt, sonst würde sie ja sowas auch nicht machen.

Nun sind sie entlastet, denn eine Reihe von Mitarbeitern bemüht sich um die Taschen und Kartons. Es ist weit bis zum Parkplatz, wieder Kontrollen und wieder weiter schieben, bis sie endlich bei zwei altersschwachen Toyota Corolla ankommen, deren Kofferraumdeckel schon weit offen wie Krokodilmäuler auf das Gepäck warten.

Tasche rein, Karton rein, passt nicht, einmal mit viel Schwung, hier gibt es nichts, was es nicht gibt, die Männer schaffen alles. Also Gepäck verstaut, Frauen auf die Rückbank, und los geht die Fahrt. Eli hat anscheinend alles gut im Griff.

„So, nun geht es gleich in Richtung Salang, ich denke, wir werden das heute doch schaffen." Mitarbeiter Osman macht den Frauen Mut, die 330 Kilometer zu überstehen.

Eli redet mit ihm und dem anderen Mitarbeiter, die mit ihnen in einem Auto sitzen, im zweiten Auto befinden sich Männer, die Masumah nicht so vertrauenswürdig erscheinen, mit Kamiz, Lungi und langen ungeschnittenen Bärten. Aber so ist eben die Mode auf dem Lande, das sind die keshlari.

Masumah merkt, dass ihr die Sprache bis vor einer Stunde völlig fremd war, und doch beginnt sie schnell, den Sinn der Worte aufzunehmen.

„Uli würde mich jetzt wieder aufziehen mit Sprachgenie oder sowas, dabei kann ich da auch nichts dafür", denkt sie.

Sie hätte es auch laut sagen können, es hätte niemand gehört bei der Lautstärke im Auto: Die Insassen reden, die Kassette im Kassettenspieler dudelt vor sich hin, und der Motor hat auch schon bessere Tage erlebt.

„Du siehst, Masumah, wir sind in Afghanistan, alles ist anders, aber sieh dir mal die Riesenhotels an, Weddinghalls, hier kostet Heiraten richtig Schotter, da legen die hier viel Wert drauf. Und an jeder Ecke ist so eine Festkiste, damit verdient man sich hier eine goldene Nase." Schon ist Eli wieder dabei, sich mit Tadj und Osman auszutauschen.

Masumah genießt still den Anblick der staubigen Straßen und den Verkehr, der sich organisiert nach dem Motto: Man fährt da, wo Platz ist.

Tadj fährt einen heißen Reifen, er nimmt die Kurven ebenso ruckartig wie er beschleunigt und bremst, und Masumah ahnt schon, was kommen würde, denn Eli verträgt

Autofahren nicht gut. Nun fällt ihr wieder ein, wieso Eli sich drei Plastiktüten in die Seitentasche ihrer Hose gesteckt hatte – oh je, das kann ja heiter werden.

Autos über Autos, in Europa würde man eher sagen, jede Menge Schrottkisten stehen am Straßenrand, überall, wie ausgedehnte Parkplätze, es ist das Viertel der Autohändler, die alles, was sich noch irgendwie vorwärts bewegt, zu Geld machen. TÜV, Umweltplakette oder irgendeinen Sicherheitsnachweis kann man hier vergessen. Ebenso die Sicherheitsgurte. Es gibt zwar welche, aber der Einstecker im Sitz war einfach ausgebaut, also hilft es mehr zu beten, als sich auf das Fahrzeug zu verlassen.

Dem Autodschungel entkommend erreichen sie die Straße der Zapfsäulen. Hier steht doch tatsächlich eine Tankstelle neben der anderen, so etwas glaubt einem niemand, wenn man darüber berichtet, aber es kann ja noch mehr kommen, es ist ja erst der Ankunftstag.

Tadj fährt rechts ran und ein eifriger Tankwart springt aus seinem Hocksitz auf, um das Auto mit Diesel zu befüllen. Osman und Tadj und ebenso die Insassen des Begleitfahrzeuges steigen aus und belagern sofort den Verkaufsraum der Tankstelle. Heraus kommen sie mit Beuteln voller Chips in allen Variationen und eiskalten Dosen Pepsi, Fanta oder ähnlichem dünnen Zuckerwasser mit Farbe. Manche verschwinden auch kurz

hinter dem Gebäude und kommen mit nass-
fleckigen Hosen zurück, über die sie dan
eninfach ihre Kamizhemden streifen. Nun
versteht Masumah, wieso Eli noch vor der
Fahrt die Toilette aufgesucht hat und jetzt
nichts mehr trinken will.

Weiter geht die Fahrt über die Ebene in
Richtung Norden. Rechts und links der Straße, die vierspurig den schnellen Autos und
den riesigen LKW Platz gibt, liegen Weingär-
ten mit mehr oder weniger gepflegten Häusern. Manche sind aus gebrannten Steinen,
irgendwann mal mit schöner weißer Farbe
gestrichen, aber inzwischen vom Lehmstaub
gebräunt, manche sind gleich aus Lehm, dem
so genannten Keshti Khak.

Im Hintergrund erkennt Masumah Mili-
tärflugzeuge, die anscheinend hier auf einem
Flugplatz landen.

„Eli, guck mal, was ist das?", fragt sie
verwundert.

„Hier ist Baghram, die Militärbasis der
Amerikaner, hier sind immer starke Flugbe-
wegungen, alles Sicherheitsbereich. Du
siehst, die Amerikaner sind östlich und west-
lich des Iran präsent, damit ihren Augen
auch kein Tropfen Öl entgehen kann." Zy-
nisch kommentiert Eli den amerikanischen
Einsatz.

In der Ferne tauchen Berge auf, auf die
Tadj zielstrebig zusteuert.

Tadj ist der ruhigere der beiden Mitarbeiter, oder er ist so mit seinem Fahren be-

schäftigt, dass er den Worten Osmans nichts hinzufügen kann. Seine Haut ist braun gebrannt, seine Haare sind etwas länger, in Schmalzlocke gekämmt und mit Henna gefärbt, schimmern sie lila bis rot. Rasiert hatte er sich sicherlich vor einer Woche zuletzt, denn dichte Stoppeln zieren sein Gesicht. Er macht einen gutmütigen Eindruck und ist voll auf seine verantwortungsvolle Fahrertätigkeit konzentriert.

Osman dagegen ist der Macher, der Organisator, der Eli zu jeder Verkehrssituation Bericht erstattet und der mit ihr anscheinend schon die gesamte Reisezeit plant. Jedenfalls lässt der Redeschwall darauf schließen.

Aber auch Eli scheint müde von der Reise und wird immer stiller, so dass nun beide aus dem Fenster heraus die Landschaft betrachten.

Charikar kommt in Sicht, die Stadt am Fuße des Hindukush am Ende der Kabulebene. Direkt vor der grünen Stadt ist die Brücke anscheinend kaputt, so dass die Fahrzeuge hinab ins Flusstal müssen, eine kleine Furt durchfahren, wobei Masumah Angst bekommt, dass der Motor Wasser abbekommt und stehen bleibt, aber alles klappt, und nach massivem Gasgeben erreicht der Corolla wieder die oben liegende Straße.

Läden mit Plastikkanistern, Tomaten, Gurken und Zwiebeln bergeweise säumen die Straßen in der Stadt. Masumah muss an die Geschichte von Bert Brecht denken, „der verwundete Sokrates", bei dem Zwiebeln im alten Griechenland gegessen wurden, um Mut zu bekommen. Bei den Mengen dicker rotweißer Zwiebeln versteht sie, wieso Afghanen meinen, so viel Mut zu besitzen. Sie muss still vor sich hin schmunzeln, als sie an diese Geschichte denkt.

Die Straße verengt sich, denn plötzlich stehen LKW in allen Farben und Formen rechts in Warteposition. Nun beginnt ein Felstal, rechts hohe massive Felsen, links unten ein reißender Bergfluss mit kristallklarem Wasser. Die Straße schlängelt sich kurvenreich am Berg entlang und Betonpoller schützen unachtsame Fahrer davor, in die tiefe Schlucht hinunter zu stürzen.

An manchen Stellen ragen Wasserschläuche aus der Felswand und junge Männer bieten den Reisenden eine kostengünstige Autokomplettwäsche an.

Unten im Flusstal, da wo Platz ist, haben sich die Anwohner kleine Häuser aus Stein mit Lehmdächern gebaut, die sich wie angeklebt an die Felsen schmiegen, und grüne Gärten mit Mandelbäumen sorgen für das karge Auskommen, welches die Menschen durch Verkaufsstände an der Straße erwirtschaften. Es gibt Mandeltüten, Zuckermandeln und teilweise frische Fische, die ohne Kühlung nicht lange frisch bleiben würden. Die Angebote liegen auf Plastikteppichen, kleine Jungen versuchen, die Corollas und andere Autos zum Anhalten und Zugreifen zu bewegen.

An manchen Stellen ist der Fluss aufgestaut und kleine Becken sollen Vögel einladen, dort Rast zu machen. Damit diese kleinen Teiche für die Wildenten ein Anziehungspunkt werden, sind kleine Holzenten darin befestigt, die ein beschauliches Plätzchen vorspiegeln. Bumm - wenn dann eine Ente sich darauf einlässt, knallt das Gewehr, und in der Familienküche duftet es wenig später nach leckerem Entenfleisch.

Die Serpentinen werden enger und steiler wird die Steigung, so dass es in den Ohren zu knacken beginnt.

Masumah ist entzückt von der mächtigen Schönheit des Landes. Fotos hatte sie viele gesehen, aber was sind schon Fotos verglichen mit der Realität. Hier, wo man Bedenken bekommt, weil doch die riesigen Felsbrocken, die über die Straße ragen, bei einem plötzlichen Erdbeben auf sie fallen würden, und hier, wo nach dem Staub und Dreck der Hauptstadt die Luft klar und kalt ist, da ist die Welt im wilden Kurdistan faszinierend schön.

Nun stehen andere Stände an der Straße, dahinter verschleierte Frauen, geschützt durch Burkas, die nun Rhabarberstangen zum Kauf anbieten. Das scheint sehr begehrt zu sein, in der Tiefebene gedeihen diese sauren Blätter nicht. Schlangen von Autos stehen vor den Ständen, Männer winken mit

Geldscheinen, den Afghanis, und übernehmen Bündel des Frühlingsobstes - oder ist es Gemüse? Das ist nicht genau definiert. Beliebt ist der Rhabarber besonders bei schwangeren Frauen, und afghanische Frauen auf dem Lande sind praktisch immer schwanger, also ein sicherer Markt.

Masumah schmeckt den Rhabarber mit Vanillepudding von Anne auf der Zunge. Plötzlich hat sie Heimweh nach Anne, Susi und Frauke, und ihre Gedanken wandern zu Manfred - wäre er doch bei ihr. Spontan sieht sie zum blauen Himmel, der zwischen den Felsen zu sehen ist. „Manfred, ich weiß, du stehst mir bei", denkt sie, und dann lacht sie selber über ihre Naivität.

Die Schlangen von Fahrzeugen werden immer dichter, es sind gar nicht die Rhabarberstände, denn so viel Rhabarber konnte es in ganz Afghanistan nicht geben, wie hier 20- und 40-Fuß-Laster in Doppelreihe stehen.

Manchmal kommen die beiden Corollas nicht durch und müssen warten, bis die Riesen umrangiert haben. Tadj gibt wieder Gas, er versucht, eine Lücke zwischen den LKW zu erhaschen, und waghalsig findet er immer wieder mal eine Ritze, in die sein Auto passt. Ein Blick in den Rückspiegel - das Sicherheitsfahrzeug, der zweite Corolla, muss in Sicht sein, sonst wird gestoppt und gewartet.

Plötzlich ragen Überdachungen über die Straße, die mit Betonsäulen zum Tal hin abgegrenzt ist. Sie schützen die Straße vor

Steinschlägen und Lawinen, die häufig zu schweren Unfällen mit Toten und Verletzten führen. Eine, zwei, bis zu zehn dieser Terrassen müssen es gewesen sein, als eine Bergseite in Sicht kommt, an deren Flanke sich eine dichte Autoreihe entlangschlängelt. Teilweise sind die Fahrzeuge auch von Terrassen verdeckt, Autos über Autos, und es ist kein Ende zu erkennen.

„Guck dir hier alles genau an, Masumah." Fast mahnend klingt Elis Stimme: „Das ist hier der Salangpass und da oben, was du noch nicht sehen kannst, da ist der Tunnel, die absolute Katastrophe, wenn du mich fragst. Es trauen sich nur wenige, diese Strecke zu fahren."

Kaum hat Eli die Worte herausgebracht, klopft sie Tadj auf die Schulter, der bremst scharf und Eli reißt die Tür auf und übergibt sich. Alles stinkt sauer und Eli ist blass wie Kalk geworden. Und das ist erst der erste Reisetag in Afghanistan, mal sehen, was noch kommt.

Wir haben die Uhr und die Menschen am Hindukush haben die Zeit: Dies bewahrheitet sich vor dem Pass, denn nun geht es nur noch meterweise voran. Die Schlange steht, und alle lassen natürlich den Motor laufen. So produziert man dicke Luft, von Treibhauseffekt oder Ozonloch hat hier noch niemand etwas gehört, und falls doch, egal, hier bin ich, der afghanische Löwe, ich kann machen, was ich will.

Masumah zweifelt inzwischen an ihrer Idee, ihren Bruder zu suchen, aber sie weiß, erst wenn sie ihn gefunden hat, hat ihre Seele Ruhe.

„Mensch, Eli, wir haben Anne noch nicht angerufen, die macht sich bestimmt Sorgen", fällt ihr ein.

„Hier haben wir kein Netz, aber sobald wir den Pass hinter uns haben, dann versuchen wir es gleich, 'tschuldigung, ich habe das auch verpennt."

Die vorderen Fahrzeuge bewegen sich etwas, gleich gibt Tadj Gas, viel Gas, und der Abgasgestank wird noch mal intensiver.

Osman, der Chef vor Ort, ist da gelassener, er ist der Hauptansprechpartner für Eli. Er ist um die 50 Jahre alt, sieht aber deutlich älter aus. Eli sieht da noch jünger und fitter aus als ihr Vertreter in Kunduz, und sie ist nun wirklich nicht mehr die Jüngste. Er hat schwarze Haare und einen kurzen schwarzen Bart, völlig ohne ein graues Haar. Masumah stutzt. Da entdeckt sie, dass er leicht ergraute Augenbrauen hat. Haha, wie wird ein Mann in Afghanistan wieder jung? Er kauft sich eine Packung Haarfarbe Marke superschwarz, und wer arm ist, der färbt seine Alterssträhnen mit Henna. Deshalb haben viele alte Männer am Hindukush überraschend rote Bärte und Haare, mit denen sie viel eher nach Irland passen würden.

Plötzlich kommt Bewegung in den gesamten Autokorso, alles fährt los, und erstaunlicherweise geht es dieses Mal mehr als nur drei Meter voran. Irgendjemand musste dafür gesorgt haben, dass die Strecke frei wurde.

Sie wurde zwar frei, aber von richtig befahrbar kann trotzdem keine Rede sein. Ein Schlagloch nach dem anderen, die Fahrbahn ähnelt eher einem Flussbett als einer Straße, denn auch Schmelzwasserbäche hatten ihren Weg auf die Strecke gefunden.

Und da ist es, das schwarze Loch des Tunnels. Masumah denkt an ihre Schulzeit und die Nachhilfe von Simon. Er hatte ihr damals erklärt, dass es schwarze Löcher gibt, aus denen es kein Entrinnen gibt. Dieses Gefühl befällt sie jetzt beim Anblick des Betonbogens, der die Einfahrt schützt.

Dunkel ist es wirklich, als sie in diesen Schlund einfahren. Die Rücklichter des Vordermannes geben die Richtung vor. Der Smog der Dieselabgase ist so dicht, dass man sogar diese roten Lampen kaum erkennen kann. Licht muss es hier auch irgendwo geben, denn oben links in der Ecke scheint die schwarze Wolke einen etwas gelblichen Schein zu haben. Masumahs Herz bummert, mein Gott, wenn wir jetzt stecken bleiben, sie wagt sich die Folgen nicht auszumalen. Ersticken soll eigentlich nicht so schlimm sein, man schläft eben langsam ein.

Doch nach gefühlten drei Stunden und tatsächlichen drei Minuten ist es geschafft, es wird wieder hell, und draußen vor dem Tunnel glitzert die Sonne über Schneeresten, von denen ein klarer Bach frisches Eiswasser spendet. Tadj stoppt und die beiden Männer laufen zum Wasser, waschen sich das Gesicht, nehmen mit offenen Händen jeweils die Hand voll und trinken in vollen Zügen das frische Nass.

Eli reicht Masumah eine der kleinen Plastikflaschen mit Sadat-Wasser, sicheres Wasser, bei dem man hoffentlich vor Durchfall geschützt ist.

„Trink nur ein ganz bisschen, wir haben noch den längsten Teil der Strecke vor uns, oder willst du auf dem Präsentierteller pullern?", mahnt Eli.

Von nun an geht's bergab wieder durch ein atemberaubendes Tal, in dem sie die kriechenden 40-Fuß-Monster überholen. Von Tempo kann bei den Straßenschäden allerdings keine Rede sein, Loch an Loch, Schotterberg für Schotterberg behindert die Fahrt und erfreut die Stoßdämpfer. Und ab und zu gibt es einen Sonderstopp für Elis Magen.

Nach den ersten Serpentinen laden kleine Restaurants in breiteren Kurven die Reisenden zur Pause ein. Sofort stoppt der Fahrer, und die Männer gehen auf die kleine Terrasse eines Gasthauses zu, um sich auf der Veranda einen guten Platz zu sichern.

„Na los, komm", fordert Eli Masumah auf, auszusteigen, „leg dir dein Tuch fest um den

Kopf und vertritt dir auch ein bisschen die Beine, und dann setzen wir uns zu den Männern." Sportlich marschiert Eli an den Buden vorbei, die die Besucher des Rastplatzes zum Kaufen animieren sollen. Einer der Mitfahrer bleibt zu Elis Schutz ständig an ihrer Seite.

„Keine Sorge, die passen schon auf uns auf. Und wir gucken ja nur, was es gibt, denn brauchen kann man von den Sachen eh nichts." Anscheinend kennt sie sich aus.

Masumah zögert noch und steigt nur zaudernd aus dem schon arg heruntergekommenen Rücksitz, aber es tut gut, die Beine auszustrecken. „Mein Magen knurrt schon, ich könnte auch einen Happen vertragen", meint sie und hebt den Kopf, „es duftet echt gut nach Bratfisch."

„Kannst du probieren, aber ich rate dir davon ab, oder besser ich esse nichts davon. Aber nicht weil ich das sowieso wieder raus breche, ich esse es nicht, damit ich keinen Langzeitdurchfall bekomme, das ist nämlich nicht so prall." Eli steuert auf die Veranda zu und setzt sich neben Osman.

„Komm, setz dich auch", sagt sie zu Masumah und „Nushijan, guten Appetit" zu den anderen, die zügig ihre gebratenen Forellen auf dem Teller serviert bekommen. Es sieht wirklich lecker aus, die Gräten scheinen den Männern nichts auszumachen. Mit den Fingern werden die Fische auseinandergebrochen und bis auf die kleinste Gräte genüsslich abgeleckt.

Nach einigen Dosen Pepsi, mehreren Fischen, Brot und jeweils einem Gebet in der Andachtsecke der Veranda geht es wieder hinein in die „Luxusautos", und mit aufheulendem Motor prescht Tadj die enge Straße entlang.

Überall sieht man im Flusstal alte zerstörte Brückenteile und riesige Felsbrocken, die aus der Höhe hinabgestürzt waren. Die Felsstruktur ändert sich in diesem Bereich des Passes. Nicht mehr feste massive Felsen bilden die Wände, hier sind es alte Flussbetten mit Kieseln, die durch hohen Druck fest zusammengedrückt worden waren und nun eine Wand bilden, vergleichbar mit riesigen Waschbetonwänden, nur sind die Steine alles zwischen klein und riesengroß.

Das Wasser hatte in diese Felsen Höhlen gewaschen, die malerische Schluchten gebildet hatten. Teilweise finden kleine Büsche daran ihren Platz, und ab und zu sieht man auch Ziegen, die nach etwas zum Knabbern suchen. Das Wasser des Flusses ist glasklar und hätte in Europa viele Familien zu Ausflügen angelockt. Hier ist die Sicherheitslage allerdings nicht touristenfreundlich.

Der Druck auf die Ohren zeigt das starke Gefälle an, und bald sind im Tal die grünen Ebenen von Pul-i-Kumri zu sehen.

Die Straße führt am Fluss entlang und vor ihnen ist eine Brücke zu sehen. Es gibt zwei Möglichkeiten zu fahren, geradeaus oder rechts ab über die Brücke.

„Geradeaus geht es nach Bamian, dahin, wo einst die Buddhas über das Tal wachten", erklärt Eli und streckt den Arm nach rechts, „wir müssen da rüber über die Brücke Richtung Norden." Und weiter: „Weißt du, hier wurden mal drei Journalisten, darunter eine Frau, getötet, die sich nahe der Brücke ein Zelt aufgebaut hatten und dann im Fluss zum Baden gingen. Da hatten die afghanischen Männer was zu sehen, eine Frau in Badesachen. Ziemlich klar, was danach in der Nacht passierte." Sie schüttelt den Kopf. „Wenn man hierher kommt, dann muss man sich doch erst informieren und das Unglück nicht auch noch provozieren."

Tadj biegt auf die Brücke ab und man kann das klare wallende Wasser sehen, welches natürlich bei der Hitze jeden Europäer zum Schwimmen einlädt.

„Nun haben wir das schwierigste Stück geschafft", kündigt Eli an, „nun kommen noch die gefährlichen Dörfer im Baghlantal, wo die Terroristen gerne Bomben werfen oder Leute entführen, aber keine Angst, wir werden schon gut beschützt." Masumah findet die Worte nun überhaupt nicht beruhigend, aber soll Eli das nur meinen.

„Ja, ja, ist schon alles in Ordnung, Eli", murmelt Masumah vor sich hin und überlegt, was sie ihrem Magen sagen sollte, damit er es nicht seinem Kollegen in Elis Bauch nachmache.

Pul-i-Kumri, dicht besiedelt am Rand des Flusses, ockerfarben mit schwarzer Fahne, denn oberhalb des Flusses ragen die Schornsteine, nein Schornbleche, einer Zementfabrik in den Himmel und pusten schwarze Rauchschwaden über das Tal.

Eine Verkehrsinsel mit vielen Reklameschildern für Alokosai-Tee, Roshantelefonkarten, aber auch mit Porträts von Masood, General Daud und Karsai teilt den Verkehr. Links biegen die Autos Richtung Mazar-i-Sharif ab und geradeaus geht die Reise der beiden Frauen weiter. Nach den kargen Hügeln auf der rechten Seite prägen nun die grünen Ebenen am Fluss das Landschaftsbild. Weizenfelder mit arbeitenden Bauern, Esel und Schafsherden malen die Landschaft wie ein mittelalterliches Idyll. Kinder mit schmuddeligen Hemden rennen an der Straße entlang und halten alte Plastikkanister in der Hand, um darauf Musik zu machen.

Bei Baghlan verbreitert sich die Straße zu zwei separaten Spuren. Hier zeigen Bauten und zahlreiche Geschäfte, dass dies einst eine wohlhabende Stadt gewesen sein muss. Unter Nadelbäumen liegt links der Straße ein großes Anwesen, die Zuckerfabrik aus alter Zeit, die wieder neu aufgebaut worden war, aber dennoch keinen Erfolg gehabt hatte, denn zu sehr hatte sich inzwischen das Leben in Baghlan geändert, so dass ein Attentat bei der Einweihung die Nichtakzeptanz des Projektes deutlich gemacht hatte.

„Hier ist Vorsicht geboten, Sumi." Eli zieht wieder ihr Tuch vors Gesicht und Masumah tut es ihr nach, bloß kein Risiko eingehen.

Masumah schwitzt: „Eli, ist es noch weit?" „Noch 100 Kilometer, etwa eineinhalb Stunden, dann sind wir da. Hältst du noch durch?"

„Ja ja, ich wollte nur fragen, es kommt mir unendlich weit vor", schiebt Masumah Elis Frage beiseite.

Nach der Stadt Pul-i-Kumri und der Stadt Baghlan ist die Straße wieder in gutem Zustand, und Tadj kann seine Michael-Schumacher-Allüren ausleben. Tempo 80, ist echt superschnell, das sind hier gefühlte 180.

Noch eine Stunde weiter, immer weiter durch das Tal des Salangflusses, der die Tauwässer Richtung Amu-darya leitet. Am Eingang der von Hügeln umgebenen Stadt steht ein großes symbolisches Tor auf der Straße, besetzt natürlich mit blauuniformierten Polizisten mit überaus wichtigem Auftreten. Die Grenze der Provinz Kunduz ist erreicht. Man durchquert noch die Stadt Alia Bad, der Flughafen Kunduz bleibt rechts auf dem Hügel liegen, und dann geht es hinein in das Stadtgewimmel, welches sie schon lange vergessen hatte.

Eli ist ganz aufgeregt. „Wir sind gleich da, es sind nur noch wenige Minuten, sieh, hier rechts ist das Krankenhaus und gleich daneben die pädagogische Hochschule. Wow, die

Straße ist ja hier jetzt geteert, super, na dann haben wir es geschafft." Sie kennt sich aus, kann über fast jedes größere Gebäude Informationen geben.

„Sieh hier, wir biegen hier rechts ab, und geradeaus ist das Gefängnis und daneben die Special Forces, alles dicht beieinander", inszeniert Eli eine touristische Führung. „Da siehst du, was es hier so zu essen gibt, guck, da liegen Zwiebeln und sogar Mangos aus Pakistan."

Masumah hat genug vom Autorasen und nickt nur, um Eli zum Schweigen zu bringen.

Es ist ein kleines Haus, aber sauber und ordentlich. Damals war das Büro noch woanders untergebracht, Masumah erinnert sich nicht mehr, wo, sie weiß nur, es war in einer kleinen dunklen lehmigen Gasse gewesen. Jetzt ist es hell, liegt oben am Rand der Ebene, und von den Zimmern, die sie bezogen haben, kann man über die ganze Stadt blicken. Eli und sie haben in der oberen Etage zwei kleine Zimmer und ein Bad, welches sie zusammen nutzen, ein Bad mit Dusche und sogar warmes Wasser. In jedem Zimmer steht ein Bett mit einer Europastandardmatratze, und in einem Vorbau, wie ein Wintergarten auf der kleinen Veranda, stehen ein Gaskocher und ein kleiner Esstisch. Alles ist gemütlich eingerichtet, man spürt Elis Hand.

Der Blick über Kunduz ist atemberaubend. Direkt unterhalb des Bürohauses liegt jenseits einer viel befahrenen Straße etwa 50

Meter tiefer ein riesiger Platz, der Buskashiplatz, auf dem in der Winterzeit die Männer ihr traditionelles Reiterspiel austragen. Jetzt in der Sommerzeit spielen kleine Jungen Fußball oder Kricket, denn der Platz reicht für mindestens 15 Fußballfelder. Östlich daneben liegen viele Neubauten, teilweise protzige und vom Wohlstand der Besitzer zeugende bunt angestrichene Herrschaftshäuser, teilweise einfache kleine Hütten von zugezogenen Flüchtlingen.

„Das da drüben nennt sich Klein Faisabad", erläutert Eli, „das nennen die so, weil die meisten Bewohner aus Badakhshan zugewandert sind. Du hast ja vielleicht schon gehört, dass die Farsiwan hier in Kunduz die Pashtunen dominieren wollen. Dahinter rechts das nennt sich Rustakabad, da wohnen besonders arme Menschen. Das kannst du alles nicht kennen, denn vor vielen Jahren war dies alles noch Wüste."

Im Hintergrund sieht man die Innenstadt von Kunduz, wobei die neue Weddinghall und die blaue Moschee am Stadtkreisverkehr die Orientierung erleichtern. Und ganz weit in der Ferne, da ist die Kante zum Lalam, dort wo es nach Dashti Archi und Imam Sahib geht.

„Da hinten hinter dem Platz halb rechts, da ist Kosheraltan, dort bist du geboren." Eli versucht, ihr einen Überblick zu geben.

Der Himmel ist blau, tiefblau über der sattgrünen Ebene des Kunduztals. Kein

Wunder, dass die Fahne von Kunduz blaugrün mit Pferdekopf ist.

„Meine Heimat", denkt Masumah, als sie über die Weite blickt, und doch ist es ihr fremd, fremder als je in ihren Träumen. Hoffentlich würde sie Said bald finden, sie hat ein ungutes Gefühl.

„Eli, ich muss die Zeit nutzen, was soll jetzt werden, wie komme ich zu den Jogis und zu Said?" Ungeduldig drängt Masumah Eli, ihr bei ihrem Vorhaben zu helfen, denn sie weiß, Eli ist sehr beschäftigt und hätte, wenn sie erst mal in Gang war, keine Zeit mehr für ihr Anliegen.

„Ich schicke ein paar Leute in den Bazar, die sollen nach den Jogis fragen, aber auch nach deinen Eltern, die in Kosheraltan lebten. Woher war deine Mutter?" Sie runzelt überlegend die Stirn. „Ach ja, ich weiß es wieder, sie war aus Ludin. Mal sehen, ob die was rausbekommen."

Masumah verbringt die Zeit des Wartens auf der Veranda des Bürohauses voller Erwartung und Anspannung. Was würden die Kundschafter in Kunduz finden? Lebt Said noch, oder ist sie umsonst gekommen? Die Gedanken überschlagen sich in ihrem Kopf.

Das Büroleben hat seit der Ankunft in Kunduz Vorrang für Eli. Alles dreht sich um ihre Projekte und um die Hilfe für die Witwen, die sie unterstützt. Aber auch ihre Schulbauten und die dazu gehörenden Verhandlungen nehmen sie in Anspruch. Dafür sitzt sie stundenlang mit ihren Mitarbeitern zusammen und redet über Gott und die Welt beziehungsweise über Allah und die Welt, bevor man zur Sache kommt.

„Wo bleiben denn nun die Ingenieure mit den Kostenvoranschlägen für die beiden Schulen?" Ungeduldig nervt Eli ihren Mitarbeiter Tadj, der anscheinend für die Kontakte mit den Baubüros zuständig ist.

Als hätten diese das gehört, klopft es an der Hoftür und einige sich wichtig aufspielende Männer treten auf den Hausplatz. Hektisch werden von den Mitarbeitern Stühle gerückt, ein Tisch herangezogen und unterwürfig den Herren Platz angeboten. Man stellt Pepsi auf den Tisch und der Hauskoch eilt in den Kochbereich, um frischen Tee zuzubereiten.

„Wie geht es, wie geht's eurem Sohn, wie geht es der Familie?", tauschen die Anwesenden Höflichkeiten aus.

Masumah hält sich abseits und beobachtet die Männer, die sich zunächst untereinander unterhalten, ohne Eli groß zu beachten. Es fällt ihr auf, dass einer der Baufachleute, ein älterer weißbärtiger Fettleibiger, besonders die Aufmerksamkeit der anderen auf sich zieht. Immer wieder wird gelacht und bewundernd auf ihn und seine teure bestickte Kleidung geachtet.

Eli steht aus der Runde auf und kommt zu Masumah hinüber. „Ach, die müssen erst ihre Höflichkeiten austauschen, da hab ich noch Zeit, bis es um die wichtigen Dinge geht. Ich hol mir ein Wasser, willst du auch eine Flasche?"

„Ja, gern, oder soll ich schnell hochgehen, damit du hier in der Gruppe bleiben kannst?"

„Ach was, ich geh schon, ich bin froh, wenn ich diese Geschichten nicht mit anhören muss." Eli dreht sich zur Treppe.

„Ich komme trotzdem mit hoch." Masumah folgt Eli flink die Stufen hinauf. „Eli, wieso guckst du so frustriert?"

„Ach Masumih, es ist echt manchmal zum Verzweifeln." Sie dreht sich zum Kühlschrank und nimmt zwei Wasserflaschen heraus.

„Der alte Typ da, der bekommt von mir sowieso keinen Auftrag."

„Wieso nicht, Eli, ist er zu teuer?"

Eli verneint und schüttelt den Kopf. „Das zwar auch, aber den kann ich nicht verknusen, der ist genauso ein Mann, wie ich ihn verabscheue."

„Wieso denn das, ich versteh das nicht, der spricht doch sogar gutes Englisch?" Masumah wird neugierig.

„Der Typ kann natürlich gut Englisch, schließlich hat er über 20 Jahre in Kalifornien verbracht, und seine Familie lebt dort immer noch. Er hat da seine Frau und seine erwachsenen Kinder. Doch als er 65 Jahre alt wurde, kam er auf die Idee, nach Kunduz zurück zu gehen, kaufte sich eine zwölfjährige Neuehefrau und gibt an, was er doch für ein toller Hecht ist. Mir kommt es gleich hoch, und das immer, wenn ich ihn sehe." Eli schäumt vor Wut.

„Wieso lässt du ihn dann hier auf den Hof?"

„Weil die anderen sagen, ich kann ihn nicht von der Ausschreibung ausschließen. Wenn ich frei entscheiden könnte, dann käme er mir hier nicht rein. Trotzdem kriegt er kein Projekt."

„Ist das wirklich wahr, dass er ein kleines Mädchen zur Frau nahm? Ich kann´s nicht glauben. Eli, erzähl mir keine Geschichten." Masumah zweifelt an Elis Worten.

„Dann frag halt selbst, du verstehst noch viele Dinge nicht, die sich hier ereignen. Tadj wird dir das neidvoll bestätigen, denn jeder Mann hier würde gern auch so leben. Solche Fälle gibt es oft, zu oft, es kommen Afghanen aus dem Ausland her, um hohe Ämter zu bekleiden, lassen Frau und Kinder in Deutschland, Amerika oder sonst wo und verdienen hier die dicke Kohle. Natürlich brauchen die hier auch das volle Sexangebot, also nehmen sie sich hier im Land eine weitere Frau, ist doch kein Problem, das Gesetz erlaubt mehrere Frauen, und Geld haben die genug. Über solche Vorkommnisse redet aber in Europa niemand."

Masumah reißt die Augen vor Erstaunen und Zweifel auf. „Eli, wie hältst du das aus?" Aber die hört ihr nicht mehr zu und greift nach ihrer Brille.

Eli läuft die Treppe hinunter: „Jetzt will ich die Kostenangebote, jetzt geht's ans Eingemachte, komm ruhig mit."

„Nee, ich bleib hier, mir reicht's für heute mit Horrorgeschichten." Masumah dreht sich zur Veranda und geht hinaus.

„Wo bin ich hier?", fragt sie sich, doch dann verdrängen die Hoffnungen, Said zu finden, ihre Bedenken.

Irgendwann kommt Eli mit einem Papierstapel hoch, setzt sich an den Tisch und geht die einzelnen Blätter durch. Sie beachtet Masumah nicht, die Projektarbeit geht jetzt vor.

Masumah ist sauer auf Eli. Bestimmt macht die hier nur alles schlecht, um ihr Angst zu machen, oder aus irgendeinem anderen unerfindlichen Grund. Irgendwie kann das, was sie sagt, nicht stimmen, wenn Eli seit über 20 Jahren diese Arbeit in Kunduz macht, dann kann es hier nicht so fremdartig sein, wie sie es schildert.

Sie blickt sehnsüchtig hinüber nach Osten, nach Kosheraltan, wo sie hofft, ihren Bruder und ihre Wurzeln zu finden. „Said, wo bist du?", seufzt sie aus tiefster Seele.

Am späten Nachmittag erscheint Osman mit einer Frau unter einer sehr verlotterten

Burka. Sie hockt sich auf der Veranda auf den Boden, reckt die Handfläche Eli und Masumah entgegen: „Paysa, Geld."

Okay, ohne Geld läuft in Kunduz nichts. Masumah legt ihr zögernd einen Fünfdollarschein in die Hand.

Die Frau hebt die Burka an, und ein verrunzeltes Gesicht voller Lebenserfahrung kommt zum Vorschein.

„Ich bin die Schwester von Rahima aus Ludin, bist du Rahimas Tochter?", fragt sie leise.

Masumah hockt sich vor die Frau, umarmt ihre Knie und hört aufmerksam der sanften Stimme zu. „Ja, bale, ich bin's, ich bin so froh dich zu sehen." Masumahs Herz schlägt bis zum Hals.

„Das ist eine lange Geschichte, die von deiner Mutter. Rahima-Jan war eine ganz liebevolle Mutter und so glücklich mit Joma Khan. Sie haben sich wirklich geliebt. Aber hier ist Afghanistan. Du musst aufpassen hier in Kunduz, es ist hier für dich gefährlich." Mit dramatischen Gesten deutet die Tante die Situation an und beginnt mit viel Mimik und Gestik, die Geschichte von Rahima, Joma Khan und Barialai zu erzählen.

Als sie endet, ist Masumah totenbleich und betroffen zu erfahren, dass immer noch Gefahr von dem ehemaligen Bräutigam ihrer Mutter Barialai ausgeht. Was für eine Welt, wie anders denken die Menschen hier, einfach unvorstellbar.

„Was sagst du dazu, Uli?", murmelt sie vor sich hin, einfach schutzsuchend, denn hier fühlt sie sich verloren.

„Eli, hast du das gehört, wusstest du davon?" Fragend sieht sie zur Vereinschefin.

„Das dachte ich mir schon, dass da was im Busche ist, aber dass es so schlimm ist, das habe ich nun nicht vermutet. Also müssen wir extrem aufpassen, dass dieser Barialai nichts von dir mitbekommt, das wäre ziemlich gefährlich." Sie wendet sich zu Osman und flüstert mit ihm, dabei lebhaft gestikulierend.

Später, als Masumahs Tante gegangen ist, besprechen Masumah und Eli noch einmal die Lage. Eli ist die Bedenkenträgerin, was Masumah überhaupt nicht gefällt.

„Du wirst schon sehen, Eli, es wird alles gut und du wirst unrecht haben", denkt sie sich, als sie sich wieder allein auf die Terrasse setzt. „Said ist schließlich von meinem Blut."

„Osman hat einen Sohn, das ist ein junger Mann, der spricht Englisch. Der wird mit dir morgen nach Khana Bad fahren und ihr könnt bei den Jogis nach Said fragen." Eli wiegelt die Ungeduld Masumahs ab. „Aber du musst jetzt noch eines bedenken. Hier bist du keine Deutsche, sondern Afghanin, es kann dich das deutsche Recht nicht schützen. Passt bloß auf, am besten nehmt eine Waffe und einen Askar, Bewacher, mit."

„Das haben wir schon zuhause durchgesprochen." Masumah ist genervt. „Mit Waffe werde ich kein Vertrauen bekommen, es wird schon so gehen, mach dir nicht so viel Gedanken."

„Wenn jemand deinen Pass klaut, dann kann er seine Frau mit deinem Pass ohne Probleme nach Deutschland bringen und du hast keine Chance, schnell nach Hause zu kommen. Am besten gibst du mir erst mal deinen Pass, ich lege den hier ins Büro, und du kannst dir den Pass jederzeit holen, er sollte nur nicht bei dir sein, wenn du unterwegs bist." Ach Eli, du denkst an alles.

„Anne, es geht uns gut, wir sind gesund in Kunduz angekommen, alles in Ordnung!" Endlich schafft Masumah es, eine Handyverbindung nach Deutschland zu bekommen. „Grüß bitte Susi und Frauke, na eigentlich alle von mir. Hab euch lieb."

Sie versucht, auch Uli anzurufen, aber er nimmt nicht ab. Dann will sie die WG informieren und wählt die dortige Festnetznummer 0049 511....

„Ja, hier die Wohngemeinschaft Inklusion."

„Uli, bist du das? Ich hatte gerade deine Handynummer probiert. Alles in Ordnung, wir sind gut angekommen, und bei euch?"

„Hier ist auch alles okay, ich helfe Lilo, Liiilooo", ruft er in den Raum, „es ist Masumih, schöne Grüße." „Von mir auch an

Sumi", hört sie Lilo von fern rufen, „ich kann gerade nicht!" Lilo scheint zu tun zu haben.

„Dann mach's gut, Masumah, pass auf dich auf", beendet Uli das Gespräch.

Vor lauter Aufregung, besonders bei Eli, an alles zu denken, ist die Müdigkeit verdrängt, aber als beide sich zur Ruhe gelegt haben, da ist auch Masumah schnell eingeschlafen, heute ohne Schlaftabletten, und sie schläft tief, ruhig und ohne Alptraum.

Najib ist ein netter junger Mann, nichts Besonderes, der eigentlich bei einer Gesundheitsorganisation arbeitet und nur ab und zu Eli behilflich ist. Nun will er Masumah unbedingt helfen, denn das Verhältnis Frauen und Männer ist im ländlichen Raum so wie in Kunduz immer mit einer Menge Adrenalin verbunden. Er hat sich sofort bereit erklärt, mit ihr nach Khana Bad zu fahren, um bei den Jogi-Leuten, die im Moment dort lagern, nachzufragen.

Jogi sind Menschen, die in Afghanistan nicht in festen Dörfern leben, sondern mehr vom Betteln, von der Schaf- oder Hundezucht. Auch Gelegenheitsarbeiten werden angenommen, aber sie scheuen jede wirklich feste Bindung. Da wird mal gehandelt, da geht die Frau mit dem gerade geborenen Baby in die Stadt und bettelt die Leute an, auch Männer, was sonst ein absolutes Tabu wäre, und sie leben in ärmsten Verhältnissen, das heißt, sie haben nur Plastikdecken als Zelte, essen altes erbetteltes Brot vom Vortag und haben nur eines im Überfluss, das sind Kinder. 16 Geburten pro Frau sind keine Seltenheit, und Frauen mit nur vier Kindern haben nach ihrem Weltbild bereits Fertilitätsprobleme.

Ihre unstete Lebensweise bringt es mit sich, dass sie sich mal hier, mal da aufhalten und manchmal über Nacht verschwinden.

Najib findet, dass er Englisch perfekt beherrsche, es sind jedoch nur rudimentäre Kenntnisse, aber für die Region hier reicht es aus.

Er kommt früh, man steht mit den Hühnern auf, und Eli bereitet Masumah mit diversen Ermahnungen auf den Tag vor.

„Zieh dich afghanisch an, trag ein großes dunkles Tuch wie die iranischen Frauen, steig nur direkt vor dem Hof aus, komm nicht im Dunkeln wieder, bring dich nicht in Gefahr" - Masumah verdreht die Augen.

„Ja, ja, werd' ich schon", wehrt sie ab, „ oh Eli, ich bin ja so aufgeregt."

Im Corolla, das ist die Automarke, die den Hindukush beherrscht, ihres Begleiters Najibs fahren sie nach Osten die lange geteerte Straße Richtung Khana Bad und Taluqan.

Masumah presst ihre Nase an die Seitenscheibe und hinterlässt einen kleinen fettigen und feuchten Kreis, denn ihre Aufregung ist riesengroß. Ja, das ist die Straße, an die sie sich schwach erinnert, ihr Herz schlägt immer schneller. Da ist der Naqi, der Fluss, der die Gegend bewässert. Er kommt ihr so schmal und unbeeindruckend vor, damals war er in ihren kleinen Kinderaugen unendlich breit gewesen. Ein paar Minuten weiter: „Najib, sieh mal, hier unten ist die alte Wassermühle, an die kann ich mich auch noch erinnern."

Najib sieht kurz zu ihr hinüber. „Ich weiß, das ist für dich ein ganzer Berg voller Erinnerungen, aber es hat sich viel getan in Kunduz, sieh nur da drüben, da landet gerade ein Flugzeug aus Mazar, auch das gab es früher nicht."

Das Auto fährt langsamer, eine Panzerkette liegt über der Straße, um die Autos zu stoppen.

„Hier links, das ist Kosheraltan, kannst du dich daran auch erinnern?"

„Weiß nicht", murmelt sie, und da ging es weiter in Richtung Oma, die sie manchmal mit Mama heimlich besucht hatte. Aber es hat sich wirklich so vieles verändert. Damals waren nur Reisfelder zu sehen gewesen, sie kann sich noch daran erinnern, wie die Nebelschwaden in der Hitze über die nassen Felder zogen. Nun säumen überall dicht gedrängt Höfe und Lehmhäuser die Straße.

Es sind so viele Hawalis geworden, dass die nutzbaren bewässerbaren Anbauflächen für das Grundnahrungsmittel immer weiter schrumpfen. Mehr Menschen, weniger Land, ein Circulus vitiosus.

Etwa dreißig Kilometer sind es bis zur Verengung des Kunduztales, wo ein Staudamm den großen Fluss aus Taluqan in viele Bewässerungsflüsse aufteilt und wo die altertümliche Stadt Khana Bad mit ihrer Blauen Moschee im Mittelpunkt liegt.

Kunduz als ländliche Stadt ist fortschrittlich und modern im Gegensatz zu Khana Bad. Der Stadtkern liegt rund um die Moschee und die Straßen sind mit großen flach gehauenen Kalksteinen befestigt, so, wie es sich früher wohlhabende Städte leisten konnten. Es holpert, aber besser, als im Sommer durch den Staub oder im Winter durch den Matsch zu fahren.

Hier bestimmen noch Eselkarren, Kaleschen und traditionell gekleidete Männer und Frauen das Stadtbild, besser gesagt: fast nur Männer und ab und zu in Begleitung einer Burka. Sieht man in Kunduz überall die Mädchen, die wie Novizinnen gekleidet in die Schule gehen, so findet man hier fast nur die blauhemdigen Jungen.

„Salam, khub asti, tu in nafar jogi meschnasi? Hallo, wie geht es dir, kennst du die Jogi Leute?" Der gefragte Mann hebt einen Arm und zeigt Richtung Süden zum Lalam.

„Anja, palu in Lalam, da beim Anstieg zur Hochebene", erklärt er Najib.

Najib, der selbst das Auto lenkt und sich gut auskennt, fährt ab und zu an Läden ran, hält an, fragt etwas, und weiter geht es.

Masumah wundert sich, wie schnell sie die Worte Najibs versteht.

„Ich glaube, Uli, du hast doch recht", geh es ihr durch den Kopf. „Ups, ich muss ihn heute Abend anrufen, er macht sich bestimmt Sorgen, aber später, jetzt hab ich zu tun."

Eine Lehmmauer, ziemlich herunter gekommen, ist das Ziel. Davor spielen ein paar kleine Jungen halbnackt, nur mit einer dreckigen Kamizhose bekleidet, das Traditionsspiel Khosai, ein Gegeneinander hüpfen auf einem Bein, das nannte man in Deutschland früher Hahnenkampf, und Najib stoppt, neigt sich aus dem Fenster und ruft: „Batche, Junge, wo sind die Jogis vom Buskashi Gholam, ist das hier?"

Der gefragte Junge schüttelt den Kopf und zeigt gen Süden, wo weit hinten weitere Hawalimauern aus Lehm zu sehen sind.

Hier haben sie Erfolg, denn eines der Mädchen vor dem Hof nickt auf die Frage hin und deutet auf die Öffnung in der Wand. Das Mädchen ist für Masumah das malerischste Mädchen, das sie jemals gesehen hat. Die als Bob abgeschnittenen Haare hatten wohl seit vielen Wochen kein Wasser gesehen und stehen filzig struppig seitwärts ab. Das hübsche Gesicht ist nicht nur braun gebrannt, sondern auch von Schmutzspuren wie von Schminke bedeckt. Die Kleidung ist alt, bunt und ebenfalls seit langer Zeit nicht mit Wasser oder sogar Seife in Kontakt gekommen.

Über einem grünen Kleid aus Kunstseide trägt sie eine rote Häkeljacke, als wäre es ein kühler Wintertag, dabei läuft Masumah der Schweiß herunter, und das nicht nur vor Aufregung. Die Füße in Lehmfarbe, der Nationalfarbe Afghanistans, stecken in ehemals weißen Badelatschen, von denen dem rechten schon der vordere Teil fehlt. Dennoch lacht das Mädchen und seine weißen ebenmäßigen Zähne strahlen gegen das braungebrannte Gesicht, ein offenes glückliches Kind. Anscheinend gehört zum Glück eines Kindes nicht die supersaubere Wohnung und das fast sterile Essen, sondern einfach die Freiheit, sich zu entfalten, und sei es auch unter den Bedingungen, die das Immunsystem auf Vordermann bringen wie hier in Khana Bad.

Hier an diesem Hof gibt es nur eine alte verrostete und verbeulte Blechtür. Nein, das ist die falsche Definition. Es ist ein Holzrahmen mit Blechen aus alten Kanistern benagelt. Blech an Blech, supermalerisch und praktisch, die Hoftür für Leute extra arm. Alles hier ist gammelig und verfallen, also ein Platz, an dem die afghanischen Zigeuner, die Jogis hausen konnten.

„Bleib erst mal im Auto und schalte die Verriegelung ein, wenn ich reingehe, ich will erst sehen, was Sache ist." Najib weiß, dass jedes Risiko zu groß sein konnte. Auch der Askar bleibt bei Masumah im Auto, um sie zu bewachen.

„Ja, mach ich, aber mach schnell." Masumah ist ungeduldig und unruhig, was war mit Said?

Najib kommt zurück, begleitet von einem alt gewordenen Mann mit faltigem wettergegerbtem Gesicht, aber sie erkennt ihren Retter sofort wieder, es ist Jogi-Mann, der, dem Said und sie ihr Leben verdanken. Jetzt konnte Said nicht mehr weit sein.

„Die Familie haben wir gefunden." Najib scheint erleichtert.

„Steig aus und komm rein, die wollen mit dir sprechen, aber dein Bruder ist unterwegs oben auf dem Lalam, der trockenen Hochebene, da musst du morgen wiederkommen, dann ist er mit den Schafen zurück." Najib öffnet die Wagentür und hält sie ihr auf. Zögernd und schüchtern steigt sie aus und spürt sofort die Blicke des Jogi-Mannes auf ihrem Bein.

„Ha, sieh nur hin", denkt sie, „jetzt bin ich gesund."

Und da ist auch die Jogi-Mama, nun wie eine kleine verhutzelte Hexe aus Grimms Märchen, ihre Augen sind trüb geworden, ihre Haut wie Pergament, aber auch sie sieht neugierig nach dem Besuch. Die, die als Khariji, als Fremde herkommt und sagt, dass sie das kleine Mädchen aus Kosheraltan sei.

Schnell umringt eine ganze Meute von Kindern, Frauen, jungen und alten Männern die beiden Ankömmlinge.

Alle betatschen sie, so dass ihr Angst wird und sie erschreckt abwehrt. Jogi-Mama nimmt sie an die Hand und zieht sie auf den schmuddeligen Plastikteppich, auf dem sie es sich mit anderen Frauen bequem gemacht hat.

„Bischi, setz dich", hält sie Masumahs Hand und lacht sie an. Najib nimmt neben ihr Platz und tut als Sprachmittler sein Bestes.

Jogi-Mama fasst an Masumahs Bein. „Ich will das sehen, was ist mit deinem Bein, bist du es wirklich?"

Sumi zieht die Wandersandalen aus, schiebt das Pluderhosenbein hoch und zeigt die Narben der zahlreichen Operationen. Es ist nicht zu übersehen, dass das Bein früher eine Fehlstellung hatte, aber es war gut geworden, richtig gut, dank Dr. Bergmann und seinem Team.

Eine der anderen Jogi-Frauen bringt ein fleckiges Glas mit trübem Tee und bietet ihr freundlich das Getränk an.

Masumah wehrt erschrocken ab, zeigt auf ihren Bauch und anschließend auf die Wasserflasche.

„Sie hat Angst, Durchfall zu bekommen, ihr könnt sehen, sie hat Wasser zum Trinken, dankeschön, Tashakor", erklärt Najib den Frauen.

Sie spürt, wie sich ihr Gedächtnis an den Geruch der Jogis erinnert, wie dieser Geruch Vertrautheit hervorruft, wobei ihr Verstand Alarm schreit bei der Vielzahl der Bakterien und Viren, die auf sie einstürmen – egal, ist gut fürs Immunsystem.

„Nein, Said ist mit den Schafen unterwegs und kommt erst in der Nacht wieder." Wenn sie morgen käme, dann kann sie ihn treffen. Er ist ein schöner junger Mann geworden.

„Ist er schon verheiratet?"

„Nein, na paysa nest, es ist kein Geld da, erst muss unser großer eigener Sohn verheiratet werden und das ist teuer, aber er hat schon ein Mädchen in Aussicht", kichert Jogi-Mama.

„Ja, dann fahren wir jetzt wieder los und sehen zu, dass wir morgen ganz früh hier sind." Masumah zieht ihre Sandalen wieder an, erhebt sich und verabschiedet sich freundlich vom Jogi-Clan.

Sie bringen sie vor das Tor, wo sie aufpassen muss, nicht in die überall liegenden Exkremente hineinzutreten, denn anscheinend gefällt den Jogis die Freilufttoilettenbenutzung.

Im Allzweckcorolla geht es wieder durch die Stadt, durch die weiten grünen Felder, vorbei an alten Kriegsüberresten, Panzerwracks aus den wilden Kriegstagen gegen die Russen, Richtung Kunduz.

Im Bürohaus wird sie schon erwartet, denn man weiß um die Gefahr, in die sie sich begeben hatte.

„Eli, morgen werde ich Said sehen, es war schade, dass er nicht schon heute da war, aber macht nichts, morgen schaffen wir das."

Masumah wendet sich Najib zu: „Danke, vielen, vielen Dank für deine Hilfe. Kommst du morgen schon um 7 Uhr? Dann haben wir den ganzen Tag vor uns."

Müde und erschöpft wirft sie die Sandalen in die Ecke und plumpst auf einen der alten Bundeswehrstühle. „Mann, bin ich fertig, und das nur vom Rumsitzen."

„Du unterschätzt die Anstrengungen, die hier mit der Arbeit verbunden sind. Das ist ein harter Job für Körper und Seele, iss jetzt schnell was und dann leg dich hin, damit du morgen fit bist." Eli sitzt am Laptop und nummeriert ihre Fotos des Tages.

Masumah legt ihre Beine auf einen Stuhl, ergreift das Handy und drückt die Tasten.

„Alles in Ordnung, mein Liebling." Endlich hat sie es geschafft, Uli anzurufen und ihm das Erlebte zu berichten.

„Ich soll dich auch von Lilo grüßen, sie lässt dir bestellen, sie schafft das schon. Gestern war ich, wie du mitbekommen hast, bei ihr und habe ihr beim Wohnungsputz geholfen, damit es ihr nicht zu viel wird."

„Danke, du bist ein Schatz, grüße sie wieder und sag auch Sofie und Jill von mir alles Gute und tausend Dank, wenn ich zurück bin, dann mache ich das alles wieder gut bei euch." Sie ist zufrieden.

Sie ist so nah dran an ihrem Ziel, zuhause bei Anne und in der WG läuft alles prima, Uli steht Lilo bei, morgen würde sie mehr wissen und dann könnte sie wieder nach Hause. Zu Hause, das weiß sie jetzt endlich, heißt bei Anne, Susi und Frauke.

Zum Abendessen stochert sie in der lokalen Spezialität Palau nur rum, sie hat keinen Hunger, nur schnell schlafen und an Morgen denken.

„Na, konntest du dich an manches erinnern?" Neugierig fragt Eli nach.

„Ja ein bisschen, aber irgendwie war vieles anders, als es mir im Gedächtnis war. Früher waren überall nur Reisfelder, jetzt sieht man Lehmhäuser und Höfe." Masumah schüttelt zweifelnd den Kopf.

„Das ist ja das Kunduzproblem, welches ich versuche, den Menschen deutlich zu machen, aber keiner hört mir zu."

„Wieso, was meinst du?"

Sie gehen beide auf die Terrasse und genießen die laue Sommerluft über der Stadt. Jetzt ist es angenehm. Still ist es am Abend über Kunduz, und alles sieht so friedlich aus.

„Ganz einfach, die Frauen bekommen hier ununterbrochen Kinder. Oftmals 13 bis 18 Kinder, manchmal sogar 20."

„Aber die überleben doch nicht alle."

„Nicht alle, aber die meisten. Früher starben viele nach der Geburt, aber jetzt gehen viele auch nach Kunduz ins Krankenhaus und es gibt Medizin, die die Säuglingssterblichkeit Gott sei Dank deutlich gesenkt hat." Eli wirkt verzweifelt.

„Aber dann kann man doch verhüten, damit es bei drei oder vier Kindern bleibt."

„Nein eben nicht, denn die Frauen auf dem Land sind stolz darauf, viele Kinder, besonders Söhne, zu bekommen. Die sehen nicht die Probleme, die kommen, die sind in ihrer Bildung noch in der alten Tradition verhaftet und haben immer noch die Werte wie im Mittelalter."

„Du glaubst, die Frauen wollen so viele Kinder haben?" Masumah zweifelt an Elis Worten.

„Ja, das ist es ja, das Problem. Und was später kommt, das können die einfach nicht erkennen, dazu fehlt die Bildung." Eli fasst sich an den Kopf.

„Wenn die Kinder noch klein sind, dann ist das kein großes Problem, Allah wird's schon richten, Khoda meraban ast, Gott ist gnädig, so denken die."

„Aber Kinder brauchen Kleidung und Essen."

„Du siehst ja, wie manche Kinder aussehen, aber das ist nur das kleinere Problem, das eigentliche Problem kommt später, und das konntest du schon an der Bandari Khana Bad, der Straße nach Khana Bad, sehen."

Masumah ist nun wirklich neugierig geworden, denn so intensiv hatte sie noch nie über Kunduz und das Leben hier in der Tiefebene nachgedacht.

„Wie meinst du das, Eli?"

„Die Kinder werden groß, die jungen Männer wollen eine Familie gründen und einen eigenen Hawali haben. Also bauen sie auf ihr Land mit fruchtbarem Lehmboden ein Haus mit Rundummauer. Dass das Land vorher Reisland war, ist ihnen egal, denn anderen Boden besitzt der Vater nicht."

Masumah runzelt die Stirn: „Aber Eli, dann bauen die doch ihre eigene Existenz zu, denn hier lebt man doch von der Landwirtschaft."

„Genau, du hast es erfasst, mehr Menschen, weniger Land, weniger Arbeit, mehr Arbeitslose." Eli freut sich über Masumahs Erkenntnisse.

„Und von was leben dann die Familien?"

„Ja, das ist das afghanische Problem. Die internationale Gemeinschaft hat bei ihrem Einsatz viel versprochen und nichts gehalten. Also sind Tausende arbeitslos und brauchen dringend Geld. Und wer gibt Geld?" Fragend blickt Eli Masumah an.

Masumah fühlt sich wie in der Schule und druckst rum.

„Weiß nicht, Eli, ich bin hier doch fremd geworden."

„Wer Glück hat, findet einen richtigen Job bei der Regierung, oder der Vater hat noch genug Land. Die meisten haben das Glück nicht. Also geht man zu den Taliban, da kommt Geld, um Attentate zu verüben, viele werden Räuber und überfallen Nachbarn oder Höfe in anderen Dörfern. Das beste Geschäft sind aber die Entführungen, das bringt die meiste Kohle."

„Eli, das kann doch nicht wahr sein!" Masumah glaubt, nicht richtig zu hören.

„Doch, leider, und 200.000 Dollar Erpressungsgeld für ein Kind reicher Eltern bringt genügend Geld, um eine Frau zu kaufen oder einen Schlepper für mehrere Brüder nach Deutschland zu bezahlen. Was glaubst du denn, wieso in Deutschland so viele Analphabeten als Flüchtlinge ankommen?"

„Das kann doch nicht wahr sein, Eli. Irgendjemand muss doch dagegen was tun."

„Dein Wort in Gottes Gehörgang, Masumih, keiner hört zu, keiner tut was, die Regierungen verschließen die Augen vor der Wahrheit." Eli trinkt einen Schluck Tee.

„Ich kenne ein paar Jungen aus Ludin, die waren große Talibanleute hier in Kunduz. Alle Drei aus ganz armen Familien und brandgefährlich. Ich habe sogar Fotos von denen hier in Ludin mit Kalaschnikow, langem Bart und Raketen. Plötzlich sind sie in Deutschland und haben Asyl beantragt. Woher hatten sie das Geld für die Schlepper? Wer hat dafür gesorgt, dass sie plötzlich Pässe haben, wieso sind die nach Deutschland gekommen, wo sie doch bedeutende Taliban waren? Was wollen die in Deutschland?" Eli hebt die Hände vor Verzweiflung.

„Und keiner fragt nach, keiner interessiert sich dafür, jeder denkt, die armen Flüchtlinge, dabei sind diese Drei echt eine potenzielle Terrorgefahr für Deutschland." Nach einem Seufzer: „Man muss hier die Lebensbedingungen verändern, Fabriken bauen, die Bildung verbessern und Geburtenkontrolle einführen, aber das macht keiner. Jeder denkt, nur Militär hilft, aber Waffen haben noch nie die Probleme gelöst."

Eli ist wütend, steht auf und ruft nach dem Hausbetreuer.

„Jetzt ist es spät, wir müssen morgen früh raus. Wir gehen jetzt schlafen. Shab Bahair, gute Nacht", wendet sie sich Masumah zu. „Mich regt das immer furchtbar auf, diese halbherzige Entwicklungspolitik der internationalen Gemeinschaft. Schlaf gut und morgen viel Erfolg."

Familienbande

Najib ist schon kurz vor 7 Uhr angekommen, sie sitzt noch beim langen geriffelten Fladenbrot mit Erdbeermarmelade und springt sofort auf, als sie ihn die Treppe hinaufkommen hört.

„Ich muss nur noch schnell die Zähne putzen, dann bin ich so weit", setzt sie sich aber erst nochmal auf die Toilette, um das Jogiluxusklo nicht benutzen zu müssen.

„Denk an deine Kamera und nimm genug Wasser mit, vielleicht dauert das in Khana Bad doch länger", ruft Eli ihr zu.

Froh erregt hüpft sie die Treppe hinunter und wäre fast gestürzt, als sie stolpert. Rein in den Corolla, und los geht's.

Wieder gleiten die von Feuchtigkeit dampfenden Reisfelder an ihnen vorbei, Schafe blockieren die Straße, ein zerschossener Panzer mit hoch aufgerichtetem Rohr liegt neben der Straße.

Ihr Herz klopft bis zum Hals vor Freude, Said, Said, Said, bumm, bumm, schlägt es.

Nun weiß sie, dahinten im Süden von Khana Bad, kurz vor der Anhöhe des südlichen Lalam, da befindet sich der Hof, in dem sie heute endlich Said treffen würde. Najib bemerkt ihre Freude und lenkt sie mit Smalltalk ab, um die Zeit zu verkürzen.

„Ich kann mit dir fühlen, Masumah, Familie ist doch das einzige, was zählt."

„Ja, ich weiß", antwortet Masumah leise, weiß aber in diesem Moment nicht mehr sicher, wo ihre Familie ist, hier Said oder doch Anne, Susi, Frauke und Uli? Ihre Gedanken wandern zu Uli.

Beim Stopp des Autos warten schon die Kinder und begrüßen sie mit Lachen und Rufen. Masumah steigt sofort mit aus, Najib schließt das Auto ab, beauftragt einen Jungen, den Corolla zu hüten, und dann treten sie durch die kleine Personentür des Hoftores.

Jogi-Mama sitzt wie gestern auf dem Plastikteppich und hat ein Glas Schmuddel-Tee vor sich stehen. Jogi-Papa steht etwas abseits bei einem klapprigen grauhaarigen Pferd und spricht mit einem jüngeren Mann. Beide stecken die Köpfe zusammen und sehen zu den Frauen herüber. Masumah setzt sich und sieht erwartungsvoll zu den Männern.

Beide Männer kommen nun langsam auf das Jogi-Zelt zu und taxieren sie von oben bis unten. Masumah steht höflich auf und geht den beiden entgegen.

Der jüngere Mann ist von der Sonne dunkelbraun gebrannt. Anders als viele andere junge Männer hat er sich glatt rasiert und trägt einen Lungi für Arme, eine Gebetsmütze mit kariertem dreckigem Tuch umwickelt.

Hätte sie ihn auf der Straße getroffen, sie hätte ihn nie erkannt, es ist so viel Zeit vergangen, er ist so verändert. „Ist er es wirklich?", fragt sie sich. Er mustert sie nochmals und sein Blick bleibt an ihrem Bein hängen. Sie hebt das Bein etwas an, zieht das Hosenbein hoch und strahlt über ihre gelungene Gesundung.

Sein Gesichtsausdruck bleibt skeptisch.

„Bist du Said?", fragt sie zweifelnd.

„Bist du Masumah?" Ihm ist dieses Mädchen aus Europa fremd, er kann seine Schwester darin nicht erkennen.

„Najib, komm hilf mir mal", bittet Masumah um Übersetzung.

„Weißt du noch, als wir geflohen sind, da hat dich ein Dorn am Fuß verletzt und du hast geblutet. Jogi-Mama hat dir dann den Dorn aus dem Fuß herausziehen müssen."

Der Gesichtsausdruck Saids ändert sich, als hätte er sich an etwas erinnert.

„Bale", bejaht er und zieht seine schmutzige linke Badelatsche aus. Auf dem Fußrücken sieht man eine fünf Zentimeter lange Narbe vom kleinen Zeh aufwärts.

„Said, du bist es!" Masumah strahlt ihn an. „Said, ich bin so froh."

Sie macht Anstalten, ihn zu umarmen, doch er reicht ihr nur seine Hand, ja, er hat sie auch erkannt, aber sie ist ihm fremd, so unafghanisch.

Jogi-Papa setzt sich hinunter zu seiner Frau und winkt beide, Masumah und Said, sich zu ihnen zu gesellen. Ein anderer Junge bringt trüben Tee und Masumah nimmt einen Schluck aus ihrer Sadatwasserflasche.

Jogi-Mama beginnt, ihr das Bein zu streicheln, und ein paar Mädchen setzen sich hinter sie und kichern und lauschen neugierig.

„Wie geht es dir, was machst du, bist du verheiratet?", werden typische afghanische Höflichkeiten ausgetauscht.

Jogi-Mama zieht ihr das dunkle Tuch vom Kopf und inspiziert ihre langen Locken. Für gut befunden, werden sie wieder abgedeckt und Masumahs Hand gestreichelt. Ihr ist auf einmal nicht mehr so wohl, obwohl das Glücksgefühl, Said neben sich zu haben, dominiert. Jogi-Clan begutachtet sie wie eine Kuh auf dem Viehbazar.

Ihr Blick ruht auf dem kräftigen Körper ihres wiedergefundenen Bruders.

Said, mit der dunklen Haut, den strahlenden Augen, dunkel wie die Nacht, und sie erkennt darin den Ausdruck, den Joma Khan gehabt haben musste, wenn auch Joma Khan in ihren Erinnerungen verwischt war.

Ist das Freude oder etwas anderes? Sie kann es nicht erkennen. Ist er nicht auch froh, sie, seine einzige leibliche Verwandte, seine Schwester wieder zu sehen? Gedanken rasen durch ihren Kopf. Sie versucht, ihn zu einem Lächeln zu bringen, aber er hat seine Augen nach unten gerichtet und vermeidet den Blickkontakt. Sie scheint ihm fremd zu sein, mehr als er ihr.

„Erzählen Sie von Said, was macht er so?", lenkt Najib das Gespräch in neue Bahnen, um die Lage zu entkrampfen. Er hat die Anspannung des Wiedersehens gefühlt.

Nun ist Masumah erst einmal außen vor, denn das Gespräch läuft an ihr vorbei, dennoch, Jogi-Mama ist mit ihren Fingern immerzu dabei, Masumah abzutasten, ihr Bein, ihre Füße, ihre Hände.

Ab und zu wird sie selber gefragt, aber vor allem sprechen Najib und die anderen, und wenn sie etwas gefragt wird, dann über das Leben in Deutschland und ob sie nun wirklich ganz gesund ist.

„Said, warum sagt du nichts zu mir, wieso nimmst du mich nicht vor Freude in den Arm?" Sie ist in Gedanken irritiert und enttäuscht.

Zum Mittag bringen die anderen Frauen Brot und Tee sowie ein paar Äpfel und ein Messer. Das Essen unterbricht das Gespräch nicht, und sie fühlt sich nicht wirklich als Person wahrgenommen. Sie würden wohl bald aufbrechen und morgen wieder kommen. Dann könnte Said vielleicht schon mehr sagen und sie könnten über seine Zukunft sprechen.

Ihre Blase beginnt auch zu drücken, sie muss mal und fragt Najib, ob sie nicht bald aufbrechen wollen. Najib bejaht und erhebt sich.

Said wirft einen Blick hinter sich auf die anderen jungen Männer, die ruhig zugesehen haben, und gibt einem der Männer ein Zeichen. Sofort stehen alle auf, zwei gehen unter die nahegelegene Zeltplane und kommen mit Kalaschnikows in der Hand heraus. Sie kommen näher und richten die Waffen auf Najib.

„Raus, boro, hau ab." Said ist aufgestanden und bedeutet Najib, den Hof zu verlassen. Masumah springt auf und will Najib zur Seite stehen, aber Jogi-Papa hält sie an beiden Armen fest.

„Geh, das ist unsere Tochter, die bleibt jetzt hier bei uns." Najib hat keine Wahl, entweder er flieht oder sie hätten mit den Waffen gesprochen.

„Nein, nein, ich will mit, ich kann hier nicht bleiben, Said, hilf mir!" Voller Entsetzen schreit Masumah, doch Said schubst Najib aus dem Tor, schließt es wieder und geht zur Seite, ohne Masumah zu beachten.

Sie ist gefangen, gefangen in ihrer alten Heimat, in einer ihr fremdgewordenen Kultur, sie schreit, weint und brüllt. „Helft mir doch."

Jogi-Mama reißt ihr die Tasche weg und nimmt das Handy an sich. Alles ist aus, sie kann nur eines, auf Eli hoffen. Eli muss helfen und sie holen, es ist ihre einzige Chance.

Najib rast die Strecke zurück, so schnell er kann, und berichtet der entsetzten Eli, was geschehen ist.

„Mein Gott, wie konnte das passieren, wieso, was wollen die von Masumah?" Und dann leise: „Mir schwant Schreckliches." Zum Glück versteht niemand im Büro ihr Deutsch.

„Osman, komm bitte sofort her, es ist etwas Furchtbares passiert." Sofort ruft sie ihr Personal zusammen, um dem Mädchen zu helfen, welches ihr über die Jahre hin auch ans Herz gewachsen war, und fügt auf Deutsch hinzu: „Das Ei ist immer klüger als die Henne, sie musste ja ihren Kopf durchsetzen."

Der Corolla Osmans fährt auf den Hof, Osman eilt voller böser Vorahnung die Treppe hinauf.

Gemeinsam mit Najib erklärt sie die Lage. „Was machen wir jetzt zuerst, wir müssen zur Polizei, zum Gouverneur und dann mit dem Chef von Khana Bad reden, damit wir sie schnell da rausholen können, es ist wirklich dringend." Atemlos macht sie Osman deutlich, wie wichtig es ist, Masumah zu retten.

Osman greift zum Handy und tippt eine Nummer ein.

„Wir müssen sofort mit dem Wali sprechen, es geht um eine Ausländerin, wir brauchen sofort einen Termin." Seine Stimme ist eindringlich und sein Gesicht voller Anspannung, schließlich war es sein Sohn Najib, der mit Masumah in Khana Bad die Bedrohung erlebt hatte.

Wie durch ein Wunder befindet sich der Wali gerade in Kunduz und sie bekommen auch gleich einen Termin. Hastig rennen sie die Treppe hinunter, die bewaffneten Männer, die sonst das Büro schützen, steigen ins Auto, Eli und Osman hinterher, und los geht's in einem Affenzahn über die Kiespiste hin zur Hauptstraße, die hinunter in die Stadt führt, dann zweite große Straße rechts, nächste links, und schon sind sie an der Festung der Provinzverwaltung angelangt.

Sie werden schon erwartet, die Kontrollschranke öffnet sich, sie kommen auf die schmale Zufahrt, steigen aus und laufen über die Marmorfläche, die Stufen hoch zur Personenkontrolle, durch die eigentlich jeder muss.

So genau nehmen es die Männer am Eingang nicht, und auch die freundliche Dame, die sonst die Frauen abtastet, ist froh, dass sie nichts zu tun hat.

Eli nimmt immer zwei Stufen auf einmal, so erregt ist sie, und einer der Wali-Mitarbeiter schickt sie links in einen langen Gang, der leicht muffig riecht. Ganz hinten links befindet sich ein kleines Besprechungszimmer mit hochliegenden Fenstern, damit die Sitzungsteilnehmer nicht von außen angeschossen werden können.

„Osman und Najib, bitte berichtet ihr, das geht schneller, als wenn ich da vor mich hin stottere", drängt Eli Osman, als der Gouverneur den Raum betritt.

„Wir haben die Entführung einer deutschen Staatsbürgerin, die von ihrem Bruder bei den Jogis festgehalten wird." Ausführlich erzählen Vater und Sohn von den Geschehnissen, der Wali macht sich Notizen auf kleine Zettel, die er langsam umblättert.

„Das Problem habe ich verstanden und werde auch sofort in Khana Bad anrufen, um den dortigen Polizeichef dort hinzubeordern, aber ich sehe, dass das alles sehr, sehr schwierig wird." Er lehnt sich zu Eli hinüber und erklärt ihr: „ Sie müssen die rechtliche Lage erkennen. Diese junge Frau ist hier geboren, also nach hiesigem Recht für immer afghanische Staatsbürgerin. Sie ist freiwillig hergekommen und zu ihrem Bruder gefahren. Es ist ihr Bruder, also kann er auch ihren Aufenthaltsort bestimmen. Er ist der Mann in der Familie, er kann über sie bestimmen. Ich denke, da haben Sie schlechte Chancen."

Eli ist nicht naiv, sie kennt das Land, es ist genauso, wie sie es erwartet hatte, doch sie muss trotzdem versuchen, Masumah zu helfen, sie hatte sie damals zur Behandlung mitgenommen nach Deutschland, Masumah hatte sie nun hierher begleitet und ihr vertraut - oder besser: nicht auf sie gehört. Trotzdem musste Eli alles tun, um Masumah wieder mitnehmen zu können.

Der Anruf beim Polizeichef Khana Bad nützt so viel, dass Eli mit Team sofort dorthin kommen soll. Man würde gemeinsam mit der Polizei zum Jogi-Hof fahren.

Gesagt, getan, der Tross der beiden voll besetzten Autos fährt im Rennfahrertempo nach Osten, an den großen Weddinghalls vorbei, über den Naqi-Flussarm, durch die Reisfelder hin zur Blauen Moschee in Khana Bad, einmal halb rum, weiter über das historische Kalksteinpflaster zum Polizeichef, der in afghanischem Tempo die Besucher empfängt. Erst einmal zehn Minuten warten, bis man zu ihm gebracht wird, dann zehn Minuten Smalltalk über den Gesundheitszustand der Familien, dann zwei Minuten Fragen zur Sache und dann in größter Gemütlichkeit hinunter zum Fahrzeug. Dazwischen noch fünf Telefonate mit „Senge, wie geht's", jeweils in gleicher Länge wie die Begrüßung, so dass sich die Fahrzeuge erst nach über einer Stunde in Richtung Südwesten der Stadt in Bewegung setzen.

Najib kennt den Weg, also bildet er mit seinem Auto die Spitze des Korsos, hin zum baufälligen Hof mit der Lehmmauer.

„Najib hatte erzählt, dass da zahlreiche Kinder vor dem Hof spielen, wir sind bestimmt falsch, denn hier ist niemand." Eli erkennt die Situation, will die Realität aber nicht wahrhaben.

Ja, es sind keine Kinder da, es ist überhaupt keiner mehr da, der Hof ist leer, Jogi-Familie plus Masumah ist verschwunden.

Ratlos sehen sich Osman, Najib und Eli an.

„Das wird mir Anne nie verzeihen, dass sowas passiert ist, ich kann´s nicht glauben." Verzweifelt tritt Eli gegen die Mauer und zuckt schmerzvoll zurück.

Gefangen

Kaum war Najib außer Sicht gewesen, hatte Jogi-Frau Masumah in eines der anderen Zelte gezerrt und ihr angedeutet, sich andere Kleidung anzuziehen. Masumah schrie und jammerte: „Said, komak, hilf mir!" Doch er hatte sich längst umgedreht und baute eilig mit den andern jungen Männern die Zeltbahnen ab und packte die Holzstangen auf die Karren. Einer der kleineren Jungen war Anführer beim Aufbruch der Tiere und schlug mit einem langen Stock auf die Schafe und Ziegen ein.

„Tez, tez, schnell los!" Jogi-Frau treibt Masumah an, und als die junge Frau sich wehrt, schlägt sie mit aller Gewalt auf sie ein.

Das ist für Masumah der Alptraum, gegen den alle Schlafstörungen bisher nur Kinderspiele gewesen sind.

Eine der jungen Frauen reißt an ihr und treibt sie dazu an, beim Einrollen der Teppiche und Decken anzufassen. Jedes Mal, wenn sie versucht, auszuweichen oder ein paar Schritte in Richtung Hoftür zu machen, hagelt es neue Schläge, entweder von den Frauen, die einpacken, oder auch von den größeren Kindern, die anscheinend mit ihrer Bewachung beauftragt sind.

„Warum, was soll das werden, er ist doch mein Bruder, ich wollte ihn mit nach Deutschland nehmen, und nun das." Sie glaubt, ihr würde der Kopf platzen, so schwirren die Gedanken durch ihr Gehirn.

„Schnell, schnell", rufen die Männer, und Said kommt näher, packt Masumah, hebt sie auf einen der Esel, wirft ihr eine Burka über und bindet sie mit beiden Händen am Sattel des Esels fest.

Masumah schreit wieder, bekommt aber sofort einen Schlag auf den Mund, so dass ihre Lippe aufplatzt und sie nicht nur Blut im Mund schmeckt, sondern auch spürt, wie ein rotes Rinnsal ihr Kinn hinab läuft. Das Blut mischt sich mit Tränen, Tränen der Trauer, und sie empfindet Ekel vor der dicht am Gesicht hängenden Burka, die das Blut verschmiert. Schweiß und Tränen der Wut und der Trauer, über ihre verlorene Familie hier, Said, der ein Teufel geworden war, dort, wo Anne sehnsüchtig auf sie wartete, und ihre Naivität zu glauben, ihren Bruder in Freude wiederfinden zu können. Ihre Träume sind zerplatzt oder besser gesagt zu Alpträumen in Zehnerpotenz geworden.

Esel, Schafe und Menschen mit Sack und Pack eilen aus dem Haus hinüber zu dem südlich gelegenen Plateau, wo es steil die Lehmtrampelpfade hinauf geht. Said und Jogi-Mann gehen ganz vorn und forcieren mit Stöcken das Tempo der Tiere, um schnell Abstand zwischen sich und den „Tatort" zu bekommen.

Sobald Masumah versucht, etwas zu sagen, trifft sie erneut ein Schlag, so dass sie es vorzieht, sich in ihr Inneres zu wenden und zu überlegen, wie sie aus dieser Situation entkommen könnte. Da sie den Hof verlassen hatten, würde Eli sie nicht finden, jedenfalls nicht so schnell. Also musste sie einen andern Weg finden, aber welchen?

Nachdem Jogi-Frau ihre Tasche weggenommen hatte und das Handy gleich ihrem Sohn zugesteckt hatte, ist sie erleichtert, dass wenigstens ihr Pass bei Eli im Büro in Sicherheit ist. Also muss sie weg von den Jogis, hin ins Büro, Pass nehmen und nichts wie weg nach Deutschland, aber wie?

Es beginnt zu dämmern, aber die Jogis scheinen nicht halten zu wollen, sondern ziehen zielstrebig nach Südwesten über die große Lalamplatte. Ihre Beine beginnen zu schmerzen und auch ihr Gesäß, welches die unbekannte Reitweise nicht gewohnt ist, und vor allem brennen ihre am holzigen Sattelknauf zusammengebundenen Hände. Auch wenn sie zerrt, die Fesseln lockern sich nicht, und allmählich werden ihre Hände von der mangelnden Durchblutung blass und steif. Die ungewohnte Atmung unter der Burka, die ihrem Gesicht nur wenig Platz lässt, fällt ihr schwer, der Schweiß läuft ihr in die Augen und verursacht ein unangenehmes Brennen. „Ich muss mir die Augen wischen", denkt sie, aber die Stricke halten sie fest, so dass sie nicht einmal die Schulter nach vorn in Richtung ihrer Augen drehen kann.

Hier auf der Lalamplatte ist es noch wärmer als unten in der Tiefebene, denn nirgendwo gibt es auch nur einen kleinen Schattenplatz, kein Baum weit und breit, nur Steine, Sand und Hitze. Ab und zu huscht eine Steppenagame über den Boden und bringt sich unter Steinen vor den Hufen des Esels in Sicherheit. Sie fragt sich, ob diese an Saurier erinnernden Echsen wohl giftig sind, verdrängt den Gedanken aber, als Said erneut den Esel schlägt, um dessen Gang zu beschleunigen.

Erst nach Stunden, als der Mond die einzige Lichtquelle ist und grau die Menschen mit ihren unheimlichen Schatten beleuchtet, da stoppt die Gruppe. Einige Decken werden ausgerollt, auf die sich die Familienmitglieder zum Schlafen legen.

Said kommt und bindet sie vom Esel los, fixiert sie aber an seinem Handgelenk, um zu verhindern, dass sie sich unbemerkt von der Gruppe entfernt.

Eine Sternenpracht, die sie sicher als romantisch empfunden hätte, falls es eine angenehme Situation gewesen wäre, steht über dem Lalam, und ab und zu huschen Fledermäuse über den schimmernden Himmel, Nachtvögel kreischen den Mond an.

„Was hab' ich mir da bloß eingebrockt?" Inzwischen ist ihr klar, dass ihre Wünsche nach Familie, ihre Sehnsucht nach Said eigentlich ganz woanders in Erfüllung gehen würden, vielleicht überall, nur nicht hier.

Ihre Handgelenke schmerzen, die Blase drückt, Said erlaubt ihr, ein paar Schritte zu gehen, um sich im Hocken zu erleichtern. Es ist ihr so peinlich, sie sieht sein Profil gegen den schwachleuchtenden Himmel, sein starkes Kinn, das nun schon an Joma Khan erinnerte, und sie beginnt, ihn zu hassen.

Als der Morgen graut und die ersten Sonnenstrahlen das Blau des Himmels wecken, hat sie sich so weit beruhigt, dass sie beginnen kann, ihre Lage zu analysieren.

Die Männer sitzen zusammen und essen Brot, die Frauen sind dabei, die Tiere wieder zu bepacken. Ihr Blick schweift über die Ebene gen Westen und es scheint ihr, als käme von dort eine Karawane oder eine Autoschlange, denn eine gelbfarbene Wolke steht über dem Horizont. Kommt von dort nun Hilfe? Ein Funken Hoffnung keimt in ihr auf.

Die Wolke kommt näher, doch es ist kein Verursacher festzustellen. Allmählich wächst diese gelbe Staubansammlung zu einer drohenden Wand, einer Wand aus Lehmstaub. Und dann erkennt sie, was es ist: ein Badi-Chak, ein Lehmsturm, denn ein heftiger Wind weht ihr plötzlich die feinen Sandkörner ins Gesicht.

Sie nimmt das Tuch vors Gesicht und versucht, sich damit zu schützen. Er wird immer intensiver, der Beschuss mit feinsten Lehmkörnern, so dass sie ihren Kopf auf den Boden senkt und versucht, in gekrümmter Haltung der Wut aus Dreck und Wind zu entgehen.

„Komm her, bia inja", ruft eine der Frauen ihr zu und deutet ihr an, mit unter eine Zeltplane zu kriechen.

Sie hat keine Wahl, also gehorcht sie und verbirgt sich mit den anderen unter der Plastikdecke. Eine der Frauen scheint noch sehr jung zu sein, sie hält ein kleines Kind neben sich, das weint. Die Tränen vermischen sich mit dem Lehmstaub und bilden ein braunes Rinnsal hinunter an der Nase vorbei zum Mund, wo die Zunge den salzigen Matsch in den kleinen Mund holt. „Anscheinend können Kinder auch unter solchen hygienischen Bedingungen groß werden", überlegt Masumah, „und wahrscheinlich haben die auch nicht die Zivilisationsallergien wie die europäischen Verwöhnkinder." Ihre Gedanken rasen von Angstzuständen über Sehnsucht nach Anne bis zu vernünftigen Analysen der Lebensumstände, die sie umgeben.

Eine Stunde Wind, pfeifender Dreck, knirschender Sand zwischen den Zähnen, vom Staub brennende Augen, dann legt sich der Wind endlich.

Vorsichtig lugt sie unter der Plane hervor, ockerfarbene Welt, nur Lehmfarbe, alles bedeckt. Lehmstaub überall, im Gesicht, in der Nase, in der Wäsche, in der Unterhose, im BH, einfach kein Platz ohne den afghanischen Feinstaub.

Die Männer und Frauen schlagen sich den Staub aus der Kleidung und packen weiter, denn sie haben es eilig, über die Ebene Strecke hinter sich zu bringen.

Ziel der Flucht vor Entdeckung ist ein Hof in der Stadt Alia Bad, wohin die Gruppe sich am Morgen begibt. Der Hof liegt oben unweit der Hauptstraße, auf der vollbepackte Lastwagen Waren transportieren und klapprige Toyota Corollas unter lautem Hupen an allen vorbeirasen, auch an den ziehenden Jogi-Leuten.

Der Hof ist von einer drei Meter hohen Lehmmauer umgeben, und auch der Fußboden ist reiner feiner Staub aus Lehm, fast wie Makeup-Puder, mit dem sich manche Frauen den Teint bräunen. Als sie ihre Füße auf den Boden setzt, stiebt der Staub auf und legt sich auf ihrer Hose nieder.

„Meine neue Farbe ist inzwischen auch Oker-Lehm, der neue Trend am Hindukusch", kommt es ihr sarkastisch in den Sinn.

Alle Utensilien runter von den Tieren, die Zeltstangen aufgerichtet und die Decken darüber gebreitet. Said scheint neben einem etwas älter wirkenden jungen Mann und natürlich Jogi-Mann einer der Anführer zu sein. Er gibt Anweisungen, kümmert sich um die Unterbringung und hat gleich nach der Ankunft Masumahs Fuß an eine der Zeltstangen gebunden, leider genau an die schwerste, die man nicht so einfach vom Boden heben konnte. Es gibt keine Chance zu entkommen.

Masumah analysiert ihre Lage: Sie ist gefangen in einem Hof, den wahrscheinlich im

Moment keiner finden würde. Sie weiß, sie gilt hier als afghanische Staatsbürgerin, also in der Hand ihres Bruders und der Jogi-Leute. Eli würde alles versuchen, aber würde sie sie finden? Das ist eigentlich ziemlich unwahrscheinlich.

Wenn sie sich weiter querstellt, würde sie nur noch mehr Schläge kassieren, das würde sie nicht weiterbringen. Erstmal ist es wichtig, herauszubekommen, was Said und die Familie mit ihr vorhaben, und sie muss ruhig abwarten, bis sich eine Gelegenheit zur Flucht ergibt.

Eine ihrer Befürchtungen, die sie im ersten Schrecken gehabt hatte, war, dass man sie sexuell belästigen würde bis hin zur brutalen Vergewaltigung. Das bleibt ihr zum Glück erspart, was sie beruhigt. Said hat sie als Schwester akzeptiert, also was wollte er? Geld erpressen oder was? Anne hatte doch kein Geld.

Das Aufgeben von Gegenwehr bringt Hafterleichterungen mit sich, so dass sie nur an einem Fuß angebunden ist, aber es sind verdammt fest gebundene Fesseln. Und sie kann sich auf einer der Baumwollmatratzen ausstrecken. Said, der andere junge Mann, vielleicht der Junge Neamat, den damals Manfred hatte mitnehmen sollen, der Sohn des Jogi-Mannes, Vater und Mutter Jogi haben sich zusammengesetzt und halten Rat.

Nun kommt ihr ihre ungemeine Sprachbegabung zugute, sie versteht viele der Wörter. Es sind sehr ungebildete Menschen, Jogis gehen prinzipiell nicht zur Schule, entsprechend klein ist ihr Wortschatz. Masumah lauscht und versucht mitzubekommen, was geplant ist.

„Nun kann ich mir endlich meine Frau kaufen", hört sie Said sagen, „Masumah verkaufen wir, und dann habe ich Geld, um Gol Dasta zu bezahlen. Ich denke, es war Allah, der meine Bitten um Geld erhört hat und mir meine Schwester geschickt hat." Er fühlt sich wie ein gesegneter Glückspilz, der im Lotto gewonnen hat.

Das afghanische Heiratssystem benötigt eben entweder viel Geld oder viele Schwestern, beides lohnt sich.

„Vielleicht bringt sie mehr Geld als unsere Mädchen, denn sie ist jetzt gesund, groß gewachsen, und sie hat ganz weiße Haut. Wenn das klappt, und wir finden einen alten reichen Mann, dem wir sie andrehen können, dann reicht der Erlös nicht nur für einen, sondern für euch beide", meint Jogi-Mann.

„Oh mein Gott!" Masumahs Hände krampfen sich angstvoll zusammen, ihr Mund wird trocken, und Schweißperlen rinnen an ihren Schläfen herunter. „Nein, bloß das nicht, was willst du mir antun, Said?"

Sie hat Rahima vor ihrem inneren Auge, ihre liebevolle Mutter, und wie sie sie und Said auf dem Schoß gehabt hatte. Gut, dass ihren Eltern diese Schmach erspart bleibt. Sie muss einen Weg finden zu fliehen.

„Mist, mein Handy hat jetzt Said, wie kann ich nur Hilfe rufen?" Sie würgt vor Erregung. „Ganz ruhig, ganz ruhig", versucht sie, ihre Wut zu unterdrücken. „Ich muss Said und Jogi-Mutter in Sicherheit wiegen, sonst bleibe ich immer gefesselt und habe keine Chance." Sie zwingt sich sogar ein Lächeln in Richtung Said ab.

„Los, arbeite!" Jogi-Frau treibt sie an, sich an den Hausarbeiten zu beteiligen. Nur die Alten und ein Teil der Kinder sind während des Tages da, denn die jüngeren Frauen betteln mit den Kleinkindern auf der Straße und im Bazar von Alia Bad, und die Männer machen mit ihren Schafen, Ziegen und Hunden Geschäfte.

Die Frauenarbeit hier ist ihr völlig unbekannt, und so stellt sie sich auch entsprechend ungeschickt an. Das Fegen der Plastikteppiche in gebückter Haltung fällt ihr schwer, und beim Reisauslesen macht sie ständig zu beanstandende Fehler, indem sie schwarze Körner oder Sand übersieht.

Eine der schwierigsten Aufgaben für sie ist das Aufsuchen der landesüblichen Toilette, denn eigentlich gibt es keine. Man setzt sich vorwiegend direkt vor den Hof, hebt die Burka und das Kleid, zieht die Hose nach vorn und verrichtet das Notwendige. Nun darf Masumah ja den Hof nicht verlassen, also bleibt ihr nichts anderes übrig, als sich eine Hofecke mit den angebundenen Hunden zu teilen, was ihr wegen der Köter natürlich

Angst macht, dazu kommt noch die Scham vor Gaffern und das Problem mit ihrem Bein. Natürlich war die Operation gut verlaufen, und auch die Krankengymnastik hatte ein Übriges getan, dennoch ist sie nicht auf diese hockende Haltung eingestellt und hat große Schwierigkeiten, das Gleichgewicht zu halten. Schlimmer ist noch das Aufstehen, denn es erfordert Kraft aus den Gelenken heraus, so dass für sie jeder Besuch auf der afghanischen Freilufttoilette eine Tortur ist.

Zwiebeln schneiden wird ebenso zur Qual, da ihre Augen tränen von dem scharfen Saft. Aber, und das ist das Gute, sie darf sich wenigstens auf dem Hof frei bewegen. Dennoch, die Tür ist zu, die kleinen Jungen sitzen direkt an der Tür und spielen mit Hunden, da ist die Chance zur Flucht erdenklich klein.

„Khubi, geht's dir gut?" Masumah sieht auf von den Zwiebeln, die sie gerade schält. Es ist eine der jungen Frauen im Hof, die sich ihr genähert hat und zögerlich ihre Schulter berührt. Sie sieht jung aus, blutjung, braun gebrannt und mit einem offenen klaren Gesicht. Sie trägt einen bunten Schal über ihrem rötlich schwarzen Haar, welches sie in einem hüftlangen Zopf zusammengebunden hat, und ein knallgrünes schmuddeliges Kleid, welches ihr sehr gut steht. Ihre nackten Füße stecken in Badelatschen, die irgendwann einmal lila gewesen sein müssen. Was aber besonders auffallend ist, ist ihr hochgewölbter Leib, in dem Nachwuchs darauf wartet, das Licht der Welt zu erblicken.

„Bale, ja, es ist alles gut." Masumah schaut die junge Mitbewohnerin des Hofes zurückhaltend an. „Wer bist du?"

„Ich bin Aziza, die Frau von Bismillah, das da drüben ist mein Mann, der mit der hochgekrempelten Hose und dem fast schwarzen Gesicht, siehst du, er lacht gerade zu uns rüber", strahlt Aziza sie an.

„Und du, wie ist dein Name, seit Tagen will ich dich das fragen, und wo kommst du her."

„Egal, lass mich bitte", wendet sich Masumah ab, doch Aziza lässt sich nicht einfach so abwimmeln.

„Komm, sei nicht so, ich freue mich, dass du hier bist, ich will auch was von der Welt wissen, denn ich bin immer hier im Hof und komme gar nicht raus."

„Gehst du nicht betteln?", fragt Masumah nun doch ein bisschen aufgeschlossener.

„Nein, mein Kind kommt bald, und irgendjemand muss doch hier kochen. Und dann habe ich auch noch meine anderen Kinder, die sind auch noch klein."

„Was, ich dachte das ist deine erste Schwangerschaft, du bist doch noch jung."
„Ach was, als mein Blut kam, da haben mich meine Eltern verheiratet, und dann habe ich jedes Jahr ein Kind geboren. Eine Tochter ist gestorben, aber es war eh nur ein Mädchen, da ist das egal. Inzwischen habe ich glaub ich

fünf Kinder und das hier ist das sechste, o-
der?" Fragend blickt sich Aziza um.

„Was, das weißt du nicht, du musst erst
nachzählen?"

„Das ist doch ganz egal, die wollen alle
essen, ob nun fünf oder sechs, es werden sowieso noch mehr." Sie hebt die Hand, um mit
den Fingern die mögliche weitere Kinderzahl
zu demonstrieren.

„Ich finde, du bist sonst doch so dünn, ist
das nicht schwierig, immer schwanger zu
sein?"

„Schon, aber so ist das eben, wir Frauen
müssen eben immerzu dem Mann dienen,
und da macht das Allah, dass wir schwanger
werden."

Azizas Welt ist so einfach. „Du wirst das
dann schon selbst auch sehen, wenn dein
Mann dich immer wieder haben will." Aziza
lacht laut und streicht sich über den Bauch.
Dabei sieht Masumah, dass Azizas Zähne
wohl ein wenig der Pflege bedurft hätten,
denn obwohl Aziza noch blutjung ist, fehlen
ihr schon der rechte Schneidezahn und der
dazugehörige untere. Wahrscheinlich, nein
bestimmt hat Aziza noch nie etwas von
Zahnarzt oder Calciumtabletten gehört. Aber
sie scheint glücklich zu sein und zufrieden
mit ihrem einfachen Leben.

Masumah kommen schlimme Ahnungen,
was ihr passieren könnte, aber sie beschließt, darüber zu schweigen. Immerhin
scheint ja Aziza ganz nett zu sein, und sie

nimmt sich vor, sich an die junge Multimutter zu halten.

„Es sind hier so viele Leute auf dem Hof, ja, ich kenne meinen Bruder und Jogi-Mama, aber wer sind all die anderen, und wieso sehen die alle gleich aus?" Endlich hat Masumah jemanden, den sie ausfragen kann.

„Das ist ganz einfach." Aziza ist in ihrem Element, sie kann ihre Kompetenz zeigen. „Da ist der erste Bruder der Familie, Gholam, dein Jogi-Papa, er hat mit Jogi-Mama hier das Sagen. Er ist immer zu fragen, denn er ist ein großer Mann."

„Wieso ist er wichtig, Aziza?" Masumah will endlich mehr wissen.

„Wenn im Winter Buskashi ist, dann ist er mit dem Eimer zum Sprechen mit seinem Pferd auf dem Platz und gibt die Anweisungen, auf die alle Tschapandisha hören müssen. Er ist sehr wichtig in Kunduz." Sie nickt bestärkend mit dem Kopf.

„Das ist ein Lautsprecher", belehrt Masumah die Schwangere, „und weiter, rede weiter," drängt sie ihre neue Freundin. Sie kann sich erinnern, dass sie damals im Hof, als Eli Reis übergab, schon die Stimme von Gholam gehört hatte.

„Also, er hat noch die drei Brüder, die großen Männer, die auch im Hof sind. Einer ist mit den Schafen unterwegs, einer hat die Hunde auf den Esel gepackt und versucht, sie im Bazar zu verkaufen. Gholam hat viele Söhne." Sie hebt beide Hände, um zu versuchen, die Zahl anzuzeigen, die sie meint. „Und auch die anderen haben viele Töchter und Söhne. Mein Vater ist Tela, der zweite Bruder, und mein Mann ist der zweite Sohn vom dritten Bruder von Gholam, er ist ein guter schöner Mann."

„Dann ist ja dein Mann dein Cousin?" Fragend zieht Masumah die Augenbrauen hob.

„Klar, was denn sonst?" Erstaunt über die Frage berichtet Aziza: „Das ist üblicherweise so, dass wir in der Familie heiraten, nur wenn jemand viel Geld hat oder kein Mädchen im Hof ist, dann nimmt man eine von draußen oder aus einer anderen Familie. Aber meistens sind die trotzdem mit uns verwandt." Sie schüttelt den Kopf über Masumahs Dummheit.

„Aber das ist genetisch unklug." Masumah stockt mitten im Satz, als sie merkt, dass das wie böhmische Dörfer für Aziza klingen muss.

„Genetisch, was hast du da gesagt? Versteh ich nicht." Aziza zieht die Augenbrauen hoch.

„Wieso heiratet man meist in der Verwandtschaft?" Masumah ändert ihre Frage an Aziza.

„Man merkt, du bist uns fremd geworden. Weißt du denn nicht, dass man das meist nur zum Schutz der Mädchen macht? Gibst du deine Schwester deinem Cousin und er behandelt deine Schwester schlecht, dann kannst du ihm Ärger machen. Bei einem Mann aus einer anderen Familie hast du keine Chance, deine Schwester zu schützen." Ihr Gesichtsausdruck zeigt, dass sie Masumah für naiv hält.

Masumah runzelt die Stirn: „ Meinst du, das ist wichtig? Schließlich hat er für die Ehefrau doch viel Geld bezahlt."

„Du bist echt doof, Sumi, du weißt nicht, wie die Männer hier mit uns umgehen. Wir gehören ihnen, wie eine Kuh, aber eben hauptsächlich für Sex in jeder Art." Aziza zieht Verzweiflung andeutend die Schultern hoch.

„Kürzlich hat ein junger Mullah ein zwölfjähriges Mädchen, das in der Moschee zur Koranschule war, vergewaltigt und dabei schwer verletzt. Sie musste ins Krankenhaus und wurde nach Kabul gebracht. Alle in Kunduz haben davon gehört, es war eine große Schande für die Familie des Mädchens."

Masumah glaubt ihren Ohren nicht zu trauen: „ Was, eine Schande für das Mädchen und ihre Familie? Ich glaub's nicht."

„Doch, das stimmt, die Eltern wollten das Mädchen töten, aber dann gab es in Kunduz eine große Jirga-Versammlung und die Ältesten hatten zwei verschiedene Lösungen. Der Mullah sollte das Mädchen heiraten und dafür seine Schwester dem Bruder des Mädchens geben. Wenn er dann was Schlechtes macht, dann kann der andere Mann seiner

Schwester etwas antun. Damit ist das Mädchen sicher. Wenn die Familie das nicht akzeptiert, dann muss der Mullah ins Gefängnis und das Mädchen wird getötet, weil sie eine Schande ist. Du siehst, die Ehe mit dem Mann ist die beste Lösung, denn dann ist sie sicher." Aziza nickt zur Bestärkung ihrer Worte.

„Das meinst du nicht ernst, Aziza, beide Lösungen sind unmöglich!" Masumah kann es nicht fassen. „Das Mädchen muss frei sein und weg aus Kunduz, alles andere ist unmenschlich."

Aziza schubst Masumah mit beiden Armen rückwärts: „Nichts weißt du von uns, du bist einfach eine Kharigi geworden, eine Fremde, Masumah, wenn die Spingiri, die Ältesten, das sagen, dann ist es richtig, sie ist nur ein Mädchen wie du, wir sind hier nicht frei wie die Männer."

„Das kann ja wohl nicht wahr sein." Masumah spricht plötzlich ganz leise und will das Thema nicht weiter vertiefen. Sie wendet sich wieder dem Ursprungsthema zu.

„Weiter, red' weiter, es sind hier im Hof doch mindestens 45 Leute", bohrt sie stattdessen nach.

„Klar, was denkst du, jeder hat Kinder, jeder Bruder mehr als..." - sie hebt wieder die ausgebreitete Hand und lacht.

Masumahs Bedarf an Information ist damit fürs Erste erschöpft, denn es ist eine fremde Welt, in die sie geraten ist. Außerdem geht ihr das dauernde Kindergeschrei auf die Nerven. Hinzu kommt, dass alle Kinder mit einer schwarzen Kruste überzogen sind und Frisuren haben, für die man in Deutschland eine Menge Geld berappen muss, denn Rasta verfilzt hinzubekommen macht echt Arbeit. Hier wird einfach kein Kamm benutzt, und an die Haare kommt alles außer Wasser.

Aber Aziza gefällt ihr, und so beschließt sie, sich an die neue Freundin zu halten, denn ganz allein würde es richtig schwer werden. Und jede Freundin würde auch das Vertrauen von Jogi-Mama zu ihr verstärken und ihre Chancen verbessern.

Schon wenige Nachmittage später, Masumah hat sich angespannt, aber taktisch klug verhalten, empfängt die Familie einen älteren Mann. Er scheint kein Jogi zu sein, denn seine Kleidung ist gepflegt und teuer. Er trägt einen Tschapan, den Umhang, der einst Karsai zum best angezogensten Mann der Welt gemacht hatte, und auch solch eine Persianerkappe von ungeborenem Schaf. Allein diese Kappe lässt Masumah erschaudern, hatte sie doch die Ehrfurcht vor dem Leben von Anne gelernt und nicht die brutale Ausnutzung der Sache Tier im Blut. Sie nennen ihn immer wieder „Khan".

„Aziza, wieso trägt er denn seine Kappe so schief seitlich auf dem Kopf und nicht gerade?", fragt sie erstaunt.

„Du bist echt dumm, dokhtar, er ist reich, da macht ein Mann das so, dann haben alle sofort Respekt vor ihm und wissen, es ist ein bedeutender vermögender Kommandant", muss Aziza die unwissende Khariji belehren.

Der Mann hat schon einen weißen Bart, ist also mindestens schon 60 Jahre alt, und seine Haut ist landestypisch runzelig gebräunt. Sie sitzt abseits im Schatten des Zeltes, so dass er sie nicht sehen, sie ihn aber gut beobachten kann.

Said und Jogi-Mann scheinen gewichtig mit ihm zu diskutieren, manchmal nickt die Gruppe einvernehmlich, oft winkt einer, meist Said abwehrend.

Die Männer sehen oftmals zu ihr herüber, so dass sie vermutet, Gesprächsthema zu sein. Der Khan taxiert sie von weitem, doch schnell zieht sie ihr Tuch vors Gesicht, denn dieses Angaffen erfüllt sie mit Unbehagen.

Er bleibt, bis es schummrig wird, und man trinkt Unmengen an Tee, lacht, meckert und nutzt Hände und Arme für die Unterhaltung.

Der Mann ist Masumah unheimlich, er wirkt anmaßend und dominant, sie ekelt sich vor ihm, merkt aber, dass er als wohlhabender Mann selbstverständlich mit dem Auto gekommen ist und ein teures Smartphone sein eigen nennt. Ist er ihre Chance zur Flucht?

An diesem Abend ist Jogi-Frau zu Masumah überaus freundlich.

„Komm, ich mache dich schön, man ta kashang mekonom", schmeichelt sie der verängstigten Gefangenen und ruft ein paar andere Mädchen, die ihr behilflich sind.

„Was bleibt mir übrig." Masumahs Gedanken drehen sich immer nur um Flucht: „Weg hier, bloß weg."

Sie kann dem geballten Angriff kosmetikwütiger Frauen nicht entgehen, und so fügt sie sich, immer mit dem Gedanken, die Jogis in Sicherheit zu wiegen, damit jene aus Leichtsinn unachtsam würden, um dann die Chance zur Flucht zu nutzen. Aber Said und seine neue Familie wissen, was sie tun, besonders die Frauen.

„Was macht ihr da, was soll das?", fragt sie die Mädchen und Jogi-Mama ahnungsvoll. „Sei still und halte dich an unsere Sonnat-Tradition, wir machen dich nur hübsch." Mehr bekommt sie nicht heraus.

Jogi-Frau weist die anderen an, einen Hennabrei zuzubereiten, der dann mit großer Begeisterung auf Masumahs Hände und Füße geschmiert wird. Es ist eine besonders beliebte Kosmetikart, die von den Frauen mit Leidenschaft angewendet wird. Masumah ekelt sich vor der braunen Paste, die sie nun für Stunden untätig machen würde, denn wehe, man duldet den Brei nicht lange genug, dann ist der Färbungseffekt nur unvollständig und es wäre eine Missachtung der Familienmutter, die ihr dies allein aus Güte geschehen lassen wollte. Ein kleiner Trost ist, dass Aziza neben ihr sitzt und lächelt. Nicht, dass sie Aziza ihre wahre Meinung offenbart hätte, aber Aziza ist die einzige, mit der sie ab und zu reden kann und die mit ihr gemeinsam im Hof arbeitet.

Ungewaschen fühlt sie sich mit den gefärbten Händen und Füßen, aber das ist nicht das Schlimmste: Die Handschläge der Männer beim Abschied des Khans lassen einen bösen Handel befürchten.

„Übermorgen wird der Mann wieder kommen und bringt das Dusmal mit, das Tuch", erklärt ihr die pockennarbige Jogi-Frau, Ehefrau von Bruder zwei und Mutter von Aziza, die neben Exjogimama das Sagen hat, „dann machen wir für ihn und dich das Shirin Khordan - Süßigkeiten essen." Stolz lobt sie ihre gute Idee.

„Was ist das?" Masumah versteht nur „Bonbons essen", aber was soll das?

„Du weißt nicht, was das ist? Du dummes Mädchen, der Mann zahlt für dich viel Geld, du kannst stolz sein, dass du ihm so teuer bist. Er will dich als seine dritte Frau haben."

Masumah sträuben sich Nacken- und Kopfhaare zugleich, Schweiß bricht ihr aus allen Poren, das Atmen fällt ihr schwer. Nun fällt es ihr wieder ein, das Shirini Khordan, das Süßigkeiten essen, ist die afghanische Variante der Verlobung.

„Nein", schreit ihr Innerstes, „hilf mir, Uli, wo bist du, der, der immer mein Freund war, der meinen Wohnungsdienst in Hannover macht, merkst du denn nicht, dass mir hier was Schreckliches passieren soll?"

Eli weiß sich aus lauter Verzweiflung mittlerweile auch nicht mehr zu helfen. Anrufe in Deutschland bei Anne und auch bei der Botschaft bringen nichts. Nach afghanischem Recht ist der Bruder befugt, über seine Schwester zu herrschen, aber die Polizei würde schon - landestypisch zeitnah - nach ihr suchen.

Ja, sie suchen: Sie sitzen im Büro, hoffen, dass Eli ihnen Bestechungsgeld rüberschiebt, und trinken Tee.

„Fardah, morgen, oder pasfardah, übermorgen, hier geht alles etwas langsam, aber es wird schon, die junge Frau wird schon wieder auftauchen, inshallah, so Gott es will."

Auch im fernen Deutschland wächst die Verzweiflung. „Mama, was sollen wir denn machen?" Frauke ist besorgt um ihre kleine Schwester und legt den Arm tröstend um die weinende Anne.

„Hätten wir nur schnell einen Arzttermin bekommen, dann hätte sie diese Schnapsidee nicht realisiert." Verzweifelt sucht Anne nach Lösungen, aber sie verwerfen gemeinsam alle Vorschläge, denn ohne Sprachkenntnisse, ohne Landeserfahrung können sie nichts, aber auch gar nichts machen.

„Am Sonntag muss Eli zurückkommen, dann werden wir fragen, was noch möglich ist." Was Frauke als Trost meint, löst bei ihrer Mutter den nächsten Weinkrampf aus.

Indes bangt es Masumah vor den kommenden Tagen. Nach der Einfärbung mit Henna unterziehen sie die Frauen einer Haarentfernung der kompletten Art. Die Achseln und der Schambereich werden ausrasiert und dann kommen ihre Beine dran, auf denen schon wieder feiner Flaum gewachsen ist, denn dort entfernt sie immer die lästigen Haare mit Wachsband. Hier ist es ein einfacher Rasierer, und es ist außerordentlich beschämend, sich an den intimsten Stellen von den Frauen berühren zu lassen, wobei die Frauen mit den rauen rissigen Händen die Aktion zu genießen scheinen.

Aziza ist voll bei der Sache, hat nur Probleme mit ihrem schon prallen Bauch, so dass andere Frauen mithelfen.

„Freu dich, er ist ein reicher Mann", strahlt Aziza sie neidisch an.

„Wenn du wüsstest", unterdrückt Masumah ihre Gedanken und lächelt zurück.

Die Männer sind inzwischen damit beschäftigt, den Hof in zwei Bereiche abzuteilen. Dazu hängen sie eine große Plane mitten im Hof auf, um einen Sichtschutz gegen unerwünschte Blicke zu haben.

Masumah gerät innerlich immer mehr in Panik. Ich will nicht, schreit es in ihr, sie kratzt sich an den Handinnenflächen, so stark, dass die Handfalten zu bluten beginnen. Hätte sie sich nun gewehrt, es hätte nur Schläge und wieder eine Fesselung mit sich gebracht.

„Sei klug, finde einen Weg", flüstert ihr ihre Vernunft ein, es musste eine Möglichkeit geben!

Jogi-Frau setzt sich neben sie, und ein bisschen empfindet sie dabei die mütterliche Vertrautheit, die sie als Kind bei ihrer Rettung gespürt hatte, aber jetzt ist dieses Gefühl mit der Furcht vor der Falle verbunden.

„Masumah, Shirin Khordan, das sagt, dass er dich zur Frau nehmen wird, aber das ist erst in drei Monaten so weit. Er ist aber nett und hat Said schon das Geld gegeben, dann können wir an dem Tag drei Hochzeiten feiern, Saids, Neamats und deine, dann kostet es nur einmal das Essen." Sie ist glücklich darüber.

„Er ist ein guter Mann, er hat Geld, Land und Pferde, seine anderen beiden Frauen können in Reichtum leben, es wird dir gefallen." Und weiter: „Denk dran, das ist Shirini Khordan, er darf von morgen an mit dir das Lager teilen, ihr dürft Sex haben, aber du darfst ihn nicht in dich eindringen lassen, das darf er erst am Tage der Hochzeit, also mach uns keine Schande."

Masumah will aufschreien und sich wehren, aber wohin laufen und wie, und wer soll ihre Schreie hören und auch helfen? Sie würde sterben, dieser Mann wäre ihr Tod. All die

Jahre wollte sie ganz sicher sein, dass der Mann ihres Lebens sie haben sollte, und Uli hatte immer vertrauensvoll geduldig gewartet, bis sie dazu bereit wäre, und nun diese gemeinsame Vergewaltigung mit Beihilfe ihres doch so ersehnten Bruders.

Er, Said, wegen dem sie dies alles auf sich genommen hatte, er spricht nicht mit ihr, beachtet sie nicht, für ihn ist sie nur die Kuh, die man für eine afghanische Ehefrau verkauft. Sie hasst sich selbst für ihre Dummheit, ihre grenzenlose Verbohrtheit in dem Bestreben, ihren einzigen Blutsverwandten wieder zu finden. Natürlich hatten die unterschiedlichen Welten sie geprägt, natürlich ist er anders und trägt andere Werte in seinem Herzen, aber doch nicht so anders.

Sie hasst diese liebevolle Art, wie jetzt die Hoffrauen mit ihr umgehen, sie muss neue Kleider anziehen, die überhaupt nicht ihrem Geschmack entsprechen und sie wie eine Folklorepuppe aussehen lassen, und man beginnt, ihre wunderschönen Haare zu einem Knoten nach oben auf den Kopf zu zerren.

Weiße Schminke übercremt ihr Gesicht, so dass sie sich eher als Vampir denn als junge Frau fühlt und unwillkürlich an „Rüdiger den kleinen Vampir und dessen Schwester sowie den kleinen Anton" denkt - Frauke und sie hatten die Fernsehserie immer nachgespielt und sich im Haushaltszimmer in Annes Wäschekiste versteckt. Blaue Lidschatten werden aufgetragen, dicke schwarze Kholstriche um ihre Augen gezogen und knallroter Lippenstift wird aufgetragen. Damit ist sie afghanisch schön - fühlt sich aber wie eine Wachspuppe.

Sitzen, damit die Frisur hält, obwohl ein Kilo Haarspray drin ist, unwohler kann sie sich nicht fühlen, und dazu die tiefe Angst, die sie in sich verspürt. Würde Uli an sie denken oder vielleicht auch Simon, der sich Zeit genommen hatte, mit zum Flughafen zu kommen? Erst einmal gibt es keine Chance zu entkommen, sie muss das durchstehen.

Frauen für sich, Männer für sich, so sieht die Verlobung aus, was ihr zunächst die Begegnung mit dem verabscheuten Bräutigam erspart, während sie weiter auf ein Wunder hofft. Derweil wird Palau mit Schafsfleisch herumgereicht, und die Jogi-Frauen genießen die hochwertige Nahrung, die sie sich sonst nur allzu selten leisten können.

Das Kribbeln der Vorahnung erfasst erst ihre Beine, dann den Rücken und dann die Kopfhaut, sie kratzt sich hemmungslos, bis Jogi-Frau ihr einen schweren Schlag auf den Rücken versetzt.

„Bleib ruhig, benimm dich, freue dich auf solch einen reichen Khan-Mann", verhallt die Mahnung im Ohrenrauschen der Angst.

Alle Familienclanmitglieder sitzen auf dem Boden, die Frauen tanzen und die Kinder trommeln, Männer trinken Tee und reden über für sie wichtige Dinge, eher wichtigtuerische Gesten.

Der Abend kommt, und Jogi-Frau zeigt auf das Zelt, bei welchem bereits die Decken heruntergeschlagen sind.

„Komm, du musst jetzt hineingehen, er wird gleich kommen und will dich sehen, da musst du bereit sein."

Masumah dreht sich weg und versucht, sich diesem Teil des Abends zu entziehen, doch unnachgiebig zieht Jogi-Frau sie hinter sich her, um sie dann zu entkleiden.

Ein besticktes goldfarbenes Hemd wird ihr über ihren nackten Körper gezogen, die Frauen streicheln noch einmal ihre kleinen festen Brüste und gratulieren ihr. „Tabrik"

„Wehe, du machst Theater", warnt sie Jogi-Frau, „wenn du das machst, werden wir dich töten." Und zieht die Zeltplane hinter sich zu.

Masumah rollt sich auf dem Lager wie ein Fötus zusammen und betet leise vor sich hin, sie wimmert und weint, so dass die Tränen die Schminke in schwarzen Streifen über das Gesicht ins große rote Kopfkissen spülen.

„Nein, nein, ich hasse diesen Mann, ich hasse die Jogis, auch Aziza, und ich hasse Said. Anne, hilf mir, du bist meine Mutter."

Die Zeltplane wird hochgeschlagen und der alte Mann tritt ein, sein Handy klingelt, er nimmt es aus seiner Jackentasche und spricht mit jemandem. Diskutierend setzt er sich auf das Lager und streift seine superspitzen Lackschuhe von den strumpflosen Füßen. Er redet weiter.

„Ja, ich komme morgen wieder, dann erledigen wir das", beruhigt er seinen Gesprächspartner und nimmt Masumah damit die letzte Hoffnung, ihn los zu werden. Sie schwitzt.

Das Telefonat ist zu Ende, er drückt auf die Taste und wirft das Handy neben das Lager auf die Teppiche, die das Verlobungsbett einladend machen sollen.

„Ein Telefon, endlich ein Telefon", schrillt es in Masumah Kopf, „ich muss damit um Hilfe rufen."

Der Alte fingert an seiner Jacke und zieht sie aus, danach die Weste, dann kniet er sich hin.

„Nein!" Ihre Stimme versagt vor Entsetzen und Ekel. Dennoch ist sie diesem Monster hilflos ausgeliefert. Sie befindet sich hier im Land der Männer, der gewalttätigen Männer.

„Mach meine Hose auf", fordert er sie auf. Sie dreht sich angeekelt von ihm weg. Das scheint ihn eher zu motivieren. Er zerrt sich die Hose herunter, eine Unterhose scheint er nicht zu tragen, und krabbelt auf sie zu, so dass sein Hemd auf ihrem Bauch zu liegen kommt. Seine Hand greift unter ihr Hemd und schiebt es hoch, bis ihre Brüste frei liegen. Er drückt sie fest, leckt dann schmatzend mit seinem bärtigen Mund über ihre rechte Brustwarze.

Masumah wird steif wie ein Brett vor Entsetzen und Ekel vor diesem grauenhaften Wesen, das sie verschlingen zu wollen scheint. Seine Hand gleitet zu ihrer Scham und versucht, ihre Beine zu spreizen, um in sie einzudringen. Sein Glied war geschwollen und drückt gegen ihren Venushügel.

„Nein, nein, da darfst du nicht rein", versucht sie ihre Ehre zu verteidigen, und es wirkt. Er stößt ein paarmal gegen ihren Unterleib.

„Dann eben anders, los hoch, knie dich hin", reißt er sie am Arm und schiebt sie vor die Matratze. Er kniet sich selber auf das Lager, sein Glied mit der linken Hand ihr entgegenhaltend.

„So, jetzt machst du es mit dem Mund", befiehlt er ihr. „Denk dran, du gehörst mir, ich habe dich bezahlt, ich warne dich, mach es gut."

Er packt ihren Kopf mit seiner riesigen Hand und drückt ihn in seinen Schoß, krallt seine Pranke in die Haare, stößt ihren Kopf immer wieder vor und zurück und stöhnt dabei lustvoll. Masumah würgt und ekelt sich unbeschreiblich, bis er mit einem lauten Aufschrei seinen Samen in ihren Mund spritzt. Ihr Kopf wird nach hinten gerissen, er schleudert sie zur Seite, und sie übergibt sich auf den Teppich.

„Du blöde Kuh, du wirst es noch lernen." Er steht auf, geht zur bereit gestellten Wasserschüssel, wäscht sein Geschlechtsteil, kommt zurück und wirft sich auf das Lager, wo er unverzüglich einschläft.

In dem Erbrochenen liegend weint Masumah vor sich hin, bis ihr Blick auf das Handy fällt. Sie zieht ihre Knie an, krabbelt ein bisschen vor, nimmt das Handy und robbt in die Ecke des Zeltes.

Der Alte schnarcht den Schlaf des Befriedigten. Wen anrufen? Ihr fällt nichts ein. Uli ist ihr erster Gedanke, aber der ist ja bei Lilo und vom Hindukusch hat er sowieso keine Ahnung. Elis Nummer ist in ihrem Handy, Anne kann bestimmt auch nichts machen, da fällt ihr die Nummer ein, die Simon ihr eingeprägt hatte: 0177 und dann ihren Geburtstag. Es dauert, bis sie die Verbindung hat. Wieder und wieder spuckt sie aus und reibt ihren Mund mit ihrem Tuch aus.

„Arnold", meldet sich endlich eine Männerstimme.

„Simon, ich bin's, Masumah", flüstert sie leise und hält ihre Hand so, dass ihre Stimme gedämpft ist, damit der Alte nicht wach wird.

„Hallo Masumah, wo bist du, was machst du, wir machen uns solche Sorgen!"

„Du musst mir helfen, hol mich hier raus, ich bin im Jogi-Hof in Alia Bad, die halten mich fest und Said will mich verheiraten, hilf mir!"

„Masumah, bleib tapfer, ich sehe zu, was ich machen kann. Wie kann ich dich erreichen, unter dieser Nummer?"

„Nein, ruf hier nie an, dann bin ich tot, ich melde mich, sobald ich wieder kann, bitte grüße alle von mir, ich lebe noch, aber hilf mir, bitte, bitte, lieber Simon!"

Der Alte rührt sich, sie drückt die rote Taste und löscht danach die Nummer, um keine Spur zu hinterlassen, kriecht zurück, legt das Telefon zurück und geht leise zum Eimer, um sich zu waschen.

Es ekelt sie alles, aber das kurze Gespräch mit Simon ist Nahrung für ihre Träume, positive Hoffnung. Oh Simon, Simon, die Gedanken an ihn verdrängen die schrecklichen Erlebnisse, seine blauen Augen begleiten sie in den Schlaf.

„Verhalte dich ruhig, tue so, als ob du dich mit der Situation abfinden würdest, dann hast du mehr Freiheiten." Diese Strategie dominiert ihr Tun, und so beginnt sie, mit der Frau, die ihr einst so liebevoll und vertraut war, wieder Gespräche zu führen, so weit es ihre bisherigen Sprachkenntnisse erlauben.

Neugier vortäuschend, fragt sie nach ihrem Verlobten, wer es wohl wäre, wo er wohne und wann denn die geplante Hochzeit stattfinden würde.

„Er ist ein großer Mann in Kunduz Stadt, deshalb werden wir bald dort in einen Hof gehen. Er hat für dich viel bezahlt, das ist gut, so können meine beiden großen Söhne Said und Neamat auch eine Frau nehmen."

„Kennen die beiden denn schon Frauen, die infrage kommen?" Sie sieht ihrer Jogi-Mutter ins Gesicht und reibt sich an der Nase.

„Ja natürlich, hast du das noch nicht mitbekommen? Es sind Schwestern, das ist besonders gut, am nächsten Samstag werden beide hier ihre Shirini Khordan machen, danach ziehen wir nach Kunduz, denn die deutsche Mutter ist weg, und dann in drei Monaten, dann macht ihr alle gemeinsam Hochzeit, das kostet nur einmal Essen und der Khan aus Kunduz zahlt das alles."

So, nun weiß sie zumindest Bescheid, wie ihre Chancen stehen. Bloß schweigen und niemandem ihr Wissen verraten, denn dann würde alles nur noch schlimmer werden. Die Besuche des Khans, ihres Mörder-Verlobten, zweimal in der Woche würde sie schon überstehen, und es bleiben ihr zwölf Wochen, um zu fliehen.

Sie ist enttäuscht, dass Eli fort ist, auch wenn sie weiß, Eli konnte nicht ewig bleiben, aber vielleicht kommt doch irgendwann Hilfe. Simon weiß nun, wo sie ist. Wichtig ist jetzt, dass sie nochmal an ein Handy kommt, um ihm sagen zu können, ab wann sie in Kunduz wäre.

Ihre Taktik hat Erfolg, die Gefangenschaft wird etwas gelockert. Inzwischen darf sie sich im Hof frei bewegen und auch an die Tür gehen und hinaussehen, solange sie keinen

Fuß vor die Tür setzt, aber das hat sie auch nicht vor.

Ihre kleine Zweckfreundschaft mit Aziza pflegt sie, denn es ist taktisch klug, um keinen Verdacht aufkommen zu lassen, und von Aziza bekommt sie stets die neuesten Informationen – in Gedanken nennt sie Aziza öfter „meine Bildzeitung".

Hier in Alia Bad, wo nur freies Feld ist und kein Mensch ihr helfen kann, da gibt es sowieso keine Chance zu entkommen. Also warten, bis sich vielleicht eine Gelegenheit in Kunduz ergeben würde. Telefon, das ist wichtig, aber da passen Said, Gholam und Jogi-Mutter immer genau auf, sie ahnen innerlich, wie unglücklich Masumah ist.

Ihre Gefühle für Said, die sie all die Jahre bewegt hatten, sind für den kleinen Jungen aus ihrer Kindheit geblieben, der erwachsene Said ist ihr Feind, nur weg von ihm, ihre Familie sind Anne und die Mädchen, sie sehnt sich nach dem Wirbelwind Frauke, die bestimmt schnell eine Lösung im Kopf gehabt hätte.

Überall hat sie Flohbisse, es juckt, und ihre Hände sind vom Kratzen ganz blutig. Aber auch ihre Beine und ihr Körper sind von den roten juckenden Bissen übersät, so dass sie sich vor sich selbst schämt.

Der Kunduz-Khan beginnt, bei seinen Besuchen mit ihr zu reden, und obwohl sie ja immer ein Hemd trägt, das er dann bis zu ihren Brüsten hochstreift, sieht er die roten

Punkte und bringt ihr eines Tages ein Puder mit. Sie kann die Schrift nicht lesen, aber der weiße Staub lindert den Juckreiz und scheint die meisten der ungeliebten Besucher zu vertreiben. Sie ist diesem Mann dankbar dafür, trotzdem verabscheut sie ihn und sein brutales Fordern aufs äußerste.

Am nächsten Tag sitzt sie mit der neugierigen Aziza und sortiert Reis.

„Erzähl, wie ist er?" Aziza lässt nicht locker.

„Lass mich, ich will nicht darüber reden."

„Das macht doch jeder, stell dich nicht so an", bohrt sie weiter, aber Masumah senkt den Kopf, um anzudeuten, dass sie keine Lust hat, weitere Auskünfte zu geben.

„Pah, die Ziege." Aziza ist sauer und steht auf, um mehr Reis zu holen. Plötzlich bleibt sie stehen und hält sich den Leib. „Masumah, hol Jogi-Mama, ich glaub', es ist so weit, das Kind kommt", ruft sie der Freundin zu. Masumahs Herz klopft, das ist neu für sie, sowas hat sie noch nicht erlebt. Sofort springt sie auf und ruft nach den anderen Frauen, bevor sie zu Aziza läuft, um ihr zur Seite zu stehen.

„Komm, ich bring dich in dein Zelt", stützt sie die Freundin, die sich nach vorn beugt, um die schnell folgenden Wehen besser ertragen zu können.

Als sie sich auf den Plastikteppich gelegt hat und keine Wehe ihren Körper durchzieht, lacht sie Masumah an: „Masumah, das ist nichts Besonderes, ich habe doch schon fünf Kinder geboren, das ist ganz einfach. Ich glaube, du hast mehr Sorgen als ich. Du wirst schon sehen, wenn du viele Kinder gebären wirst, es ist normal. Geh zur Seite, meine Mutter kommt und wird mir helfen, du störst dabei nur." Stöhnend dreht sie ihren Kopf, denn eine neue starke Wehe durchfährt ihren Körper.

„Boro!" Jogi-Mutter und die Pockige treiben Masumah raus, und das ist ihr ganz recht, denn der Geruch Azizas, der schweißigen Frauen, die sich nun im Zelt und ums Zelt drängen, ist ihr zu viel. Sie fühlt Übelkeit in sich aufkommen und Angst, unter solchen Umständen einmal einem Kind das Leben schenken zu müssen. Sie will es nicht sehen und will auch die Schreie Azizas nicht hören, Aziza, die im schmuddeligen Zelt auf dem Boden liegt, der mit Plastik bedeckt ist, und um die die Frauen wie die Geier herumstehen.

Nach zwei Stunden ist es schon geschafft, Jogi-Mama kommt mit einem eng geschnürten Bündel aus dem Zelt und drückt es Masumah in den Arm. „Kümmere du dich darum, es ist bloß ein Mädchen, Aziza muss erst mal schlafen und sich ausruhen."

So klein und zart ist die kleine neue Weltbürgerin, so mager und so zerbrechlich. Masumah kennt Säuglinge bislang nur aus Deutschland, wo ihr schon bei den Kleinsten runde wohl genährte Gesichter entgegengeblickt hatten. Dieses Kind aber ist wie ein Kind, das eigentlich im Brutkasten liegen sollte, so unterernährt und schwach. Es rührt ihr Herz, dieses schutzbedürftige Wesen, und sie drückt die Kleine zärtlich an sich, voller Rührung, aber auch voller Angst um das Kind und um ihre eigene Zukunft.

Aziza ist nun abgeschirmt von den erfahrenen Jogi-Frauen und darf sich erst einmal ausruhen, was sie auch verdient hat, denn ihr magerer Körper hat mit der Schwangerschaft viel Substanz lassen müssen. Die Frauen haben ihre Beine mit Tüchern fest umwickelt, damit sie wieder Kraft bekäme, und bestimmen, Aziza müsse liegen bleiben.

„So ein Unsinn, hier ist sicherlich keine Thrombosegefahr", denkt Masumah, aber es ist ihr klar, dass Aufklärung hier keine Früchte tragen würde.

Malia wird ihr ein kleiner Trost, dennoch hofft sie, nicht dabei sein zu müssen, bis die Kleine auf eigenen Füssen stehen würde.

Es wird Shanbe, Samstag, und alle im Hof sind mit der Planung der Bruderverlobung beschäftigt. Viele andere Jogis sind gekommen, um dabei zu sein, wobei ihr Hauptanliegen das besondere Essen ist. Viele Männer sitzen zusammen und palavern, denn man muss sich ja einstimmen, bevor man zu den Bräuten hinüber geht.

Am Abend zuvor hatte Said ein Schaf in den Hof gebracht, welches die ganze Nacht vor sich hin geblökt hatte. Teils sicherlich aus Sehnsucht nach seiner Herde, teils aus Angst davor, was kommen würde. Masumah hält sich die Ohren zu, denn sie hat Mitleid mit diesem Wesen, und es erschreckt sie, welch qualvolle Prozedur auf das Tier zukommen würde. Der Schnitt durch die Kehle bei vollem Bewusstsein, welch ein furchtbarer Tod.

„Wenn ich wieder in Deutschland bin, dann esse ich nur noch vegetarisch, kein Tier soll meinetwegen so leiden", nimmt sie sich fest vor.

Immer mehr Leute kommen, die Frauen setzen sich zu Jogi-Mutter und die Männer wie üblich rüber zu den Brüdern, die voller Aufregung der Feier entgegen fiebern. Die Menge der Personen macht es sehr unübersichtlich, denn auch ein großer Tross von Kleinkindern begleitet die Gäste. Es ist wie immer in Afghanistan, man lädt 20 Leute ein und 200 kommen, jeder bringt seine ganze Verwandtschaft mit.

Masumah hatte schon am Vortag viel zu tun gehabt, denn es soll Reis geben, der musste sauber sortiert werden, und Möhren und Zwiebeln hatte sie vorzubereiten. Aziza ist noch zur Schonung in ihrem Zelt und genießt ihre Ruhe und das Faulenzen. Die anderen Frauen sind mit dem Säubern der Decken und Kissen beschäftigt, so dass sie nicht unter absoluter Kontrolle steht. Man beginnt, ihr Vertrauen entgegen zu bringen.

Nun am Morgen des Festes ist der Hof gedrängt voll. Junge Burschen üben bereits auf ihren Dolha, ihren kleinen Trommeln, und erfüllen die Luft mit Feststimmung.

Masumah muss immerzu laufen und neues heißes Wasser für Tee für die Männer zubereiten. Der Kessel steht auf einer Feuerstelle, die sie mit Plastikabfällen füttern muss. Ihr ist klar, wie gefährlich die Brandgase für die Gesundheit sind, aber das stört hier niemanden.

Sie hatte gerade neues Wasser auf die grünen Teeblätter in den Thermoskannen gegossen, da sieht sie es an der Wand hängen, wo die Stromleitung ankommt und verschiedene Steckdosen angebracht sind. Ein Handy mit Ladegerät, welches einer der Gäste zum Aufladen eingesteckt hatte. Diese Chance darf sie sich nicht entgehen lassen. Schnell blickt sie um sich, springt zur Mauer, reißt den Stecker aus der Dose, drückt lange auf den roten Knopf, um das Ding auszuschalten, wickelt das Handy in ein Tuch, das sie umhängen hat, rennt zu einem der in Reserve stehenden Reissäcke und gräbt mit den Händen so tief sie nur kann, um das Handy zu verstecken. Hastig hetzt sie zurück und holt frisches Wasser, um sich still wieder ans Feuer zu setzen und ihre Arbeit zuverlässig zu erledigen.

Jogi-Frau kommt vorbei und kontrolliert die Arbeit, sie lächelt. „Du wirst mich nicht unterkriegen, du blöde Kuh", denkt sie, „lächeln, immer lächeln, ich werde es schon schaffen."

Natürlich wird der Diebstahl bemerkt und eine hektische Suche beginnt. Der Gast ist erzürnt und schimpft, Männer und Frauen der Familie starten eine hektische Suche. Da aber das Fest im Mittelpunkt steht und jeder der vielen Leute der Dieb gewesen sein konnte, wird die Suche bald eingestellt und man geht wieder zur Feier über.

Sie muss das Handy aus dem Reis an einen sichereren Ort bringen, bloß nicht dicht bei sich, damit es nicht gefunden wird. Sie hatte es ausgeschaltet, um das Akku zu schonen, außerdem kann niemand durch ein Klingeln das Telefon orten. Das ist ihre Tür zur Welt, sie muss sie nur gut vor den anderen hüten.

Der ganze Tag und auch der nächste sind von Festaktivitäten erfüllt, auch der Khan kommt und sie versucht, ihm seinen Aufenthalt angenehm zu gestalten. Er hält sich an die Regeln, das ist für sie im Moment das Wichtigste, denn Demütigungen lassen sich mit Hoffnung im Herzen ertragen, und die hat sie. Sie beißt die Zähne zusammen, so fest sie kann. „Simon, hilf mir, Anne, rede mit Eli, ihr müsst mich hier wegholen."

Inzwischen hat sie das Handy aus dem Reis in ein sicheres Versteck gebracht, eines, das niemand aus Zufall entdecken konnte. Der Khan hatte ihr ein Blumengesteck geschenkt, in dem in einem Steckschwamm

Plastikrosen und -beeren arrangiert waren. „Ich danke dir, du bist so gut zu mir", hatte sie bei ihm geschleimt und sobald er weg war, den Schwamm vorsichtig aus dem Korb genommen und von unten ausgehöhlt. Da ist ihr Schatz jetzt in Sicherheit, besonders, da sie nun beginnt, die stolze Braut eines großen Khan zu spielen. Lächeln, auch wenn einem zum Weinen ist – nein, mehr zum Schreien. Nur das Aufladen, das wird noch ein weiteres Hindernis.

Auch Aziza kann sie jetzt die glückliche Braut vorspielen, denn ihre Hoffnung auf Rettung hat ihre Moral deutlich gestärkt. Aziza ist aus dem Zelt auferstanden und schleppt ihre kleine Tochter bei sich, egal ob sie beim Kochen hilft oder die anderen Kinder betuttelt. Klein Malia, winzig und dünn, lässt alles über sich ergehen, nur manchmal piepst sie missmutig mit ihrer leisen Stimme nach Milch.

Manchmal trägt Masumah die Kleine auch auf dem Arm und wiegt sie, als wolle sie ihre Sehnsucht nach Deutschland mit dem kleinen unschuldigen Mädchen stillen. Aber schnell nimmt Aziza Malia wieder in ihren Arm. „Malia ist mein Kind, merk dir das." Sie muss das Kind häufig an die Brust legen, denn ihr geschwächter Körper gibt nur sehr wenig Milch ab, die Malia dringend benötigt. Aziza hat jetzt kaum noch Zeit für Masumah und zieht sich sooft es geht in ihr Zelt zurück, um im Schlaf Kräfte zu sammeln.

Mittags sind an normalen Tagen die Männer und Frauen unterwegs und die Hofwächter schlafen, so dass dies die beste Zeit ist zu handeln. In Deutschland muss es jetzt gerade 10.30 Uhr sein, also besteht die Möglichkeit, Simon zu erreichen.

„Arnold." Sie hat Glück, er geht sofort an sein Smartphone.

„Ich bin's, Masumah, hör mir genau zu, ich habe nicht viel Zeit und muss das Handy sofort wieder ausstellen. Mir geht es gut, wir sind noch in Alia Bad, aber ab übermorgen sind wir in Kunduz. Vielleicht kann Eli mir da helfen." Simon lauscht aufmerksam. „Merk dir diese Nummer, das Handy ist bei mir, aber ich muss aufpassen, hilf mir, bitte hilf mir."

„Masumah, ich denke ständig an dich, ich tue alles, was in meiner Macht steht, glaub es mir. Mach das Handy jetzt wieder aus und melde dich, wenn du in Kunduz bist. Masumah, noch was, ich habe dich von ganzem Herzen gern, du kannst dich auf mich verlassen."

„Danke, Simon, mach ich, grüß Anne und die anderen, ich kann mich nur bei dir melden, tschüss."

„Pass auf dich auf, mach's gut."

Ihr Herz klopft vor Freude, ein Hoffnungsstrahl am Himmel, er denkt an mich, mal sehen was kommt. Sie drückt auf den

Offschalter und steckt das Handy wieder in ihr Versteck.

„Mama, was sollen wir machen?" Nach dem ersten Anruf Masumahs sind alle erleichtert. Anne, Susi, Johannes und Frauke sind froh, dass Masumah lebt, und auch Uli ist bereit, seine Freundin weiter bei Lilo, Jill und Sofie zu vertreten. Gleichzeitig ist er traurig und ein bisschen sauer. „Wieso ruft sie mich nicht an?" „Sie scheint kein Telefon zu haben und kann nur wenig sagen. Es geht nicht darum, beleidigt zu sein, es geht darum, sie rauszubekommen", weist Frauke Uli energisch zurecht.

Nun sitzt der Weberclan mit Eli und Familie zusammen, um eine Lösung auszutüfteln. „Du hast Leute, du hast die Verbindung", drängelt Simon. „So einfach ist das nicht. Wenn ich wieder hinfahre, dann geht das wie ein Lauffeuer durch die Provinz, und die Jogis sind sofort gewarnt. Also geht das schon mal nicht, denn dann haben wir gar keine Chance mehr. Eines ist aber gut, Masumahs deutscher Pass liegt oben in Kunduz im Büro in meinem Zimmer, da kann sie eventuell ran und mit ihm heimreisen, Gott sei Dank habe ich daran gedacht." „Aber wie soll das ohne dich gehen?" Simon wird ungeduldig. „Erst mal mit der Ruhe und dann mit ′nem Ruck." Eli zieht die Augenbrauen hoch, wie immer, wenn sie sich konzentriert. „Wir haben Osman, der ist clever und ein Schlitzohr, und

Najib, der dabei war, als der Scheiß passierte, wir müssen vertraulich mit beiden sprechen." Sie ist wieder im Organisationsrausch. „Aber das genügt nicht. Angenommen, wir bekommen sie raus, dann muss sie sofort außer Landes, denn sonst kann der Bruder sie nach afghanischem Recht zurückfordern, oder wenn du es sagst, sie wurde verlobt, dann ist der Mann noch eher im Recht und noch gefährlicher. Das bedeutet, wir müssen eine echte Flucht planen, so wie im Film." Trotz der Anspannung grinst sie.

„Angenommen wir haben sie, wohin dann? Wir können nicht warten, dass irgendwann mal ein Flug nach Kabul geht, da können sie uns am Flughafen festhalten. Und warten geht sowieso nicht, sie muss sofort weg. Nach Kabul kommen ist auch riskant, denn die lange Fahrt nach Kabul, da sind zu viele Kontrollen."

„Duschanbe wäre der nächste Weg, aber sie hat kein Visum für Tadschikistan, also bleibt nur eine Möglichkeit, Mazar-i-Sharif. Von dort fliegt Türkish Airlines inzwischen auch, ihr Visum muss noch gültig sein, also kann sie, wenn's gut geht, sofort in eine Maschine."

Eli ist von ihrem Plan überzeugt. „So müsste es gehen, nur ich kann nicht mit, ich bin in Kunduz der bunte Hund, also, wer geht nach Afghanistan?" Sie blickt sich fragend um.

So ein Jogi-Umzug ist immer mit viel Trara verbunden. Diesmal haben sie mehr Zeit als bei der Flucht aus Khana Bad. Baumwollmatratzen, Decken, Kind, Schaf, Hund und Kochgeschirr, alles wird auf die zweirädrigen Karren und die Esel verladen. Masumah packt ihre persönliche Habe ein, Bettzeug und ein paar Kleinigkeiten ihres „Verlobten". Dabei wickelt sie auch ihr Blumengesteck in eines der großen Tücher, steckt es in ihr großes Tragetuch und folgt dem Tross. Diesmal darf sie nicht auf einem Esel reiten, diesmal ist Laufen angesagt, so wie es die anderen jungen Frauen müssen. Auch Aziza wird nicht geschont und geht, Malia im Arm, neben Masumah. Sie scheint dies als total normal hinzunehmen, zumal schon wieder einige der jungen Frauen einen Kugelbauch vor sich hertragen. Nur die große Jogi-Frau thront auf einem Esel, sie als Chefin braucht den Überblick, denn sie muss ja die anderen überwachen, auch wenn sie schon fast blind ist.

Von Alia Bad dauert es einen ganzen Tag, bis sie oberhalb der Stadt Kunduz einen der leeren Höfe erreicht haben. Hier ist die Mauer aus Stein angeputzt und auch der Hof ist nicht lehmig, sondern mit Schotter aufgefüllt, so dass nicht ständig der Staub in Nase und Mund geweht wird. Hinten in der Ecke weist Jogi-Vater sie an, die Decken und Matratzen auszubreiten und sich häuslich einzurichten. Jogi-Mutter kommandiert rum, damit am

Abend alle ihren Platz haben. Kunduz ist die Goldgrube der Gruppe, hier kann man beim Betteln am meisten verdienen.

Mittlerweile wird Masumah nicht mehr angebunden und kann sich frei auf dem Hof bewegen, nur die Hoftür bleibt für sie das absolute Tabu. Sobald sie sich ihr nähert und jemand bemerkt dies, gibt es einen heftigen Hieb mit dem Hundestock, den die Aufpasser immer parat halten. Besonders Said hat es auf sie abgesehen, aber auch Jogi-Mutter hat noch genug Kraft, um zuzuschlagen.

Die vielen struppigen Köter werden aus den Eselbeuteln entladen, die beiden Esel an Pflöcken angebunden und auch der Stolz des Jogi-Vaters, sein klappriger Buskashihengst, der schon bessere Tage gehabt haben muss, wird in der Hofecke fixiert. Decken werden ausgebreitet, Plastikplanen entfaltet, Hölzer mit Stricken miteinander verbunden und die Jogibehelfszelte errichtet.

Kinder quäken, Hunde bellen, ein kleiner Junge pinkelt mitten auf den Hof, die mitgebrachten Hühner flattern, dass die Federn stieben, man hat sich also schon wohnlich eingerichtet, Jogi-IKEA. Alle sind glücklich, in Kunduz angekommen zu sein. Auch Masumah spürt so was wie Glück, hat sie hier doch die besten Chancen, zu entkommen.

Das Tor des Hofes steht immer offen. Vorsichtig, um keinen Verdacht zu erwecken, wirft sie immer wieder aus sicherer Entfernung einen Blick hinaus, um die Lage zu peilen. Um den Hof herum liegen andere ummauerte Höfe, in denen nur stacheliges Gestrüpp wuchert, an welchem die Jogi-Schafe knabbern. Weiter weg stehen Häuser, die andeuten, welch einen finanziellen Stand der jeweilige Besitzer hat. Vom bescheidenen Haus bis hin zur Superluxusvilla dreistöckig gibt es alles.

Geruch von Pferden steigt ihr in die Nase, so intensiv, dass er nicht vom Hofklepper kommen kann. Also müssen im Nachbarhof Pferde stehen. Sie bekommt ihre Annahme bestätigt, als sie abends das hungrige Wiehern mehrerer Tiere hört. Sie denkt an Uli und an den wunderschönen Besuch auf der Neuen Bult und den Duft des Galoppers, der für sie besser als Chanel Nr. 5 gewesen war.

„Uli, denkst du an mich, machst du dir Sorgen?" Ihre Gedanken fliegen heim nach Hannover und auch zu Anne. „Stehst du Lilo bei, ihre Aufgaben zu lösen?" Uli scheint ihr so verlässlich und ein Fels in der Brandung, dennoch verblasst sein Gesicht in ihrer Erinnerung.

Jogi-Papa greift zu seiner Flüstertüte und verkündet lauthals krächzend die Anwesenheit seiner Sippe. Der Hof hat sich inzwischen immer mehr gefüllt mit Menschen, die in Masumahs Augen alle gleich aussehen oder zumindest verdammt ähnlich, so dass sie den Schluss zieht, von einer Riesenfamilie von 40 Personen aufgesogen zu sein.

„Simon, jetzt sind wir in Kunduz", flüstert sie in einem unbeobachteten Moment in das gestohlene Handy, denn er hatte sie gebeten, ihm bei Ankunft in der Stadt sofort Mitteilung zu machen. „Mein Gott, bin ich froh, von dir zu hören." Seine Stimme klingt erleichtert, als er sie hört. „Geht es dir gut, Masumah, bist du gesund?" „Ja, Simon, alles eben den Umständen entsprechend, aber bitte sag Anne, es ist alles okay. Wann unternimmt Eli was? Ich habe nicht mehr viel Zeit." „Höre mir jetzt ganz genau zu und sag erst mal nichts. Ich schreibe mir deine Nummer auf und rufe kurz zurück, damit ich sicher bin, dass das deine Nummer ist. Danach machst du das Handy aus und jeden zweiten Tag genau um 1 Uhr deiner Zeit machst du es an. Du hast doch deine Uhr noch, oder? Mach es an, stell es auf lautlos und pass auf. Lass es nur fünf Minuten an, dann mach es wieder aus, ich versuche dich immer zu der Zeit zu erreichen, hast du verstanden?" „Ja doch, ich bin zwar jetzt hier, aber ich bin nicht doof, alles okay, mach ich so." Und weiter: „Weißt du noch, damals, als ich gekommen bin, da hast du mir gesagt, du bist immer für mich da, ich verlasse mich auf dich." Die Verbindung bricht ab, sie drückt auf die rote Taste, lange, damit das Handy ausgeht, und steckt es in ihren BH, sicher ist sicher.

Die Chance

Die Laune bei den Jogis wird immer besser, denn Kunduz ist ein reiches Bettelpflaster. Auch Aziza ist jetzt mit im Einsatz, Bettelgeld zu haschen, und kann mit der kleinen Malia oftmals gute Einnahmen erzielen. Stolz bringt sie ihre Einnahmen ihrem Ehemann, der sie an Jogi-Papa weiterreicht. Aziza genießt es, hier zu sein. Plötzlich hat sie mal ein neues Tuch bei sich oder sie kaut Süßigkeiten, die sie in ihrer Rocktasche verborgen hält.

Said nutzt die Tage und putzt sich heraus. Einmal die Woche verschwinden er und Neamat und fahren zu ihren Bräuten nach Alia Bad, ansonsten bereiten sie sich schon auf die Hochzeit vor.

Der Khan kommt nun nur noch einmal in der Woche zu ihr, anscheinend hat er viel zu tun oder die Attraktion ihrer weißen Haut schwindet, denn die Sonne hat das ihre dazu beigetragen und auch ihr Gesicht heftig gebräunt. Dadurch fällt sie auf der Skala Afghanistans Next Topmodell deutlich die Stufen hinunter, denn nur blass ist schön und teuer.

Immer wieder hat sie versucht, mit Said zu sprechen, aber er ignoriert sie. Für ihn ist sie ein Nichts, nur ein Mittel zum Zweck, und nun, da sie sich anscheinend mit der Lage abgefunden hat, da war sie nicht einmal besonders zu bewachen. Es sind ja auch nur noch zwei Monate, dann ist sie eh aus dem Hof, in der Familie des Khans als bespaßende

Drittfrau. Nur noch zwei Monate. Und Masumah weiß, ihr Visum ist nur für sechs Monate ausgestellt, also muss schnell was geschehen, bevor der Pass Aufsehen erregt.

Jeden zweiten Mittag, wenn sie unbeobachtet ist, hat sie das Telefon auf Empfang, aber es ist gefährlich, der Akku ist nur noch halbvoll und sie hat nur einmal die Möglichkeit zum Laden gehabt.

Simon ist zuverlässig, er macht ihr Mut und bittet sie um Geduld.

Es ist an einem Samstag, die Frauen sind in der Hitze im Bazar unterwegs, und sie hat sich mit ihrem Handy ins Zelt gelegt und spielt den andern vor zu schlafen. „Brr", der Vibrationston meldet einen Anruf. Es ist keine deutsche Nummer, es ist eine lokale Roshan-Nummer, die sie auf dem Display sieht. Ängstlich meldet sie sich nur mit „bale," damit kein Fremder sie erkennen kann.

„Masumah, nun pass auf, vor eurem Hof ist etwa 100 Meter links eine hellblau gestrichene Moschee, da steht jetzt in den nächsten Tagen immer ein weißer Corolla davor, und damit du weißt, dass es auch der ist, den ich meine, er hat ein grünes Tuch am Rückspiegel. Die Scheiben sind verdunkelt, du kannst nicht sehen, wer darin sitzt. Vertrau mir, er steht jetzt immer von 10 Uhr bis 16 Uhr dort. Wenn du kannst und an das Hoftor gehen darfst und das Auto siehst, lauf hin, die hintere Wagentür ist offen. Spring rein, leg dich auf die Rückbank und vertrau mir. Versprich es mir." „Ja Simon, ich frage auch nicht weiter, ich mach jetzt jeden Mittag das Handy an.? „Ja okay, aber besser, du kannst so schnell wie möglich rauslaufen, das Auto steht ab morgen da." Sie zittert am ganzen Körper vor Freude. Vielleicht ist Eli in Kunduz und keiner weiß es. Hurra, sie würde alles tun, um der Hölle zu entkommen.

Diese Nacht kann sie kein Auge zu tun, alle Alpträume, die sie früher hatte, sind verflogen, nun steht die Erwartung dessen, was kommen würde, im Mittelpunkt ihres Denken und Fühlens.

Das eindringliche laute Rufen des Muezzins, welches hier den Wecker ersetzt, tönt über den Stadtteil Ariana, und die aufgehende Sonne im staubigen Osten deutet an, dass es wieder ein heißer Tag werden würde. Heute will sie es unbedingt versuchen, aber sie muss erst gewiss sein, dass das Auto auch wirklich draußen steht. Beim morgendlichen Aufbruch der Bettler ist sie besonders hilfreich und gibt Jogi-Mama eines der Kinder auf den Arm, um deutlich zu machen, dass sie ihr viel Glück wünsche. Dabei kann sie sich neben Jogi-Mama so weit an die Tür bewegen, dass sie einen Blick nach draußen werfen kann. Ja, es steht da, das Auto, wie es Simon beschrieben hat, ihr Herz schlägt bis zum Hals.

Geschäftig räumt sie sofort die Thermoskannen vom Zeltboden auf, damit keinem ein Verdacht kommen könnte, wieso sie plötzlich Interesse an der Außentür habe. Sie stellt sich eifrig an bei der Arbeit, immer darauf bedacht, eine Möglichkeit zu finden, aus der Tür hinauszurennen. Jogi-Papa ist mit den Hunden beschäftigt und Said belädt zwei Esel mit Vogelkäfigen, um die kleinen gefiederten Gefangenen im Bazar zu verkaufen. Said hat sie die ganze Zeit noch keines freundlichen Blickes gewürdigt, eher das Gegenteil, er ist immer misstrauisch und beobachtet sie mit Argwohn. Endlich ist Said fertig und zieht die Esel hinter sich her aus dem Hof. Masumah wittert ihre Chance und sieht sich vorsichtig um. Wenn Said außer Sicht ist, dann würde sie nicht weiter zögern.

Sie dreht sich zu Jogi-Papa um und beobachtet ihn. Er hat sie fast vergessen, und so dreht sie sich zum Zelt, welches der Tür am nächsten steht, und beginnt, es mit dem Reisigbesen zu bürsten.

„Jetzt gleich", fährt es ihr durch den Kopf, „jetzt werde ich gleich losrennen." Sie läuft auf die Tür zu. Abrupt stoppt sie, denn vor ihr steht ein Jogi-Mann aus einem Nachbarhof und starrt sie an. „Salam, Padar", grüßt sie ihn und ruft spontan nach Jogi-Mann, für den der unerwartete Besuch bestimmt ist. Beiden ist dankenswerterweise nichts Ungewöhnliches aufgefallen. Aber dennoch, die heutige Chance ist verpasst, denn beide Männer setzen sich genau dorthin, wo sie optimal sehen können, was an der Hoftür so vor sich geht.

Tränen schießen Masumah in die Augen, Tränen der Enttäuschung und der Wut. „Wieso muss jetzt gerade der blöde Typ kommen", flüstert sie vor sich hin und stöhnt. „Simon, ich will endlich nach Hause!" Sie weiß aber, er kann sie nicht hören. „Was ist mit dir?" Aziza ist neugierig und erkennt, dass Masumah etwas bedrückt, aber diese weicht ihr geschickt aus. „Es ist noch so lange hin, bis ich endlich ins Haus des Khans ziehen kann, hier ist es für mich doch etwas zu einfach." Glaubwürdig kommt ihre Entschuldigung bei Aziza an.

Um das Thema zu wechseln, nimmt sie die kleine Malia auf den Arm und wiegt die Kleine hin und her. Malia ist ihr einziger Trost in dieser unwirklichen Zeit.

Am nächsten Morgen ist sie besonders nett und freundlich zu Jogi-Mutter und erklärt sich gleich bereit, die Plastikteppiche alle zu reinigen, solange die anderen in der Stadt unterwegs sind. Das ist eine sehr unbeliebte Arbeit, so dass Jogi-Frau erfreut feststellt, wie gut Masumah sich eingelebt hat. Als Aziza loszieht, nimmt sie kurz Malia in den Arm und wiegt sie. „Am liebsten würde ich dich mitnehmen, meine Kleine", flüstert sie Malia auf Deutsch zu. Jeden Tag hofft sie weiter, es wäre der Tag X.

„Du wirst dem Khan eine gute Frau werden, wenn du fleißig bist, aber pass auf deine Haut auf, du bist schon ganz dunkel geworden, sonst will er dich nachher nicht mehr, das wäre für uns eine Katastrophe", ermahnt Jogi-Frau sie gut gelaunt und nimmt eines der kleinen Kinder auf ihre Hüfte, um in die Stadt zur Bettelei zu gehen. „Komm Aziza, wir gehen heute zusammen", ruft sie ihrer Schwiegertochter zu und tritt über die Exkremente, die die kleinen Kinder vor die Hoftür gesetzt haben. Masumah bringt sie zur Hoftür und winkt ihr nach. „Mach's gut, bis heute Abend", lächelt sie heuchlerisch. Sie sieht das Auto, sie sieht das grüne Tuch, ihr Herz rast.

Der alte Jogi-Mann ist heute wieder zu Hause und ruht sich aus. Wohlwollend verfolgt er ihren fleißigen Einsatz und beschäftigt sich mit seinem Pferd, das abgemagert an einem Pflock an der Mauer angebunden steht. Er konzentriert sich voll auf seinen Stolz, den grauen Klepper, und beginnt sogar, seine Hufe auszukratzen. Sein Interesse an Masumah ist verflogen.

Masumah geht in ihr Zelt, nimmt das Handy aus dem Blumengesteck und steckt es in ihren BH. Dann geht sie und packt ihre Matratze und die ihrer Jogi-Mutter auf einen Bock, wo sie die Gegenstände alle bürstet. Jogi-Mann sieht zu ihr rüber. Deutlich hörbar stöhnt sie, um die Anstrengung zu zeigen und den Bedarf nach einer Pause zu signalisieren, und geht mit der Hand auf dem schmerzenden Rücken auf dem Hof hin und her.

Jogi-Mann wendet sich wieder seinem Pferd zu, da nähert sie sich der großen Tür, die offen steht, um Wind in den Hof zu lassen. Da ist es noch, das Auto, sie sieht zu Jogi-Mann, der sie nicht bemerkt, tritt einen Schritt vor die Tür und rennt los. Rennt, so schnell sie die Füße tragen, über den holprigen Boden, über die dornigen Büsche, verliert einen der Tschaplis, der Badelatschen, rennt weiter auf den weißen Corolla zu, reißt die Tür auf, wirft sich auf den Sitz, zieht die Tür hinter sich zu und duckt sich auf die Decke, die auf dem Sitz liegt. Der Fahrer gibt Gas, und der Corolla braust davon.

Masumah bekommt einen Schreck, Angst erfüllt sie, denn der Fahrer ist ihr fremd, er hat tiefschwarze Haare und einen schwarzen sehr kurzen Bart. Sie ist in eine Falle geraten, ihr Adrenalinspiegel schießt an die Decke. Wer ist das, würde er sie in Sicherheit bringen oder war es eine neue Entführung?

„Masumah, ich freue mich so, hab keine Angst." Deutsch redet der Fahrer, wirklich Deutsch, und die Stimme kommt ihr bekannt vor. Sie richtet sich auf und versucht, sein Gesicht zu erkennen. Das Auto rast gerade auf einer Schotterpiste und er ist voll konzentriert. Die Stimme kommt ihr vertraut vor. „Simon, bist du es wirklich?", fragt sie erstaunt. „Ja klar, denkst du, ich überlass dich irgendjemand?" „Hurra, mein Gott bin ich froh", juchzt sie auf. Sie ist in Sicherheit, oder fast. „Leg dich wieder runter, versteck dich unter der Decke, das wird jetzt eine lange Fahrt, wir sind noch nicht in Sicherheit. Wie geht es dir, Masumah? Ich freue mich so, dass ich dich gefunden habe." Simon hält das Handy in der einen Hand und wählt eine Nummer. „Ich hab sie, ich bin gleich bei euch, macht euch fertig", gibt er auf Englisch den Lagebericht. „Unter meinem Sitz ist andere Kleidung und dein Pass, schnell, zieh dich um, wir müssen erst noch andere Leute aufnehmen, so schaffen wir das nicht nach Mazar." Masumah greift unter sich und zieht Outdoorhose, Bluse und Weste hervor. Liegend bemüht sie sich, ihre Jogi-Sachen auszuziehen. „Mensch, Simon, du bist ein Schatz, du hast ja auch an Unterwäsche gedacht, hier trägt man keine Unterhosen, außer an den kritischen Tagen, das war vielleicht unangenehm." Sie fühlt sich wie neugeboren.

„Hast du den Pass gefunden?" Sie wühlt nochmal unter dem Fahrersitz, findet etwas Weiches in Plastik außer ihrem Pass. „Gummibärchen, Simon, ich wusste vom ersten Tag, dass du ein Engel bist." Gierig stopft sie eine der weichen Süßfiguren in den Mund.

Der Corolla ist einen Hang hinuntergefahren und links abgebogen, wo ihm der Teerbelag Gelegenheit gibt, zügig Fahrt aufzunehmen. Simon stoppt, fährt rechts ran, springt aus dem Auto, reißt die hintere Tür auf und setzt sich schwungvoll neben sie. Vorne nehmen ein unbekannter Fahrer und Najib Platz. Auch Najib ist nicht zu erkennen.

Sonst ein europäisch gekleideter Mann, trägt er zur Tarnung den traditionellen pashtunischen Lungi, mit dessen Hängetuch er sein Gesicht verbirgt. „Nimm den schwarzen Tschador, Masumah, dann erkennt dich niemand." Es ist nur eine Vorsichtsmaßnahme, denn die hinteren Scheiben sind mit Verdunkelungsfolie abgeklebt.

Der neue Fahrer weiß Bescheid, beschleunigt zügig und biegt auf die Kabul-Straße ein, bei der er alle Verkehrsmöglichkeiten ausnutzt, um schnell voran zu kommen.

„Du und schwarze Haare?" Masumah muss sich Simon erst einmal ansehen. Beide lachen, sehen sich in die Augen und umarmen sich wie zwei Ertrinkende, die sich aneinander festklammern. „Oh bin ich froh, dich zu sehen, Simon, du bist der Beste." Es können nicht genug Superlative gefunden werden. Masumah strahlt vor Glück, jetzt ist sie in den besten Händen, ihr Gibriel hatte sie gefunden. Vergessen ist Said, vergessen ist der Khan mit seinen gierigen Händen, sie ist bei Simon.

„Lass mich erst einmal telefonieren." Er tippt aufs Handy. „Mama, wir haben sie und sind schon auf dem Weg nach Pul-i-Kumri, ruf bei Türkish Airlines an und bestätige unsere Flüge auf den frühest möglichen Abflug nach Istanbul, ja, es geht ihr gut, sonst alles in Ordnung, ja, und Najib ist auch bei uns. Rufst du an, wenn du mehr weißt, bitte?" Simon hat anscheinend alles in Deutschland mit seiner Mutter durchgeplant und strahlt sie glücklich an. „Wir haben es geschafft, ich kann's kaum glauben." Er hält Masumahs Hand fest, als wolle er sie nicht mehr loslassen.

„Ach, apropos schwarze Haare, wie soll ich mit blonden Haaren hier unauffällig rumlaufen? Da hatte ich keine andere Wahl." „Blond gefällst du mir besser." Sie schmiegt sich an seinen Arm. „Mann, bin ich froh, es war die Hölle."

„Hast du deinen Pass in die Hosentasche gesteckt?" Er will nun alles richtig machen. Sie nickt ihn an mit einem Blick, der die Frage beinhaltet, wie er nur so fragen konnte.

Das Auto rast an Alia Bad vorbei, Alia Bad, wo sie die schlimmsten Tage erlebt hatte, und sie fühlt noch einen Stein von ihrem Herzen fallen. Und der Gedanke an Said, fort war er, er ist aus ihrem Leben verschwunden.

Das Handy klingelt. „Ja, hast du die Airline erreicht?" „Ja Simon, also ihr seid morgen früh auf der Maschine ab Mazar, Eincheckzeit 7.30 Uhr, Abflug 10 Uhr. Seht zu, dass ihr die Maschine erreicht, aber noch wichtiger, lasst euch in Mazar nicht fassen. Hast du Masumahs Sachen dabei?" „Du traust mir viel zu wenig zu, Mama, klar alles dabei, Masumah hat sich schon einmal umgezogen, sie sieht toll aus, braun gebrannt, als wäre sie auf dem Teutonengrill in Malle gewesen, wir schaffen das schon." „Spinner", kommentiert sie seine Worte, „typisch Mann."

Den Schleier tief ins Gesicht gezogen, bleibt Masumah trotzdem in Deckung, denn gerade die Strecke nach Baghlan ist berüchtigt für Überfälle und Entführungen, und sollte der Jogi-Vater die Taliban von hier angerufen haben, dann ist die Gefahr, gefasst zu werden, noch nicht gebannt.

Vorbei geht es an Weizenfeldern, auf denen Bauern gebückt ihrer Arbeit nachgehen. Ein Esel überquert die Straße, und der Fahrer muss abrupt stoppen. Dass dies nicht jeder macht, zeigt die überfahrene Leiche eines Eselbabys.

Der Fahrer bringt sie zügig nach Pul-i-Kumri und dort biegen sie hinunter nach Westen über die Brücke über den großen Fluss auf die lange Straße Richtung Provinz Samangan und Balch. Es sind lange zwei Stunden, bis sie zur Provinz Samangan kommen, wo das imposante Rotfelsentor die Ebene von Mazar öffnet. Die riesigen rotbraunen Felsen und der schmale reißende Fluss lassen nur wenig Platz für die schmale Straße. Vor einiger Zeit hat eine Überschwemmung, ein Siir, das Tal überflutet und die Straße abgespült. Man hat zwar die Fahrbahn wieder aufgefüllt, doch es ist hier eine Schotterpiste geblieben, auf der das Fahrzeug langsam um die Schlaglöcher kurven muss. Neben der Fahrspur stehen Verkaufsstände, die Aprikosen anbieten, dicke leckere süße Sardalu, die es nur hier im Land der Sonne gibt. Masumah läuft trotz der Anspannung das Wasser im Mund zusammen. „Simon, kannst du mir eine Tüte Aprikosen kaufen?" „Wenn du willst, aber es muss schnell gehen und keiner darf uns erkennen, Fahrer, motarwan, mach du das." Simon versteht, dass sie jetzt diese Früchte braucht, um ihren Stress zu bewältigen.

Sie verlieren einige wichtige Minuten. Und weiter rast das Fahrzeug über die Teerpiste hinter der Provinzgrenze von Samangan und hin zu der Provinz Balgh Richtung Flughafenstadt. Dann kommen die Häuser der Mazarebene, Wüste, Mauern, wo Grundstücke abgegrenzt sind, wieder Wüste, die Gleise der neuen Zugstrecke von Usbekistan nach Mazar und dann, nach vier Stunden Flucht, es wird schon dunkel, die Stadt Mazar, städtischer als Kunduz, weltoffener und auch weniger unsicher.

Das Auto hält vor einem etwas besser aussehenden Hotel, wo sie übernachten wollen.

„Ich gehe nicht ohne dich in ein Zimmer, ich will auf keinen Fall allein bleiben, das halte ich nicht aus." Masumah hält sich an Simon fest.

„Denkst du, ich will dich wieder loslassen?" Er sieht sie liebevoll an. „Ehepaar Arnold", meldet er sie an und nimmt ein Doppelzimmer für Masumah und sich und ein zweites für den Fahrer und Najib. Sie steigen die kleine Treppe nach oben, das Zimmer ist sauber und ordentlich, es ist schon die gehobene, nicht typisch afghanische Klasse, eher für Touristen eingerichtet. „Ruh dich erst mal aus, Masumah", legt Simon den Arm um sie. „Ich muss mich erst mal durchstylen, ich hoffe, du wartest hier auf mich." Er lacht sie an. „Ich hau gleich wieder ab, ich fand es bei den Jogi so toll, ich will da gleich wieder hin", scherzt sie, wirft ihre Arme zurück und lässt sich aufs Bett fallen.

Simon geht ins Bad und duscht, sie hört das Wasser rauschen und sie hört, dass er mit nassen Füssen wieder ins Zimmer kommt. Sie atmet tief durch, schließt die Augen und versucht, die letzten Stunden zu realisieren. War das alles wahr oder nur ein Traum und wenn sie die Augen öffnet, wäre Said oder sogar der Khan bei ihr?

Die Tür des Bades klappt. Masumah öffnet die Augen. Jetzt ist es wieder der vertraute Simon. Er hat die Farbe aus den Haaren gewaschen und auch sein Bart ist nun blond, passend zu seinen blauen Augen. Er hat das Badetuch um sich geschlungen und setzt sich neben sie. „Jetzt habe ich erst begriffen, was du mir bedeutest. Schule, USA, Studium, alles hat mir nie die Zeit gelassen, mir klar zu machen, dass ich immer nur dich wollte. Ich bin so froh, dass wir uns jetzt wieder haben." „Simon, ja, ich bin auch froh. Vom ersten Tag, an dem ich dich gesehen habe, da wusste ich, was du mir bedeutest."

Er nimmt ihre Hand, legt sie auf seine Schulter und umarmt sie zärtlich. „Simon, sag mir, was ist mit Margot, ich will da euch nichts kaputt machen", sieht sie ihn fragend an. „Das ist schon lange aus, Oldenburg war zu weit weg. Und was ist mit dir und Uli?" „Nur Freundschaft, nicht mehr, das weiß ich jetzt, es war nie so wie mit dir."

Sie erwidert seine Gefühle und schlingt ihre Arme sehnsuchtsvoll um ihn. Bei Uli war sie sich nie sicher gewesen, jetzt ist sie sich absolut sicher.

Freiheit

Am frühen Morgen treffen sie sich mit Najib und dem Fahrer unten im Foyer. Sie haben keinen Hunger vor Aufregung, noch ist es nicht überstanden. Die anderen beiden hatten schon gegessen, sie sind typische afghanische Frühaufsteher. Najib sieht Masumah skeptisch an. „Sob bahair, guten Morgen", grüßt er sie. Verlegen blickt sie zu Boden, hier in Afghanistan ist es schon ein Tabu - ein Mann und eine Frau zusammen in einem Zimmer. Masumah schüttelt den Kopf. „Nein, ich bin Deutsche - Kopf hoch, ich brauche mich nicht zu schämen", denkt sie.

Sie setzen sich in den Corolla und fahren zum Airport. Masumah ist nicht wiederzuerkennen. Die Haare zum Pferdeschwanz hochgebunden, eine pinkfarbene Bluse an, die Hände lässig in den Taschen der Outdoorhose. Ein weißes Tuch liegt um ihre Schultern. Sie ist wieder die Deutsche, jetzt mit einem Image von Entwicklungshelferin. Simon, wieder blond, wieder ganz der Khariji, Ausländer, bei ihr.

Ihr Herz klopft heftig, als sie den Kreisverkehr passieren, von dem es Richtung Flughafen geht, denn dort ist sie, die Straße aus Pul-i-kumri oder besser gesagt die Straße, von der her die Leute aus Kunduz noch eine Gefahr darstellen. Doch da kommen schon die alten Container seitlich der Straße, die die Strecke zum Airport rahmen. Schlaglöcher zwingen den Fahrer zum Bremsen, und dann sieht sie ihn, den Tower des neuen Flughafengebäudes. Alles ist neu, der Marmorfußboden erweckt den Eindruck einer Weltstadt. Simon lächelt, um ihr Mut zu machen. „Keine Bange, das klappt schon", zwinkert er.

Kontrolle für Frauen, Kontrolle für Männer, Anspannung pur, dass doch noch jemand entdecken könnte, wer sie ist und dass der Khan oder Said sie an der Ausreise hindern. Aber nun ist sie Simons Frau, wertlos für afghanische Männer. Wie hatte sie diese Nacht der sanften Zärtlichkeit genossen. Sie gehört zu Simon, Uli würde sich schon zu trösten wissen, er verstand sich ja gut mit Lilo.

Das Boarding wird aufgerufen, Flug nach Istanbul, Simon nimmt ihre Hand, sie gehen die Gangway hinunter, sie ist frei.

Nachwort

„Geschafft, hier ist es." Strahlend wedelt Masumah mit ihrem Zeugnis, als sie die breite Treppe der Uni zwischen den Löwen hinunter kommt. Sie hat die Prüfung bestanden und kann stolz auf ihre guten Noten sein, die ihr einen lukrativen Job in Aussicht stellen.

Der Hannoversche Himmel strahlt blau, ein leichter kühler Wind von frischer reiner Luft bläst ihr ins Gesicht. Sie fühlt sich wie auf Wolken schwebend.

Simon, Anne und Frauke kommen auf sie zu, nehmen sie in den Arm und gratulieren ihr. „Super, du Sprachass, und was jetzt? Was hast du vor, Berlin oder Brüssel?" „Das sieht man doch." Sie deutet auf ihren sich rundenden Bauch. „Arnolds erwarten Nachwuchs, das steht jetzt im Vordergrund." Sie lacht und Simon küsst sie auf den Mund.

Dies ist ihre wahre Familie, und sie freut sich auf das werdende Leben in ihr.

Nachwort der Autorin

Seit 30 Jahren versuche ich, den Menschen in Afghanistan zu helfen, um deren Lebensbedingungen, insbesondere die der Frauen, zu verbessern.

Bei all den Besuchen habe ich lernen müssen, dass diese Menschen von ihren Traditionen intensiv geprägt sind und große Schwierigkeiten haben, Werte, die wir ihnen vorleben möchten, zu verstehen oder selbst zu übernehmen. Frauenrechte, Demokratie für Männer und Frauen sowie Entscheidungsmöglichkeiten, um das Leben selbstbestimmt zu gestalten, all dies ist im ländlichen Raum fast unmöglich.

In diesem Buch möchte ich den Leserinnen und Lesern einen kleinen Einblick geben, wie schwer diese traditionellen Werte für uns zu verstehen sind. Daher sollte es unsere Aufgabe sein, den Menschen durch Schulbauten und Ausbildung eine Grundlage zu geben, damit sie mit wachsender Bildung und besseren Lebensbedingungen in ihrer Heimat die Chance bekommen, ihre Traditionen zu modernisieren und somit die Rechte der Mädchen und Frauen zu respektieren.

Es ist ein langer Weg, den sie ohne unsere Hilfe nicht schaffen können.

Mein Dank gilt allen, die unsere Arbeit im Verein unterstützen, aber insbesondere meiner Lektorin Christina Rudert für ihre Mühe und ihre Geduld mit mir.

Katachel e.V.

Verein für humanitäre Hilfe in Afghanistan
Hauptstr. 1a,
38467 Bergfeld

Den Frauen Afghanistans beim Schritt in die moderne Zeit der Gleichberechtigung und Selbstbestimmung beizustehen, dies ist Ziel unserer Arbeit in Kunduz.

Dabei ist Bildung ein wichtiger Teil, so dass wir es seit 1994 schafften bereits 31 Schulen zu bauen in denen Mädchen und Jungen im Schichtsystem lernen können.

In unserem Nähprojekt absolvieren in jedem Jahr 144 junge Mädchen und Frauen die Endabschlussprüfung als Näherinnen und erhalten als Existenzgründung eine eigene Nähmaschine. Damit haben sie die Chance eigenständig Geld zu verdienen und sich ein Stück Freiheit in der geschlossenen Kunduzgesellschaft zu schaffen.

Hinzu kommen Infrastrukturprojekte, wie Brunnenbau, Brückenbau, Straßenbefestigungen und Arbeitsplatzbeschaffung, siehe unsere Internetseite.

Das wichtigste und direkt wirksame Standbein des Vereins ist jedoch die Vergabe von Patenschaften für Witwen mit Kindern und Behinderte. Damit reichen bisher über 400 deutsche Partner den armen Frauen helfend die Hand.

Auf der Internetseite unseres Vereins können sie alles über unsere Arbeit erfahren. Ebenso stehen die neuesten Aktivitäten auf Facebook zur Einsicht bereit.

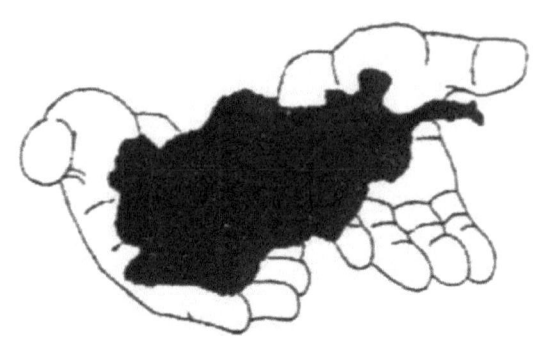

Helfen Sie uns zu helfen.

Weitere Informationen unter

www.Katachel.de

Email: info@katachel.de

Sparkasse Gifhorn Wolfsburg
IBAN DE24 2695 1311 0014 1600 06